L'amour l'après-midi

Du même auteur
aux Éditions J'ai lu

Dans la collection Aventures et Passions

PAR PURE PROVOCATION, *N° 3945*
L'ANGE DE MINUIT, *N° 4062*
PRINCE DE L'ÉTERNITÉ, *N° 4426*
LA LOTERIE DE L'AMOUR, *N° 4915*
UN JOUR TU ME REVIENDRAS, *N° 5263*
PARCE QUE TU M'APPARTIENS, *N° 5337*
L'IMPOSTEUR, *N° 5524*
COURTISANE D'UN SOIR, *N° 5808*
FRISSONS INTERDITS, *N° 6085*
SOUS L'EMPRISE DU DÉSIR, *N° 6330*
L'AMANT DE LADY SOPHIA, *N° 6702*
LIBRE À TOUT PRIX, *N° 6990*

La ronde des saisons

1. SECRETS D'UNE NUIT D'ÉTÉ, *N° 9055*
2. PARFUM D'AUTOMNE, *N° 9171*
3. UN DIABLE EN HIVER, *N° 9186*
4. SCANDALE AU PRINTEMPS, *N° 9277*
5. RETROUVAILLES, *N° 9409*

Les Hathaway

1. LES AILES DE LA NUIT, *N° 9424*
2. L'ÉTREINTE DE L'AUBE, *N° 9531*
3. LA TENTATION D'UN SOIR, *N° 9598*
4. MATIN DE NOCE, *N° 9623*

Dans la collection Promesses

La saga des Travis

1. MON NOM EST LIBERTY, *N° 9248*
2. BAD BOY, *N° 9307*
3. LA PEUR D'AIMER, *N° 9362*

LISA

KLEYPAS

LES HATHAWAY - 5

L'amour l'après-midi

Traduit de l'américain
par Edwige Hennebelle

J'AI LU

Titre original
LOVE IN THE AFTERNOON

Éditeur original
St. Martin's Paperbacks, published
by St. Martin's Press,
New York

Pour ma fabuleuse amie, Eloisa.
Si je devais paraphraser E.B. White :
« Cela n'arrive pas souvent que quelqu'un soit
à la fois un véritable ami et un bon écrivain. »
Eloisa est les deux.

Prologue

Capitaine Christopher Phelan
1er bataillon de la Rifle Brigade
Cap Mapan
Crimée

Juin 1855

Très cher Christopher,

Je ne vous écrirai plus.

Je ne suis pas celle que vous croyez.

Je n'avais pas l'intention d'envoyer des lettres d'amour, mais c'est ce qu'elles sont devenues. En allant vers vous, les mots que je traçais sur la feuille se sont transformés en battements de cœur.

Revenez. Je vous en prie, rentrez, et trouvez-moi.

1

Hampshire, Angleterre
Huit mois plus tôt

Tout commença avec une lettre.

Ou, pour être précis, avec l'allusion au chien.

— Et le chien ? demanda Beatrix Hathaway. Il est à qui ?

Son amie Prudence, la reine de beauté du comté, leva les yeux de la lettre envoyée par son soupirant, le capitaine Christopher Phelan.

Même s'il n'était pas convenable qu'un gentleman corresponde avec une jeune fille, il s'était arrangé pour lui envoyer une lettre par l'intermédiaire de sa belle-sœur.

— Franchement, Beatrix, répondit Prudence avec une moue amusée, tu t'inquiètes d'un chien alors que tu ne t'es jamais inquiétée du capitaine Phelan.

— Le capitaine Phelan n'a nul besoin que je m'inquiète pour lui, rétorqua Beatrix. Toutes les demoiselles du Hampshire s'en chargent. De plus, il a choisi de partir à la guerre et je suis certaine qu'il prend beaucoup de plaisir à se pavaner dans son bel uniforme.

— Détrompe-toi, répliqua Pruddence. L'uniforme de son nouveau régiment est horrible – tout simple, vert foncé avec des revers noirs, sans dorure d'aucune sorte. Quand je lui en ai demandé la raison, le capitaine Phelan m'a expliqué que cela permettait aux hommes de son bataillon de demeurer cachés. Ce qui n'a aucun sens puisque tout le monde sait qu'un soldat britannique est bien trop brave et fier pour se cacher durant la bataille. Mais Christopher – je veux dire, le capitaine Phelan – a dit qu'il s'agissait là de… Oh, il a utilisé un mot français…

— « Camouflage » ? suggéra Beatrix, intriguée.

— Oui, c'est cela. Comment le sais-tu ?

— Beaucoup d'animaux utilisent des techniques de camouflage pour éviter d'être vus. Les caméléons, par exemple. Et si le hibou a le plumage moucheté, c'est pour se confondre avec l'écorce de l'arbre où il est perché. Ainsi…

— Pour l'amour du ciel, Beatrix, ne commence pas avec tes histoires d'animaux !

— Je m'arrête si tu me parles du chien.

— Tu n'as qu'à lire toi-même, fit Prudence en lui tendant la lettre.

— Mais enfin, Prudence, le capitaine Phelan a peut-être écrit des choses personnelles.

— Si seulement ! Mais cette lettre est sinistre. Rien d'autre que des batailles et des mauvaises nouvelles.

Même si Christopher Phelan était bien le dernier homme que Beatrix aurait songé à défendre, elle ne put s'empêcher de souligner :

— Il se bat en Crimée. Je ne suis pas sûre qu'il ait beaucoup de choses divertissantes à écrire.

— Eh bien, je ne suis pas intéressée par les pays étrangers et je n'ai jamais prétendu l'être.

Beatrix esquissa un vague sourire.

— Prudence, es-tu certaine de vouloir être femme d'officier ?

— Bien sûr... La plupart des officiers ne partent jamais à la guerre. Ce sont des hommes du monde qui portent un uniforme très seyant, et s'ils acceptent une demi-solde, ils n'ont pratiquement aucune obligation. C'était le cas du capitaine Phelan avant qu'on l'envoie à l'étranger.

Prudence haussa les épaules avant de conclure :

— Je suppose que les guerres n'arrivent jamais au bon moment... Dieu merci, le capitaine Phelan sera bientôt de retour dans le Hampshire.

— Ah oui ? Comment le sais-tu ?

— Mes parents assurent que la guerre sera finie à Noël.

— Je l'ai entendu dire, en effet. Certains se demandent toutefois si nous ne sous-estimons pas grandement les capacités des Russes et ne surestimons pas les nôtres.

— Quel manque de patriotisme ! s'exclama Prudence, une étincelle taquine dans le regard.

— Le patriotisme n'a rien à voir avec le fait que le ministère de la Guerre, dans son enthousiasme, n'a pas suffisamment planifié son action avant d'envoyer trente mille hommes en Crimée. Nous n'avons ni les connaissances indispensables quant à l'endroit ni de stratégie solide pour nous en emparer.

— Comment se fait-il que tu sois si bien informée ?

— Il y a des comptes rendus quotidiens dans le *Times*. Tu ne lis pas les journaux ?

— Pas les pages politiques. Mes parents trouvent inconvenant qu'une jeune femme s'intéresse à de telles choses.

— Dans ma famille, il y a des discussions politiques tous les soirs à table, et mes sœurs et moi y prenons part.

Beatrix observa un silence délibéré avant d'ajouter avec un sourire espiègle :

— Nous avons même des *opinions*.

Prudence ouvrit de grands yeux.

— Bonté divine ! En fait, je ne devrais pas être surprise. Tout le monde sait que votre famille est... différente.

« Différente » était un adjectif bien plus aimable que la plupart de ceux utilisés pour décrire la famille Hathaway, qui comptait cinq membres. Leo était l'aîné, venaient ensuite Amelia, Winnifred, Poppy et Beatrix. Après la mort de leurs parents, la vie des Hathaway avait pris un tour radicalement nouveau. Une succession d'événements inattendus avait permis à Leo d'hériter d'une vicomté, destin auquel ni lui ni ses sœurs n'avaient été préparés. Ils avaient dû quitter leur petit village de Primrose Place pour prendre possession du domaine Ramsay, dans le Hampshire.

En six ans, ils avaient appris les règles élémentaires pour s'adapter en société. Toutefois, aucun d'entre eux n'avait acquis la manière de penser de l'aristocratie ni adopté ses valeurs ou ses préjugés. Tandis que n'importe quelle autre famille, dans des circonstances similaires, aurait entrepris de s'élever par des unions avantageuses, les Hathaway avaient choisi de se marier par amour.

Beatrix, la benjamine, se marierait-elle un jour ? Le doute était permis. Elle n'était qu'à demi civilisée et passait la majeure partie de son temps à chevaucher ou à vagabonder à travers bois et champs. Beatrix préférait la compagnie des animaux à celle de ses semblables. Elle recueillait les bêtes blessées ou orphelines pour les soigner, et adoptait celles qui ne pouvaient survivre seules dans la nature. À l'extérieur, elle était heureuse et épanouie ; à l'intérieur, la vie ne lui paraissait plus aussi parfaite.

De plus en plus souvent, elle prenait conscience d'un pénible sentiment d'insatisfaction. Ou d'envie. Son problème, c'est qu'elle n'avait jamais rencontré l'homme idéal. Les spécimens pâles et maniérés rencontrés dans les salons londoniens étaient évidemment exclus. Mais même parmi les hommes plus robustes et séduisants de la campagne, aucun ne possédait ce *quelque chose* d'indicible auquel elle aspirait. Elle voulait être passionnément aimée… provoquée… emportée.

Beatrix baissa les yeux sur la lettre pliée qu'elle tenait à la main.

Elle ne détestait pas vraiment Christopher Phelan. Mais elle le sentait hostile à tout ce qu'elle était. Sophistiqué, bien né, il était capable d'évoluer avec aisance dans cette sphère mondaine qui lui était si étrangère. Son grand-père maternel était comte, et la famille de son père avait fait fortune dans la marine marchande.

À défaut du titre, John, le frère aîné de Christopher, hériterait du domaine de Riverton, dans le Warwickshire, à la mort du comte. John était un homme pondéré et réfléchi, entièrement dévoué à son épouse, Audrey.

Christopher ne lui ressemblait pas du tout. Comme beaucoup de deuxième fils, il avait acheté une charge d'officier dans l'armée à l'âge de vingt-deux ans. Il était entré comme porte-étendard, ce qui convenait à merveille à un garçon aussi fringant, puisque sa principale attribution était de porter le drapeau de la cavalerie pendant les parades et les manœuvres. Il était très apprécié des dames de la capitale, où il se rendait souvent sans permission, et passait son temps à danser, à boire, à jouer et à entretenir des liaisons scandaleuses.

Beatrix avait rencontré Christopher Phelan deux fois. La première, à un bal dans le voisinage, où elle avait jugé qu'il était l'homme le plus arrogant du Hampshire ; la seconde, à un pique-nique, où elle avait révisé son jugement : c'était l'homme le plus arrogant du monde entier.

— Cette fille Hathaway est un peu particulière, l'avait-elle entendu dire à un compagnon.

— Je la trouve charmante et originale, avait protesté ce dernier. Et elle est plus calée en chevaux qu'aucune femme de ma connaissance.

— C'est sûr, avait répliqué Phelan, ironique. Elle a plus sa place dans l'écurie qu'au salon.

À partir de ce moment-là, Beatrix s'était efforcée de l'éviter. Non pas que la comparaison implicite avec un cheval l'ait ennuyée. Après tout, les chevaux étaient des animaux adorables, dotés d'un esprit noble et généreux. Et elle savait que, sans être une grande beauté, elle n'était pas dénuée de charme. Plus d'un homme avait loué sa chevelure sombre et ses yeux bleus.

Cependant, ces modestes atouts n'étaient rien comparés à la splendeur dorée de Christopher Phelan. Il était aussi beau que Lancelot… ou peut-être Lucifer, si l'on admettait qu'il avait été un jour le plus bel ange du paradis. De haute taille, les yeux d'un gris argenté, les cheveux couleur de blé mûr, il était athlétique et bien découplé. Même s'il se mouvait avec une grâce indolente, on percevait en lui la puissance indéniable du prédateur.

Quelque temps auparavant, Phelan avait été sélectionné pour intégrer la Rifle Brigade. « La Rifle », comme on l'appelait, était une catégorie particulière de soldats dont la formation reposait sur l'initiative personnelle. On les encourageait à se poster en avant de leurs propres lignes et à viser les officiers et les chevaux qui étaient en général hors de portée. Grâce à son adresse remarquable au tir, Phelan avait été promu capitaine.

Beatrix avait songé, non sans amusement, que cet honneur ne lui avait sans doute pas plu. Notamment parce qu'il avait été obligé de troquer sa magnifique tenue de hussard, toute chamarrée d'or, pour un simple uniforme vert sombre.

— Ne te gêne pas pour la lire, dit Prudence en s'asseyant devant sa coiffeuse. Je dois remettre un peu d'ordre dans ma coiffure avant notre promenade.

— Ta coiffure est parfaite, assura Beatrix. Du reste, nous allons juste au village, où personne ne remarque ni ne se soucie de ce genre de détails.

— Eh bien, je m'en soucie. Et puis, on ne sait jamais qui l'on peut rencontrer.

Habituée à la coquetterie éhontée de son amie, Beatrix sourit et secoua la tête.

— Très bien. Si tu es certaine que cela ne t'ennuie pas, je lirai juste la partie de la lettre qui concerne le chien.

— Tu vas t'endormir bien avant d'arriver au chien, l'avertit Prudence en plantant une épingle d'une main experte dans son chignon.

Beatrix baissa les yeux sur les lignes griffonnées. Les mots apparaissaient ramassés, comme prêts à sauter de la page.

Chère Prudence,

Assis dans cette tente poussiéreuse, j'essaye de trouver quelque chose d'éloquent à écrire. Mais rien ne me vient. Vous méritez de belles paroles, mais il ne me reste que celles-ci : je pense constamment à vous. Je pense à cette lettre dans votre main et à l'odeur du parfum sur votre poignet. Je rêve de silence et d'air pur, et d'un lit avec un oreiller blanc et moelleux...

Beatrix arqua les sourcils. Une chaleur soudaine lui monta au visage. Elle s'interrompit et glissa un coup d'œil à Prudence.

— Tu trouves cela ennuyeux ? s'enquit-elle, consciente de rougir.

— Il n'y a que le début de bien, répondit Prudence. Attends de voir la suite.

... Il y a deux jours, alors que nous suivions la côte en direction de Sébastopol, nous avons combattu les Russes sur la rivière Alma. Une victoire pour nous, m'a-t-on dit. Mais le régiment a perdu les deux tiers de ses officiers et un quart de ses troupes. Nous avons passé la journée d'hier à creuser des tombes. On appelle le décompte final des morts et des blessés « la note du boucher ». Trois cent soixante morts côté britannique jusqu'à présent, et les soldats continuent de succomber à leurs blessures.

L'un d'eux, le capitaine Brighton, avait un terrier hirsute prénommé Albert – indubitablement le chien le plus mal élevé de toute la planète. Quand Brighton a été enseveli, le chien s'est assis à côté de sa tombe et a gémi pendant des heures, menaçant de mordre quiconque s'approchait. J'ai commis l'erreur de lui offrir un morceau de biscuit, et maintenant, cette infâme créature me suit partout. En ce moment même, il est assis dans ma tente et me fixe de ses yeux à demi fous. Il ne cesse que rarement de gémir. Dès que j'essaye de l'approcher, il fait mine de planter les dents dans mon bras. Je voudrais le supprimer, mais je suis las de tuer.

Des familles pleurent les vies que j'ai prises. Fils, frères, pères... J'ai gagné une place en enfer pour les actes que j'ai commis, et la guerre vient à peine de commencer. Je change, et pas en mieux. L'homme que vous avez connu a disparu pour de bon, et je crains que vous n'appréciiez guère son remplaçant.

L'odeur de la mort, Prudence... Elle est partout.

Le champ de bataille est jonché de bouts de corps, de vêtements, de semelles de bottes. Imaginez une explosion capable d'arracher les semelles de vos chaussures... On prétend qu'après une bataille, les fleurs sauvages repoussent plus abondantes – dans le sol complètement labouré et retourné, les graines ont davantage de place pour s'enraciner. Je voudrais me lamenter, mais c'est impossible. Pas le temps. Il faut que j'enferme ces sentiments quelque part.

Existe-t-il encore un endroit paisible dans ce monde ? Je vous en prie, écrivez-moi. Parlez-moi de la broderie sur laquelle vous travaillez, ou de votre chanson préférée. Pleut-il à Stony Cross ? Les feuilles ont-elles commencé à changer de couleur ?

Bien à vous,

Christopher Phelan

Sa lecture achevée, Beatrix prit conscience d'une sensation particulière, un mélange de surprise et de compassion qui lui serrait le cœur.

Était-il possible qu'une telle lettre ait été écrite par l'arrogant Christopher Phelan ? Elle ne s'attendait pas du tout à cela. Il y avait là une vulnérabilité, un désir tranquille qui l'avaient touchée.

— Tu dois lui répondre, Prudence, décréta-t-elle en repliant la lettre avec bien plus de soin qu'elle ne l'avait dépliée.

— C'est hors de question. Cela ne ferait que l'encourager à se plaindre. Je vais garder le silence, cela l'incitera peut-être à écrire quelque chose de plus joyeux la prochaine fois.

— Comme tu le sais, je n'éprouve pas une grande sympathie pour le capitaine Phelan. Mais cette lettre... Il mérite ta compassion, Prudence. Écris-lui juste quelques lignes. Quelques mots de réconfort. Cela ne te prendra pas beaucoup de temps. En ce qui concerne le chien, j'ai un conseil…

— Je n'écrirai rien au sujet de ce satané chien. Écris-lui, toi, ajouta Prudence après avoir laissé échapper un soupir impatient.

— Moi ? Il ne veut pas entendre parler de moi. Il me trouve un peu « particulière ».

— On se demande pourquoi. Certes, tu as apporté Medusa au pique-nique…

— C'est un hérisson très bien élevé, répliqua Beatrix, sur la défensive.

— Le gentleman qui s'est fait transpercer la main ne semblait pas de cet avis.

— C'est juste qu'il s'y est mal pris. Quand tu ramasses un hérisson…

— Non, inutile de me dire comment faire puisque je n'en ramasserai jamais. Quant au capitaine Phelan… Si tu y tiens tant que cela, écris une réponse et signe de mon nom.

— Il ne s'apercevra pas que l'écriture est différente ?

— Non, puisque je ne lui ai encore jamais écrit.

— Mais ce n'est pas mon prétendant, protesta Beatrix. Je ne sais rien de lui.

— Tu en sais autant que moi. Tu connais sa famille, et tu es très proche de sa belle-sœur. Et je ne dirais pas que le capitaine Phelan est mon prétendant. En tout cas, ce n'est pas le seul. Je ne promettrai pas de l'épouser avant qu'il soit revenu de la guerre en entier. Je ne veux pas d'un mari que j'aurais à pousser dans une petite voiture le reste de ma vie.

— Prudence Mercer, vous avez la profondeur d'une flaque.

— Au moins, je suis honnête, rétorqua son amie avec un grand sourire.

Beatrix lui adressa un regard dubitatif.

— Tu es vraiment décidée à déléguer l'écriture d'une lettre d'amour à l'une de tes amies ?

Prudence agita la main d'un geste désinvolte.

— Pas une lettre d'amour. Il n'y avait rien d'amoureux dans sa lettre. Contente-toi d'écrire quelque chose de joyeux et d'encourageant.

Beatrix fourra la lettre dans sa poche tout en débattant avec elle-même. Quand on faisait quelque chose de moralement contestable pour de bonnes raisons, cela ne tournait jamais bien. D'un autre côté… Elle ne pouvait chasser de son esprit la vision d'un soldat épuisé, griffonnant hâtivement une lettre dans l'intimité de sa tente, les mains meurtries d'avoir creusé les tombes de ses camarades, un chien hirsute gémissant dans un coin.

Elle ne se sentait pas du tout à la hauteur de la tâche. Et sans doute en était-il de même pour Prudence.

Comment imaginer un homme aussi beau, aussi gâté que Christopher Phelan se colletant avec le danger, les épreuves, la faim, la solitude ?

Pensive, Beatrix observa son amie. Leurs regards se croisèrent dans le miroir.

— Quelle est ta chanson favorite, Prudence ?

— En vérité, je n'en ai pas. Parle-lui de la tienne.

— Allons-nous en discuter avec Audrey ? demanda Beatrix, faisant allusion à la belle-sœur de Phelan.

— Certainement pas. Audrey a un problème avec l'honnêteté. Elle refuserait d'envoyer la lettre si elle savait que je ne l'ai pas écrite.

Beatrix émit un son entre le rire et le grognement.

— Je n'appellerais pas cela un *problème* avec l'honnêteté. Prudence, je t'en prie, change d'avis et écris-lui. Ce serait tellement plus facile !

Mais, comme d'habitude lorsqu'on insistait, Prudence devint intransigeante.

— Plus facile pour tout le monde sauf pour moi, répliqua-t-elle d'un ton acerbe. Je ne sais absolument pas comment répondre à une telle lettre. De toute manière, il a probablement oublié qu'il l'a écrite.

Elle reporta son attention sur le miroir pour appliquer une touche de baume rosé sur ses lèvres.

Qu'elle était jolie avec son visage en forme de cœur, et ses fins sourcils délicatement arqués au-dessus de ses grands yeux verts. Mais comme le reflet dans un miroir révélait peu de choses d'une personne ! Il était impossible de deviner ce que Prudence éprouvait réellement pour Christopher Phelan. Une seule chose était certaine : mieux valait répondre à cette lettre, quitte à écrire des inepties, plutôt que de s'abstenir. Parce que, quelquefois, le silence pouvait blesser presque aussi grièvement qu'une balle.

Une fois dans sa chambre, à Ramsay House, Beatrix s'assit à son bureau et plongea le bec de sa plume dans l'encre. Allongée dans un angle du plateau, Lucky, sa chatte grise à trois pattes, suivait ses gestes d'un œil intéressé. Medusa, son hérisson apprivoisé, occupait l'angle opposé. En créature naturellement raisonnable, Lucky s'était toujours abstenue de taquiner cette petite boule de piquants.

Après avoir consulté la lettre de Phelan, Beatrix écrivit :

Capitaine Christopher Phelan
1er bataillon de la Rifle Brigade
Camp de la 2e division
Crimée

17 octobre 1854

Beatrix fit une pause et tendit la main pour effleurer d'un doigt léger l'unique patte avant de Lucky.

— Comment Prudence commencerait-elle une lettre ? se demanda-t-elle à voix haute. Comment l'appellerait-elle ? « Très cher » ? « Chéri » ?

Beatrix fronça le nez à cette idée.

La correspondance n'était pas son fort. Bien qu'appartenant à une famille qui s'exprimait beaucoup, et avec aisance, elle avait toujours préféré l'instinct et l'action plutôt que les mots. Elle en apprenait bien davantage sur une personne pendant une courte promenade à l'extérieur qu'assise dans un salon à bavarder pendant des heures.

Après avoir réfléchi aux différentes choses que l'on pouvait écrire à un inconnu en se faisant passer pour une autre, Beatrix finit par renoncer.

— Et flûte ! Je vais écrire ce qui me plaît. Il sera sans doute trop épuisé pour remarquer que la lettre ne ressemble pas à Prudence.

Lucky posa le menton à côté de sa patte et ferma à demi les yeux avec un ronronnement satisfait.

Cher Christopher,

J'ai lu les articles sur la bataille de l'Alma. Selon M. Russell, du Times, *vous-même ainsi que deux autres chasseurs à pied avez devancé le front et abattu plusieurs officiers ennemis, désorganisant ainsi leurs colonnes. M. Russell souligne avec admiration que les chasseurs à pied n'ont jamais reculé ni même baissé la tête alors que les balles sifflaient. Bien que je partage sa considération, je voudrais vous faire savoir que, selon moi, il n'enlèverait rien à votre bravoure de baisser la tête quand on vous tire dessus. Plongez, esquivez, faites un pas de côté ou, mieux, cachez-vous derrière un rocher. Je vous promets que mon estime pour vous n'en souffrira pas !*

Albert est-il toujours avec vous ? Mord-il toujours ? Selon mon amie Beatrix (celle qui apporte des hérissons lors des pique-niques), il est effrayé et surexcité. Les chiens, comme les loups, ont besoin d'un chef, et vous devez lui imposer votre domination. Chaque fois qu'il essaye de vous mordre, refermez la main autour de son museau, serrez légèrement et dites « Non ! » d'une voix ferme.

Ma chanson préférée est Over the Hill and Far Away.

Il a plu dans le Hampshire hier, et le vent a arraché les dernières feuilles des arbres. Les dahlias ne fleurissent plus et la gelée a bruni les chrysanthèmes, mais l'air sent divinement bon la feuille morte, l'écorce mouillée et la pomme mûre. Avez-vous remarqué que chaque mois possède son propre parfum ? À mon avis, ce sont mai et octobre qui sentent le meilleur.

Vous me demandez s'il reste un endroit paisible dans le monde... J'ai le regret de vous informer que ce n'est pas Stony Cross. Il y a quelque temps, l'âne de M. Mawdsley s'est échappé de son écurie et a réussi à s'introduire dans une pâture. La précieuse jument de M. Caird y paissait innocemment quand ce séducteur mal élevé l'a entreprise. Il s'avère à présent que cette rencontre a porté ses fruits, et la bataille fait rage entre Caird, qui exige une compensation financière, et Maudsley, qui prétend que si la clôture avait été en meilleur état, le rendez-vous clandestin n'aurait pu avoir lieu. Pire, le bruit court que la jument a la cuisse légère et n'a pas fait grand-chose pour préserver sa vertu.

Pensez-vous vraiment avoir gagné une place en enfer ?... Je ne crois pas à l'enfer, du moins pas dans une autre vie. Selon moi, l'homme crée lui-même l'enfer ici-bas, sur terre.

Vous dites que l'homme que j'ai connu a été remplacé par un autre. Si seulement je pouvais vous offrir un plus grand réconfort que de vous assurer que, changé ou pas, vous serez toujours le bienvenu à votre retour. Faites ce que le devoir vous commande. Si cela peut vous aider, mettez vos sentiments de côté pour le moment et fermez la porte à clé. Peut-être qu'un jour, nous pourrons la rouvrir ensemble.

Sincèrement vôtre,

Prudence

Beatrix n'avait jamais trompé personne de manière délibérée. Elle se serait sentie infiniment plus à l'aise d'écrire à Phelan en son nom propre. Mais elle se souvenait encore des remarques désobligeantes qu'il avait faites à son sujet. Il ne souhaiterait pas recevoir une lettre de cette « Beatrix Hathaway un peu particulière ». Ce qu'il voulait, c'était une lettre de la belle et blonde Prudence Mercer. Et une lettre écrite sous une fausse identité ne valait-elle pas mieux que pas de lettre du tout ? Un homme dans la situation de Christopher avait besoin de tous les mots d'encouragement qu'on pouvait lui offrir.

Il avait besoin de savoir que quelqu'un s'intéressait à son sort.

Et après avoir lu sa lettre, Beatrix avait découvert qu'elle s'intéressait bel et bien à son sort.

2

La nouvelle lune apporta un temps clair et sec, et les récoltes furent plus abondantes que jamais à Ramsay House. Comme tous les habitants du domaine, Beatrix participa aux moissons et à la préparation de la fête qui en célébrait la fin. Un immense banquet, suivi d'un bal, fut organisé en plein air, et réunit un millier de personnes, parmi lesquelles les métayers, les domestiques et les villageois.

À la vive déception de Beatrix, Audrey Phelan ne put se joindre aux festivités. Son mari, John, souffrait d'une toux persistante, et elle dut rester à son chevet. « Le médecin nous a laissé quelques médicaments qui ont déjà beaucoup soulagé John, avait écrit Audrey. Mais il nous a avertis qu'il devait impérativement rester couché pour se remettre tout à fait. »

Vers la fin du mois de novembre, Beatrix se rendit chez les Phelan en prenant le chemin qui passait par la forêt. Les branches sombres des arbres paraissaient avoir été trempées dans du sucre en poudre, et les feuilles mortes raidies par la gelée craquaient sous les semelles de ses solides chaussures de marche.

Les Phelan vivaient dans un ancien pavillon de chasse royal. C'était une grosse demeure recouverte de lierre et entourée de cinq hectares de bois. Après avoir atteint un joli chemin pavé, Beatrix contourna la maison pour gagner l'entrée en façade.

— Beatrix.

Elle se retourna, et aperçut Audrey assise sur un banc de pierre, seule. Elles étaient devenues amies trois ans auparavant, quand Audrey avait épousé John et était venue vivre à Stony Cross. Il y avait une catégorie d'amies que l'on ne voyait que lorsque l'on n'avait pas de problème - comme Prudence ; et d'autres vers qui on se tournait dans les moments difficiles - comme Audrey.

— Oh, bonjour ! la salua Beatrix avec entrain. Cela fait des jours que je ne t'ai pas vue, alors je me suis dit que…

Sa voix mourut comme elle s'approchait de son amie.

Audrey portait une simple robe grise qui se confondait avec les bois derrière elle. Ses yeux et son nez étaient rouges, et son visage blême.

— Tu ne portes ni manteau ni châle, fit remarquer Beatrix, soudain inquiète.

— Ça va, murmura Audrey alors même que ses épaules tremblaient.

Elle secoua la tête et esquissa un geste de refus quand Beatrix se débarrassa de son épaisse cape de laine pour l'en envelopper.

— Non, Beatrix, ne…

— Marcher m'a donné chaud, répliqua la jeune fille en s'asseyant à côté de son amie sur le banc froid.

Dans le silence qui suivit, Audrey déglutit à plusieurs reprises. Pressentant un problème grave, Beatrix attendit patiemment, la gorge serrée.

— Audrey, il est arrivé quelque chose au capitaine Phelan ? finit-elle par demander.

Audrey la regarda d'un air interdit, comme si elle essayait de déchiffrer un langage inconnu.

— Au capitaine Phelan…

Elle eut alors un petit mouvement de la tête.

— Non. À notre connaissance, Christopher se porte bien. D'ailleurs, nous avons reçu un paquet de lettres de lui hier. L'une d'elles est pour Prudence.

Beatrix fut presque submergée par le soulagement.

— Je la lui porterai si tu veux, proposa-t-elle en affectant d'hésiter un peu.

— Oui. Tu me rendrais un grand service, fit Audrey sans cesser de triturer nerveusement ses doigts pâles.

Beatrix tendit la main et la posa doucement sur celles d'Audrey.

— Est-ce que la toux de ton mari s'est aggravée ?

— Le médecin est venu tout à l'heure… C'est la phtisie, annonça-t-elle d'une voix enrouée après avoir pris une profonde inspiration.

Beatrix resserra ses doigts sur les siens.

On n'entendit plus que le vent glacé qui faisait grincer les arbres.

C'était par trop injuste ! John Phelan était un homme bien, toujours prompt à venir en aide à ceux qui en avaient besoin. Il avait payé le traitement médical de l'épouse d'un métayer parce que le couple n'en avait pas les moyens ; il laissait son piano à la disposition des enfants du village pour leurs leçons ; il avait investi de l'argent dans la reconstruction de la pâtisserie de Stony Cross lorsqu'un incendie l'avait pratiquement détruite. Tout cela, il le faisait avec une grande discrétion, et semblait presque embarrassé lorsqu'on le surprenait à se montrer charitable. Pourquoi fallait-il que quelqu'un comme John soit frappé ?

— Ce n'est pas une condamnation à mort, risqua finalement Beatrix. Certaines personnes en réchappent.

— Une sur cinq, murmura Audrey.

— Ton mari est jeune et fort. Cette personne sur cinq, ce sera John.

Audrey se contenta de hocher faiblement la tête.

Toutes les deux savaient que la phtisie était une maladie particulièrement virulente, qui détruisait les poumons, et provoquait épuisement et perte de poids spectaculaire. Le pire était la toux, avec des rejets de sang de plus en plus importants, jusqu'à ce que les poumons soient finalement trop pleins pour que le malade puisse continuer à respirer.

— Mon beau-frère Cam s'y connaît en plantes et en remèdes, reprit Beatrix. Sa grand-mère était guérisseuse dans sa tribu.

— Des remèdes de bohémiens ? demanda Audrey d'un ton dubitatif.

— Tu dois tout essayer, insista Beatrix. Y compris des remèdes de bohémiens. Ils vivent en communion avec la nature et ils connaissent ses pouvoirs en matière de guérison. Je demanderai à

Cam de préparer un fortifiant qui soulagera les poumons de John et…

— John ne le prendra sans doute pas. Et sa mère se méfiera. Les Phelan sont des gens très conventionnels. Pour eux, un médicament doit sortir de la sacoche du médecin ou de la boutique de l'apothicaire.

— Je t'apporterai quand même quelque chose de la part de Cam.

Audrey inclina la tête de côté et la posa brièvement sur l'épaule de Beatrix.

— Tu es une véritable amie, Beatrix. Je vais avoir besoin de toi dans les mois à venir.

— Je suis là, répondit simplement Beatrix.

Une autre rafale de vent transperça les vêtements de Beatrix. Au prix d'un effort visible, Audrey se releva et lui rendit sa cape.

— Rentrons, et je te donnerai la lettre pour Prudence.

La maison était confortable et meublée avec goût. Un feu devait brûler dans chacune des grandes pièces ornées de plafonds à la française, car il régnait une agréable chaleur.

— Où est ta belle-mère ? s'enquit Beatrix en suivant Audrey vers l'escalier.

— Elle se repose dans sa chambre. Elle a du mal à accepter le diagnostic du médecin… John a toujours été son préféré, ajouta-t-elle après une pause imperceptible.

Beatrix le savait, comme la plupart des gens de Stony Cross. C'était en John que Mme Phelan avait toujours mis toute sa fierté et son ambition. Malheureusement, à ses yeux, aucune femme n'était digne de son fils bien-aimé. Aussi Audrey avait-elle dû supporter de nombreuses critiques durant les trois années de son mariage, notamment parce qu'elle n'avait pas réussi à concevoir.

Quand elles atteignirent le palier, elles entendirent des quintes de toux étouffées en provenance de la chambre du fond. Le bruit déchirant fit tressaillir Beatrix.

— Beatrix, cela t'ennuierait d'attendre un instant ? demanda Audrey avec anxiété. Je dois aller voir John... C'est l'heure de son remède.

— Non, bien sûr.

— La chambre de Christopher - celle qu'il occupe lorsqu'il nous rend visite – est juste là, fit Audrey en indiquant une porte. J'ai posé la lettre sur la commode.

— Je vais la chercher.

Beatrix entrouvrit le battant et jeta un coup d'œil dans la pièce. Comme elle était plongée dans l'obscurité, elle alla tirer l'un des lourds rideaux. La lumière du jour dessina un rectangle brillant sur le tapis. Elle prit la lettre sur la commode ; ses doigts la démangeaient d'en rompre le sceau.

« Cette lettre est adressée à Prudence », se morigéna-t-elle, avant de la glisser dans sa poche avec un soupir agacé. Elle s'attarda près de la commode pour faire l'inventaire des articles soigneusement disposés sur un plateau.

Un blaireau à manche d'argent... un rasoir pliant... un porte-savon... une petite boîte en porcelaine. Incapable de s'en empêcher, Beatrix en souleva le couvercle. Elle contenait trois paires de boutons de manchette, deux en argent et une en or, une chaîne de montre et un bouton de cuivre. Après avoir remis le couvercle en place, Beatrix s'empara du blaireau et le promena doucement sur sa joue. Des poils soyeux s'échappa un discret parfum de savon à barbe.

Tenant le blaireau sous ses narines, Beatrix s'imprégna de l'odeur masculine de cèdre, de lavande et de feuille de laurier. Elle imagina Christopher étalant le savon sur son visage, étirant la bouche de côté et grimaçant comme elle avait vu son père et son frère faire lorsqu'ils se rasaient.

— Beatrix ?

Avec un sursaut coupable, elle reposa vivement le blaireau et sortit dans le couloir.

— J'ai trouvé la lettre, dit-elle. J'ai ouvert les rideaux. Le temps de les refermer et…

— Oh, ne t'embête pas avec cela ! Laisse la lumière entrer. Je déteste les pièces obscures.

Audrey lui adressa un sourire contraint avant d'ajouter :

— John a pris son médicament. Pendant qu'il se repose, je vais aller voir la cuisinière. Il pense qu'il pourra manger un peu de flan.

Elles se dirigèrent vers l'escalier.

— Je te remercie de porter la lettre à Prudence, reprit Audrey.

— C'est vraiment gentil de ta part de faciliter cette correspondance entre eux.

— Oh, cela ne me dérange pas ! C'est pour Christopher que j'ai accepté. Je reconnais avoir été surprise que Prudence ait pris le temps de lui écrire.

— Pourquoi cela ?

— Je pense qu'elle se moque de lui comme d'une guigne. J'ai prévenu Christopher à ce sujet, pour tout dire. Mais il était si fasciné par sa beauté et sa vivacité qu'il a réussi à se convaincre qu'il y avait quelque chose d'authentique entre eux.

— Je croyais que tu aimais bien Prudence.

— Je l'aime bien. Ou du moins... j'essaye. À cause de toi.

L'expression de Beatrix arracha un sourire ironique à Audrey.

— J'ai décidé d'être davantage comme toi, Beatrix.

— Comme *moi* ? À ta place, je m'abstiendrais. Tu n'as pas remarqué à quel point j'étais bizarre ?

Le sourire d'Audrey s'accentua et, l'espace d'un instant, elle ressembla à la jeune femme insouciante qu'elle était avant la maladie de John.

— Tu acceptes les gens comme ils sont. Je pense que tu les regardes de la même manière que tes bestioles... Tu es patiente, tu observes leurs habitudes et leurs désirs, et tu ne les juges pas.

— J'ai jugé sévèrement ton beau-frère, fit remarquer Beatrix, non sans une certaine culpabilité.

— Ils devraient être plus nombreux à se montrer sévères envers Christopher, répliqua Audrey. Cela améliorerait peut-être son caractère.

La lettre fermée dans sa poche lui était une torture. Beatrix rentra chez elle en courant, sella un cheval et se rendit à Mercer House, une grosse bâtisse ornée d'innombrables tourelles, piliers ouvragés et fenêtres à vitraux.

Rentrée d'un bal à 3 heures du matin, Prudence se levait à peine. En conséquence, elle reçut Beatrix en robe de chambre de velours garnie d'un flot de dentelle blanche.

— Oh, Beatrix, tu aurais dû venir hier soir ! Il y avait des tas de beaux jeunes gens, notamment un détachement de la cavalerie qui part en Crimée dans deux jours. Ils étaient splendides dans leur uniforme et...

— Je sors de chez Audrey, coupa Beatrix en la suivant dans le petit salon. Le pauvre M. Phelan n'est pas bien du tout et... Enfin, je t'en parlerai dans une minute... Voici une lettre du capitaine Phelan !

Prudence sourit et prit la lettre que son amie lui tendait.

— Merci. Je disais donc, au sujet de ces officiers... Un beau lieutenant brun m'a invitée à danser et il...

— Tu ne l'ouvres pas ? l'interrompit Beatrix, consternée, comme Prudence posait la lettre sur une table.

Celle-ci lui adressa un sourire perplexe.

— Oh Seigneur, tu es bien impatiente, aujourd'hui ! Tu veux que je la lise tout de suite ?

— Oui ! répondit Beatrix en s'asseyant dans un fauteuil capitonné.

— Mais je veux te parler du lieutenant.

— Je me moque pas mal du lieutenant, je veux des nouvelles du capitaine Phelan.

— La dernière fois que je t'ai vue aussi excitée, c'était l'année dernière, commenta Prudence avec un petit rire, lorsque tu as volé ce renard importé de France par lord Campdon.

— Je ne l'ai pas volé, je l'ai sauvé. Importer un renard pour une chasse... c'est d'un déloyal. Mais ouvre donc cette lettre !

Prudence rompit le sceau, parcourut la lettre, puis secoua la tête, à la fois amusée et incrédule.

— Voilà qu'il parle de mulets, fit-elle avant de rendre la lettre à Beatrix en levant les yeux au ciel.

Mlle Prudence Mercer
Stony Cross
Hampshire, Angleterre

7 novembre 1854

Chère Prudence,

Malgré les articles qui décrivent le soldat britannique comme stoïque, je vous assure que lorsque nous essuyons le feu de l'ennemi, nous ne nous gênons pas pour plonger, baisser la tête et courir nous mettre à l'abri. Suivant votre conseil, j'ai ajouté le pas de côté et l'esquive à mon répertoire, avec d'excellents résultats. Je considère que la vieille fable a été réfutée : il y a des moments dans l'existence où l'on préfère définitivement être le lièvre plutôt que la tortue.

Nous nous sommes battus dans le port de Balaklava le 24 octobre. Pour une raison incompréhensible, on a ordonné à une brigade légère de charger une batterie de canons russes. Cinq régiments de cavalerie ont été décimés. Deux cents hommes et presque quatre cents chevaux perdus en vingt minutes. D'autres combats ont eu lieu le 5 novembre, à Inkerman.

Nous sommes allés au secours de soldats tombés sur le champ de bataille avant que les Russes puissent les atteindre. Albert m'a accompagné sous une averse de balles et d'obus, il nous a aidés à repérer les blessés afin que nous puissions les transporter hors de portée des canons. Mon meilleur ami dans le régiment a été tué.

Je vous prie de remercier votre amie Beatrix pour son conseil concernant Albert. Il mord moins fréquemment et ne s'attaque jamais à moi. Mais quelques visiteurs dans la tente ont encore tâté de ses crocs.

Mai et octobre, dites-vous, sont les mois qui sentent le meilleur ? C'est décembre qui a ma faveur : les sapins, le givre, la fumée des feux de bois, la cannelle… Quant à votre chanson favorite… saviez-vous que Over the Hills and Far Away *est la musique officielle de la Rifle Brigade ?*

Il semblerait qu'à peu près tout le monde ici soit tombé malade à part moi. Je n'ai pas de symptôme de choléra ni d'aucune autre des affections qui touchent les deux divisions. Il me semble que je devrais au moins feindre un quelconque problème de digestion, par simple décence.

En ce qui concerne la bataille de l'âne : je compatis certes au problème de Caird avec sa jument de petite vertu, mais je suis obligé de souligner que la naissance d'une mule ou d'un mulet est loin d'être une mauvaise chose. Les mulets ont le pied plus sûr que les chevaux, ils sont en général en meilleure santé et, pour couronner le tout, ils ont des oreilles très expressives. Et ils ne se montrent pas trop têtus si on sait les prendre. Comme vous vous interrogez sans doute sur mon affection apparente pour les mulets, *sachez que lorsque j'étais enfant, j'en possédais un qui s'appelait Hector, comme celui de l'*Iliade.

Je ne me permettrai pas de vous demander de m'attendre, Prudence, mais je vous demanderai de m'écrire de nouveau. J'ai lu votre lettre un nombre incalculable de fois. D'une certaine façon, vous êtes plus réelle pour moi maintenant, à trois mille kilomètres de distance, que vous ne l'avez jamais été.

Amicalement vôtre,

Christopher

P.S. : Ci-joint un croquis d'Albert

Au fil de sa lecture, Beatrix fut tour à tour inquiète, émue et complètement sous le charme.

— Laisse-moi lui répondre et signer de ton nom, supplia-t-elle. Juste une lettre, Prudence, je t'en prie… Je te la montrerai avant de l'envoyer.

Son amie éclata de rire.

— Franchement, c'est la chose la plus idiote que j'aie jamais… Oh, très bien, écris-lui de nouveau si cela t'amuse.

Durant la demi-heure suivante, Beatrix prit part à une conversation futile sur le bal de la veille et les derniers potins de Londres. Quand elle glissa la lettre de Christopher dans sa poche, elle se figea au contact d'un objet qui ne lui était pas familier. Une poignée métallique… et les poils soyeux d'un blaireau. Elle sentit le sang quitter son visage quand elle se rendit compte qu'elle s'était appropriée sans le vouloir le blaireau de Christopher.

Son problème resurgissait.

Sans savoir par quel miracle, elle parvint à continuer de sourire et de parler en dépit du tumulte qui l'agitait.

De temps à autre, quand elle était nerveuse ou préoccupée, elle s'emparait de petits objets. Cela avait commencé à la mort de ses parents. Il arrivait parfois qu'elle n'ait pas du tout conscience d'avoir pris quelque chose, tandis que d'autres fois, son besoin était si incoercible qu'elle se mettait à transpirer et à trembler jusqu'à ce qu'elle succombe à la tentation.

Voler des objets ne présentait aucun problème. Les restituer, en revanche, était beaucoup plus difficile. Beatrix et sa famille avaient toujours réussi à les remettre en place. Mais cela avait exigé, dans certaines occasions, des mesures extrêmes - rendre des visites à des heures indues, ou inventer des excuses saugrenues pour explorer la maison de quelqu'un. La réputation d'excentricité des Hathaway n'en avait été que confortée.

Dieu merci, il ne serait pas très difficile de remettre le blaireau à sa place. Elle s'en chargerait lors de sa prochaine visite chez Audrey.

— Je suppose que je devrais m'habiller, à présent, finit par dire Prudence.

Beatrix sauta sur l'occasion.

— Certainement, fit-elle. Quant à moi, il est temps que je rentre à la maison. J'ai des choses à faire… y compris écrire une autre lettre, ajouta-t-elle d'un ton léger.

— N'y mets rien de particulier, recommanda Prudence. Je tiens à ma réputation.

3

Capitaine Christopher Phelan
1er bataillon de la Rifle Brigade
Home Ridge Camp
Inkerman, Crimée

3 décembre 1854

Cher Christopher,

Ce matin, j'ai lu que plus de deux mille de nos hommes ont trouvé la mort dans une bataille récente. On dit qu'un officier de la Rifle Brigade a reçu un coup de baïonnette. Ce n'est pas vous, n'est-ce pas ? J'ai tellement peur pour vous ! Et je suis tellement désolée que votre ami ait été tué.

Nous décorons la maison pour les fêtes avec du houx et du gui. Je vous joins une carte de Noël faite par un artiste local. Si vous tirez sur la petite corde, en bas de la carte, les joyeux drilles sur la gauche vont lamper leur verre de vin (« lamper » est vraiment un drôle de mot, non ? Mais c'est l'un de mes préférés.)

J'aime beaucoup les chants de Noël traditionnels ; j'aime que chaque Noël soit identique au précédent ; j'aime manger le pudding flambé, même si je ne l'apprécie pas vraiment. Je trouve le rituel réconfortant, pas vous ?

Albert semble être un chien adorable. Peut-être pas très gentleman d'apparence mais, à l'intérieur, un type loyal et attendrissant.

Je m'inquiète à l'idée que quelque chose ait pu vous arriver. J'espère que vous êtes sain et sauf. J'allume une bougie pour vous sur le sapin chaque soir.

Répondez-moi dès que vous le pouvez.

Amicalement,

Prudence

P.S. : Je partage votre affection pour les mules et les mulets. Des créatures sans aucune prétention qui ne se vantent jamais de leurs ancêtres. On souhaiterait qu'à cet égard, certaines personnes se montrent davantage têtes de mule.

⁂

Mlle Prudence Mercer
Stony Cross
Hampshire

1er février 1854

Chère Prudence,

Je crains d'être effectivement celui qui a reçu le coup de baïonnette. Comment avez-vous deviné ? C'est arrivé alors que nous escaladions une colline pour nous emparer d'une batterie de canons russes. Ce n'est qu'une blessure superficielle à l'épaule qui ne valait certainement pas la peine d'être mentionnée.

Le 14 novembre, une tempête a dévasté les camps et provoqué, dans le port, le naufrage de bateaux anglais et français. Encore des vies perdues. Et, malheureusement, la plus grande partie de nos provisions et de notre équipement pour l'hiver a disparu. Je crois que c'est ce que l'on appelle une « campagne rude ». J'ai faim. La nuit dernière, j'ai rêvé de nourriture. D'ordinaire, je rêve de vous, mais j'ai le regret de vous dire que vous avez été éclipsée par de l'agneau arrosé de sauce à la menthe.

Il fait un froid de loup. Je dors à présent avec Albert. Nous formons un couple grincheux, mais nous sommes tous deux prêts à supporter l'autre pour ne pas mourir de froid. Albert nous est devenu indispensable – il porte des messages sous les balles et court beaucoup plus vite qu'un homme. C'est également une excellente sentinelle.

Voici quelques petites choses que j'ai apprises de lui :

1 : Toute nourriture est une proie idéale jusqu'à ce que quelqu'un d'autre l'engloutisse.

2 : Faites un somme dès que l'occasion se présente.

3 : N'aboyez pas sauf si c'est important.

4 : Courir après sa propre queue est parfois inévitable.

J'espère que votre Noël a été splendide. Merci pour la carte – elle m'est parvenue le 24 décembre et a fait le tour de ma compagnie, la plupart des hommes n'ayant jamais vu de carte de Noël auparavant. Avant qu'elle revienne finalement jusqu'à moi, les joyeux drilles en carton avaient lampé un grand nombre de fois.

Moi aussi, j'aime bien le mot « lamper ». À vrai dire, j'ai toujours aimé les mots insolites. En voici un pour vous : « hipposandale », qui est la petite botte lacée que les Romains mettaient à leurs chevaux ; et aussi « nidulant », celui qui construit un nid. La jument de M. Caird a-t-elle déjà mis bas ? Je demanderai peut-être à mon frère de faire une offre. On ne sait jamais quand on peut avoir besoin d'une bonne mule.

⁂

Cher Christopher,

Cela semble bien trop prosaïque d'envoyer une lettre par la poste. Si seulement je pouvais trouver un moyen plus intéressant ! Je pourrais attacher un petit rouleau à la patte d'un oiseau, ou vous envoyer un message dans une bouteille... Toutefois, par souci d'efficacité, il faudra que je me contente de la poste de Sa Majesté.

Je viens juste de lire dans le Times *que vous vous êtes encore livré à des actes héroïques. Pourquoi devez-vous prendre de tels risques ? Le devoir ordinaire d'un soldat est suffisamment dangereux. Veillez sur votre sécurité, Christopher – pour moi, si ce n'est pour vous. Ma demande est complètement égoïste... Je ne supporterais pas que vos lettres cessent d'arriver.*

⁂

Je suis tellement loin, Prudence. Je suis debout à côté de ma propre vie et je la regarde. Au milieu de toute cette brutalité, j'ai découvert le plaisir simple de caresser un chien, de lire une lettre et de contempler le ciel nocturne. Cette nuit, j'ai presque cru voir l'ancienne constellation qu'on appelait le Navire Argo... du nom du bateau sur lequel Jason et son équipage sont partis en quête de la Toison d'or. On n'est pas censé voir le Navire Argo, sauf si l'on est l'Australie, mais il n'empêche, je suis presque certain de l'avoir aperçue.

Je vous supplie d'oublier ce que j'ai écrit auparavant : je veux que vous m'attendiez. N'épousez personne avant mon retour.

Attendez-moi.

⁂

Cher Christopher,

Le parfum de mars est là : pluie, terre, et menthe. Chaque matin et chaque après-midi, je bois du thé à la menthe sucré avec du miel. J'ai beaucoup marché ces derniers temps. J'ai l'impression de réfléchir plus aisément quand je suis à l'extérieur.

La nuit dernière était remarquablement claire. J'ai scruté le ciel à la recherche du Navire Argo. Je suis nulle en astronomie. Je n'arrive jamais à distinguer aucune constellation, à part Orion et sa ceinture. Mais plus je le fixais, plus le ciel ressemblait à un océan, et j'ai fini par voir toute une flottille de bateaux constitués d'étoiles. Certaines étaient ancrées sur la Lune tandis que d'autres larguaient les amarres. J'ai imaginé que nous étions sur l'un de ces bateaux, en train de naviguer au clair de lune.

Pour dire la vérité, cependant, je trouve l'océan perturbant. Trop vaste. Je préfère de beaucoup les forêts autour de Stony Cross. Elles sont toujours fascinantes, et pleines de miracles banals : toiles d'araignée scintillantes de pluie, nouveaux chênes jaillissant des troncs tombés à terre... Si seulement vous pouviez les voir avec moi ! Ensemble, nous écouterions le vent jouant dans les feuilles au-dessus de nos têtes une mélodie délicieusement bruissante… La musique des arbres !

Tout en vous écrivant, j'ai posé mes pieds déchaussés beaucoup trop près de l'âtre. Il m'est déjà arrivé de brûler mes bas et, une fois, j'ai dû taper des pieds parce qu'ils commençaient à fumer. Même après cet incident, je n'ai pas réussi à me défaire de cette habitude. Voilà, vous savez à présent que vous pourrez me retrouver dans une foule les yeux bandés : suivez simplement l'odeur de bas roussis.

Je vous joins une plume de rouge-gorge que j'ai trouvée au cours de ma promenade de ce matin. C'est pour vous porter chance. Gardez-la dans votre poche.

Tout en écrivant cette lettre, j'ai éprouvé un sentiment des plus étranges, comme si vous étiez ici, dans la pièce, avec moi ; comme si mon porte-plume était devenu une baguette magique et que je vous avais fait apparaître. Si je le souhaitais suffisamment fort…

⁂

Ma très chère Prudence,

Je garde la plume de rouge-gorge dans ma poche. Comment saviez-vous que j'avais besoin d'un porte-bonheur à emporter lors des batailles ? Durant ces deux dernières semaines, je suis resté dans une tranchée à échanger des coups de feu avec les Russes. Cette guerre ne concerne plus la cavalerie, mais uniquement le génie et l'infanterie. Albert est resté à mes côtés, ne sortant que pour aller porter des messages le long de nos lignes.

Durant les accalmies, j'essaye de me transporter ailleurs. Je vous imagine, les pieds près du feu, l'haleine parfumée de menthe. Je m'imagine marcher avec vous dans les forêts de Stony Cross. J'adorerais voir quelques miracles banals, mais je ne crois pas que je serais capable de les trouver sans vous. J'ai besoin de votre aide, Prudence. Il se pourrait que vous soyez ma seule chance d'appartenir de nouveau au monde.

J'ai l'impression d'avoir plus de souvenirs de vous que je n'en possède vraiment. Nous ne nous sommes rencontrés qu'en très peu d'occasions : une danse, une conversation, un baiser. Je voudrais revivre ces moments. Je les apprécierais davantage. J'apprécierais tout davantage. La nuit dernière, j'ai de nouveau rêvé de vous. Je ne distinguais pas votre visage, mais je vous sentais près de moi. Vous me chuchotiez quelque chose.

La dernière fois que je vous ai tenue dans mes bras, j'ignorais qui vous étiez vraiment. Ou qui j'étais moi-même, à vrai dire. Nous n'avions jamais regardé sous la surface. Peut-être que cela valait mieux – je ne pense pas que j'aurais pu vous quitter si j'avais ressenti pour vous ce que j'éprouve maintenant.

Je vais vous dire pourquoi je me bats. Ni pour l'Angleterre, ni pour ses alliés, ni pour une quelconque cause patriotique. Rien ne compte que l'espoir d'être avec vous.

⁂

Cher Christopher,

Vous m'avez fait prendre conscience que les mots sont la chose la plus importante au monde. Et plus que jamais en ce moment. Quand Audrey m'a remis votre dernière lettre, mon cœur s'est mis à battre plus vite et j'ai dû courir jusqu'à ma maison secrète pour la lire dans l'intimité.

Je ne vous l'ai pas encore raconté… Au printemps dernier, lors d'une expédition dans la forêt, j'ai découvert un curieux édifice, une tour solitaire de brique et de pierre, entièrement recouverte de mousse et de lierre. Elle se trouve sur le domaine de lord Westcliff. Plus tard, quand j'ai interrogé lady Westcliff, elle m'a expliqué qu'au Moyen Âge, la maison secrète était une coutume locale. Le seigneur des lieux l'a peut-être utilisée pour y loger sa maîtresse. Lady Westcliff m'a dit que je pouvais m'y rendre quand je le voulais, car elle est depuis longtemps abandonnée. J'y vais souvent. C'est ma cachette, mon sanctuaire… Et, à présent que vous en connaissez l'existence, c'est aussi le vôtre.

Je viens juste d'allumer une bougie et de la poser sur le rebord de la fenêtre. Une minuscule étoile Polaire que vous suivrez pour revenir.

⁂

Ma très chère Prudence,

Au milieu des hommes, du fracas, de la folie, j'essaye de penser à vous dans votre maison secrète... ma princesse dans sa tour. Mon étoile Polaire sur l'appui de la fenêtre.

Les choses qu'on est contraint de faire en temps de guerre... Je croyais que tout deviendrait plus facile au fil des jours. Et je suis au regret de reconnaître que j'avais raison. Je crains pour mon âme. Les choses que j'ai faites, Prudence ! Les choses que je dois encore faire ! Si je ne m'attends pas que Dieu me pardonne, comment puis-je vous le demander, à vous ?

⁂

Cher Christopher,

L'amour pardonne tout. Vous n'avez même pas besoin de demander.

Depuis que vous avez évoqué le Navire Argo, je me documente sur les étoiles. Nous avons des tas de livres sur ce sujet, car mon père s'y intéressait tout particulièrement. Selon Aristote, les astres sont constitués d'une matière différente des quatre éléments que sont la terre, l'eau, l'air et le feu : la quintessence, qui se trouve être également la substance dont est faite la psyché humaine. C'est la raison pour laquelle l'esprit de l'homme est en communication avec les étoiles. Ce n'est peut-être pas une vue très scientifique, mais j'aime vraiment l'idée qu'il y a un petit peu de lumière astrale en chacun de nous.

Je porte en moi des pensées de vous comme ma propre constellation intime. Quelle que soit la distance qui nous sépare, ami très cher, vous n'êtes jamais plus loin que ces étoiles fixes dans mon âme.

⁂

Chère Prudence,

Nous nous préparons à un long siège. Je ne sais pas quand je pourrai vous écrire de nouveau. Ceci n'est pas ma dernière lettre, simplement la dernière pour un moment. Ne doutez pas que je vous reviendrai un jour ou l'autre.

Jusqu'à ce que je puisse vous tenir de nouveau dans mes bras, ces mots éculés et désordonnés sont la seule façon que j'aie de vous atteindre. Quelle piètre traduction de l'amour ! Les mots ne pourront jamais vous rendre justice ou incarner ce que vous représentez pour moi.

Pourtant… je vous aime. Je le jure à la lumière des étoiles : je ne quitterai pas cette terre tant que vous n'aurez pas entendu ces mots de ma bouche.

Assise sur un tronc d'arbre dans la forêt, Beatrix releva les yeux. Elle ne s'aperçut qu'elle pleurait que lorsque la brise effleura ses joues mouillées.

Il lui avait écrit le 13 juin, sans savoir qu'elle lui avait écrit le même jour. Comment ne pas y voir un signe ?

Jamais, depuis la mort de ses parents, elle n'avait éprouvé un tel sentiment de perte irrémédiable. Il s'agissait d'un chagrin différent, bien sûr, mais il était teinté de ce même besoin désespéré.

Qu'avait-elle fait ?

Elle qui s'était toujours conduite avec une honnêteté scrupuleuse s'était livrée à une tromperie impardonnable. Et révéler la vérité ne ferait qu'aggraver les choses. Si Christopher Phelan découvrait un jour qu'elle lui avait écrit par des moyens frauduleux, il la mépriserait. Et dans le cas contraire, elle demeurerait à jamais « la fille qui a plus sa place dans l'écurie ». Rien d'autre.

Ne doutez pas que je vous reviendrai...

Bien qu'adressés à Prudence, ces mots lui étaient destinés, à elle, Beatrix.

— Je vous aime, chuchota-t-elle en pleurant de plus belle.

Comment ces sentiments s'étaient-ils insinués en elle ? C'est à peine si elle se souvenait à quoi ressemblait Christopher Phelan, et pourtant, elle avait le cœur brisé à cause de lui. Le pire, c'est qu'il était tout à fait probable que les déclarations de Christopher aient été inspirées par les épreuves endurées. Ce Christopher qu'elle connaissait à travers les lettres, l'homme qu'elle aimait, qui sait s'il ne s'évanouirait pas à son retour en Angleterre ?

Cette situation ne mènerait à rien de bon, et il lui fallait y mettre un terme. Elle ne pouvait pas prétendre être Prudence plus longtemps. C'était déloyal pour tout le monde, et surtout pour Christopher.

Beatrix retourna lentement sur ses pas. Comme elle entrait dans Ramsay House, elle croisa Amelia qui sortait avec son fils Rye.

— Te voilà ! s'exclama sa sœur. Tu veux nous accompagner aux écuries ? Rye va monter son poney.

— Non, merci.

Beatrix avait l'impression que son sourire était épinglé sur son visage. Les membres de sa famille étaient toujours très prompts à l'inclure dans leur vie. À cet égard, ils se montraient tous extraordinairement généreux. En même temps, elle avait l'impression d'endosser peu à peu, inexorablement, le rôle de la tante célibataire.

Elle se sentait excentrique et solitaire – inadaptée, comme les animaux qu'elle recueillait.

Par un saut inattendu, son esprit rappela à son souvenir les hommes qu'elle avait rencontrés au cours de bals, de dîners et de réceptions. Elle n'avait jamais manqué d'attentions masculines. Peut-être devrait-elle encourager l'un d'eux ; se contenter de choisir un candidat capable de susciter son affection. Pour avoir sa propre vie, cela valait peut-être la peine d'épouser un homme qu'elle n'aimait pas.

Mais ce serait être malheureuse d'une autre manière.

Elle glissa les doigts dans la poche de sa robe pour toucher la lettre de Christopher. Au contact du parchemin qu'il avait lui-même plié, un délicieux pincement lui contracta l'estomac.

— Tu es bien calme, ces derniers temps, observa Amelia en la scrutant. On dirait que tu as pleuré. Quelque chose te préoccupe, ma chérie ?

Beatrix eut un petit haussement d'épaules embarrassé.

— Je suppose que la maladie de M. Phelan me rend mélancolique. Selon Audrey, le pire est à craindre.

— Oh… murmura Amelia, le visage empreint de compassion. Si seulement nous pouvions faire quelque chose. Si je préparais un panier avec de l'eau-de-vie de prune et du blanc-manger, tu le leur porterais ?

— Bien sûr. Je comptais me rendre chez eux dans l'après-midi.

Réfugiée dans sa chambre, Beatrix s'assit à son bureau et sortit la lettre de sa poche. Elle allait écrire une dernière fois à Christopher. Quelque chose d'impersonnel, une rétractation en douceur. Mieux valait cela que de continuer à le duper.

Cher Christopher,

Malgré toute l'estime que j'ai pour vous, cher ami, ce ne serait pas raisonnable de précipiter les choses tant que vous êtes encore au loin. Je forme les vœux les plus sincères pour votre bien-être et votre sécurité. Toutefois, je pense qu'il vaudrait mieux ne plus mentionner aucun sentiment personnel entre nous jusqu'à votre retour. En vérité, il serait probablement souhaitable de mettre un terme à notre correspondance…

Au fil des mots, il lui devenait de plus en plus difficile de maîtriser son écriture. Le porte-plume tremblait entre ses doigts crispés, et les larmes lui montèrent de nouveau aux yeux.

Écrire de tels mensonges lui était insupportable. Elle avait la gorge si serrée que le souffle lui manquait.

Pour être capable d'achever cette lettre, il lui fallait d'abord écrire la vérité. Elle allait consigner sur le papier les mots qu'elle mourait d'envie de lui dire, puis elle détruirait la feuille.

Oppressée, elle griffonna quelques lignes, juste pour elle, dans l'espoir que cela desserrerait l'étau qui lui broyait le cœur.

Très cher Christopher,

Je ne vous écrirai plus.

Je ne suis pas celle que vous croyez.

Je n'avais pas l'intention d'envoyer des lettres d'amour, mais c'est ce qu'elles sont devenues. En allant vers vous, les mots que je traçais sur la feuille se sont transformés en battements de cœur.

Revenez. Je vous en prie, rentrez, et trouvez-moi.

La vue de Beatrix se brouilla. Elle écarta la feuille, reprit la première lettre, et la termina, exprimant le souhait qu'il revienne sain et sauf.

Quant à la lettre d'amour, elle la froissa et la glissa dans le tiroir. Elle la brûlerait plus tard, au cours d'une cérémonie intime, et regarderait les mots qui venaient du cœur se transformer en cendres.

4

Dans l'après-midi, Beatrix se rendit à pied chez les Phelan. Elle emportait un panier contenant de l'eau-de-vie de prune, du blanc-manger, un fromage et une petite brioche. Que les Phelan aient besoin ou non de telles denrées importait peu. C'était le geste qui comptait.

Le panier étant assez lourd, Amelia l'avait incitée à prendre la voiture. Mais Beatrix comptait sur l'exercice pour tenter de se ressaisir. Elle se mit donc en route d'un pas vif, inspirant à fond l'air estival. *C'est le parfum de juin*, aurait-elle voulu écrire à Christopher. *Chèvrefeuille, herbe tendre, linge qui sèche au soleil…*

Lorsqu'elle parvint à destination, elle avait mal au bras.

La maison qui disparaissait sous le lierre lui évoqua un homme enveloppé d'un grand manteau. Ce fut avec un frisson d'appréhension qu'elle frappa à la porte. Un valet à la mine solennelle la conduisit au salon après l'avoir débarrassée de son panier.

Audrey apparut peu après, amaigrie et les cheveux en désordre. Elle portait un tablier maculé de traînées sombres.

Des taches de sang.

Lorsqu'elle croisa le regard soucieux de Beatrix, elle esquissa un faible sourire.

— Comme tu peux le constater, je ne suis pas en état de recevoir. Mais tu es l'une des rares personnes devant lesquelles je n'ai pas à maintenir les apparences.

S'apercevant qu'elle portait encore son tablier, elle le dénoua et le roula en boule.

— Je te remercie pour le panier. J'ai demandé au valet de monter un petit verre d'eau-de-vie de prune à Mme Phelan. Elle garde le lit.

— Elle est malade ?

Audrey secoua la tête.

— Seulement désespérée.

— Et... et ton mari ?

— Il est en train de mourir, répondit Audrey d'une voix atone. Il n'en a plus pour longtemps. Une question de jours, selon le médecin.

Beatrix tendit les bras pour l'enlacer. Audrey tressaillit, et leva les mains en un geste défensif.

— Ne me touche pas où je vais m'effondrer. Et je dois être forte pour John. Je suis désolée, mais je n'ai que quelques minutes à te consacrer.

— Laisse-moi faire quelque chose, supplia Beatrix d'une voix sourde. Laisse-moi veiller sur lui pendant que tu te reposes. Au moins une heure.

— Je te remercie, murmura Audrey avec un pâle sourire. Mais je ne peux laisser quelqu'un le veiller. Il faut que ce soit moi.

— Dans ce cas, veux-tu que j'aille voir sa mère ?

Audrey se frotta les yeux.

— C'est vraiment très gentil de ta part de le proposer. Mais je ne crois pas qu'elle souhaite avoir de la compagnie. Si cela ne tenait qu'à elle, ajouta-t-elle avec un soupir, elle préférerait mourir avec John plutôt que de continuer sans lui.

— Mais il lui reste un autre fils.

— Elle n'éprouve que peu d'affection pour Christopher. Tout était réservé à John.

Beatrix observa un silence songeur.

— Ce ne peut pas être vrai, finit-elle par dire.

— Hélas, si ! Certaines personnes ont une quantité inépuisable d'amour à donner, comme dans ta famille. D'autres ont des ressources limitées… Mais qu'elle aime Christopher ou pas n'a guère d'importance, avoua-t-elle avec lassitude. Rien n'a plus d'importance en ce moment.

Beatrix plongea la main dans sa poche et en sortit la lettre.

— J'ai cela pour lui… pour le capitaine Phelan. De la part de Prudence.

Audrey s'en saisit. Son expression était indéchiffrable.

— Merci. Je la lui enverrai avec une lettre l'informant de l'état de John. Pauvre Christopher… si loin.

Beatrix s'interrogea sur l'opportunité de récupérer sa lettre. N'était-ce pas le pire moment pour prendre ses distances avec Christopher ? D'un autre côté, il serait moins affecté par cette petite blessure si elle était infligée en même temps qu'une autre bien plus grave.

— Le lui diras-tu un jour ? demanda doucement Audrey, après l'avoir observée avec attention.

Beatrix cligna des yeux.

— Lui dire quoi ?

Cette repartie lui valut un petit soupir agacé.

— Je ne suis pas complètement idiote, Beatrix. À cet instant précis, Prudence est à Londres et profite des bals, des soirées et autres divertissements stupides de la saison mondaine. Elle n'aurait pas pu écrire cette lettre.

Beatrix se sentit devenir écarlate.

— Elle me l'a donnée avant de partir.

— Parce qu'elle est tellement attachée à Christopher ? répliqua Audrey. La dernière fois que je l'ai vue, elle n'a même pas songé à me demander de ses nouvelles. Et pourquoi est-ce toujours toi qui donnes ou qui viens chercher les lettres ?

Elle adressa à Beatrix un regard de reproche affectueux.

— D'après ce que Christopher dit dans les lettres qu'il nous envoie, il est assez épris de Prudence. À cause de ce qu'*elle* lui écrit. Et si je me retrouve avec cette tête de linotte comme belle-sœur, ce sera ta faute, Beatrix.

Voyant que le menton de Beatrix tremblait et que les larmes lui montaient aux yeux, Audrey lui prit la main et la pressa doucement.

— Te connaissant, je ne doute pas que tu aies agi dans une bonne intention. En revanche, je doute que le résultat soit bon.

Elle soupira.

— Il faut que je retourne auprès de John.

Comme toutes deux se dirigeaient vers le vestibule, Beatrix fut submergée par la certitude que son amie devrait bientôt faire face à la mort de son mari.

— Audrey, dit-elle d'une voix mal assurée, je voudrais pouvoir endurer cela à ta place.

Audrey la dévisagea longuement, le visage rougi par l'émotion.

— C'est cela, Beatrix, qui fait de toi une véritable amie.

Deux jours plus tard, les Hathaway apprirent que John Phelan avait rendu son dernier souffle dans la nuit. Pleins de compassion, ils réfléchirent aux moyens de venir en aide à sa famille éplorée. Normalement, il aurait incombé à Leo, le maître des lieux, de se rendre chez les Phelan pour offrir ses services. Toutefois, la session du Parlement n'étant pas terminée, il se trouvait toujours à Londres. Les débats faisaient rage à propos de l'incompétence et de l'indifférence à l'origine des énormes pertes que l'armée subissait en Crimée.

Il fut décidé que Merripen, le mari de Winnifred, se rendrait chez les Phelan au nom de la famille. Les deux femmes seraient sans doute trop affectées pour le recevoir, c'est pourquoi il était prévu qu'il leur remette une lettre dans laquelle ils proposaient toute l'aide dont elles pourraient avoir besoin.

— Merripen, pourrais-tu transmettre mon affection à Audrey ? demanda Beatrix avant qu'il parte. Et lui dire que si elle a besoin de moi pour organiser les funérailles, ou être à ses côtés, tout simplement, qu'elle n'hésite pas à me le faire savoir ?

— Bien sûr, répondit Merripen avec chaleur.

Ayant été élevé avec les Hathaway depuis l'enfance, Merripen était comme un frère pour Beatrix.

— Pourquoi ne lui écrirais-tu pas un mot ? suggéra-t-il. Si je ne la vois pas, je le donnerai aux domestiques.

— J'en ai pour une minute, répondit Beatrix, qui empoigna ses jupes et se rua dans l'escalier.

Une fois dans sa chambre, elle sortit porte-plume et feuille de papier. Et se figea en apercevant une lettre chiffonnée dans le tiroir.

C'était la lettre polie qu'elle avait rédigée pour prendre ses distances avec Christopher Phelan.

Elle n'avait jamais été envoyée.

Un grand froid la saisit.

— Ô mon Dieu... murmura-t-elle.

Elle avait dû donner la mauvaise lettre à Audrey. Celle qui n'était pas signée et commençait par : *Je ne vous écrirai plus. Je ne suis pas celle que vous croyez...*

Le cœur de Beatrix se mit à battre à grands coups affolés. Elle s'efforça de dominer la panique grandissante qui l'empêchait de réfléchir. La lettre avait-elle déjà été postée ? Peut-être était-il encore possible de la récupérer. Elle demanderait à Audrey... Non, bien sûr, ce serait le comble de l'égoïsme et du manque de considération. Audrey venait de perdre son mari. Elle ne méritait pas d'être importunée par des détails aussi triviaux en ce moment.

Il était trop tard. Beatrix devait se résigner et laisser Christopher Phelan faire ce qu'il voudrait de ce billet.

Revenez. Je vous en prie, rentrez, et trouvez-moi...

Avec un gémissement, Beatrix inclina la tête jusqu'à toucher le bureau. Son front humide de sueur colla au bois ciré. Elle eut conscience que

Lucky sautait sur le plateau et se mettait à ronronner, le museau dans ses cheveux.

« Dieu miséricordieux, faites que Christopher ne réponde pas ! supplia-t-elle, au désespoir. Que tout cela soit fini. Ne permettez pas qu'il découvre un jour que c'était moi. »

5

Scutari, Crimée

Alors qu'il portait une tasse de bouillon aux lèvres d'un blessé, Christopher observa sur le ton de la conversation :

— Je me demande si l'hôpital n'est pas le pire endroit pour essayer d'aller mieux.

Le jeune soldat – il ne devait pas avoir plus de dix-neuf ou vingt ans – émit un grognement amusé.

Christopher avait été transporté trois jours plus tôt dans cette caserne reconvertie en hôpital, après avoir été blessé lors de l'interminable siège de Sébastopol. Il accompagnait un groupe de sapeurs qui transportaient une échelle vers un blockhaus russe... Il y avait soudain eu une explosion, puis la sensation d'une douleur simultanée au côté et à la jambe droite.

Dans cet hôpital de fortune, les innombrables blessés côtoyaient les rats et la vermine. Une unique fontaine fournissait l'eau. Les garçons de salle faisaient la queue avec des seaux pour recueillir ce liquide fétide qui, n'étant pas potable, servait à laver les bandages.

Christopher avait soudoyé l'un de ces garçons pour qu'il lui apporte une tasse de liqueur forte. Il avait versé l'alcool sur ses blessures dans l'espoir d'éviter l'infection. La première fois, la brûlure avait été telle qu'il s'était évanoui et était tombé de son lit – un spectacle qui avait suscité l'hilarité parmi les autres patients. Christopher avait ensuite supporté avec bonne humeur leurs moqueries, car il savait à quel point un peu de légèreté était nécessaire dans cet endroit sordide.

On avait réussi à ôter les éclats d'obus de son flanc et de sa jambe, mais les blessures ne cicatrisaient pas correctement. Le matin même, il avait découvert que la peau tout autour était rouge et durcie. La perspective de tomber sérieusement malade dans cet endroit était effrayante.

La veille, malgré les protestations scandalisées des autres blessés, les garçons de salle avaient commencé à coudre autour d'un homme sa couverture tachée de sang pour le porter dans la fosse commune avant même qu'il ait expiré. L'homme était inconscient, n'avait plus longtemps à vivre, et on avait désespérément besoin de son lit, avaient-ils rétorqué en réponse aux cris de colère des patients. C'était vrai. Il n'empêche que Christopher, l'un des rares à être capable de quitter son lit, s'était interposé et leur avait déclaré qu'il attendrait avec l'homme, sur le sol, qu'il rende son dernier soupir. Pendant une heure, il était resté assis sur la pierre dure, la tête du mourant reposant sur sa jambe valide.

— Vous croyez que vous lui avez fait du bien ? avait demandé un des garçons de salle d'un ton cynique quand, le pauvre homme ayant enfin trépassé, Christopher leur avait permis de l'emporter.

— À lui, non, avait-il répliqué à voix basse. Mais à eux, peut-être.

Du menton, il avait désigné les rangées de couchettes sommaires dont les occupants gardaient les yeux rivés sur eux. Il était important qu'ils sachent que si leur tour venait, ils seraient traités avec un minimum d'humanité.

Le jeune soldat qui occupait le lit voisin de celui de Christopher était incapable de faire quoi que ce soit seul, car il avait perdu un bras entier et la main de l'autre. Comme les infirmières manquaient, Christopher avait entrepris de le nourrir. Malgré la douleur, il s'était agenouillé à côté de son lit et l'avait aidé à boire son bouillon.

La voix sèche d'une des sœurs de la Charité retentit soudain :

— Capitaine Phelan !

Avec ses manières brusques et son expression sévère, la sœur intimidait les soldats, au point que certains prétendaient que si on l'envoyait se battre contre les Russes, il ne faudrait que quelques heures pour gagner la guerre.

Ses sourcils broussailleux remontèrent vers sa cornette quand elle aperçut Christopher agenouillé entre les deux lits.

— Vous vous faites encore remarquer ? Retournez dans votre lit, capitaine, et ne vous avisez plus de le quitter.

Quand Christopher se fut exécuté, elle se pencha pour poser une main fraîche sur son front.

— Fiévreux, l'entendit-il annoncer. Ne bougez plus de là, capitaine, ou je me verrai contrainte de vous attacher.

Elle posa quelque chose sur sa poitrine.

Ouvrant à demi les yeux, Christopher découvrit un paquet de lettres.

Prudence.

Il se saisit du paquet et en rompit le sceau d'une main impatiente. Il contenait deux lettres.

Dès que la religieuse fut partie, il ouvrit celle de Prudence. À la vue de son écriture, l'émotion le submergea. Il la voulait, il avait besoin d'elle, avec une intensité qu'il ne parvenait pas à contenir.

Sans savoir comment, alors qu'il se trouvait à l'autre bout du monde, il était tombé amoureux d'elle. Il la connaissait à peine ? Peu importait. Il aimait le peu qu'il connaissait d'elle.

Christopher lut les quelques lignes.

Les mots semblèrent se réarranger comme les cubes d'un alphabet pour enfants. Il s'efforça de les comprendre jusqu'à ce qu'ils deviennent cohérents.

… Je ne suis pas celle que vous croyez… Je vous en prie, rentrez, et trouvez-moi…

Ses lèvres formèrent silencieusement son nom. Il posa la main sur sa poitrine, emprisonnant la lettre contre son cœur affolé.

Qu'était-il arrivé à Prudence ?

Cet étrange billet impulsif le plongeait en plein désarroi.

— « Je ne suis pas celle que vous croyez », se surprit-il à répéter d'une voix presque inaudible.

Non, bien sûr. Et lui non plus. Il n'était pas cette créature brisée et fiévreuse gisant sur un lit d'hôpital, et elle n'était pas cette coquette insipide pour laquelle on la prenait. À travers leurs lettres, ils avaient découvert la promesse de quelque chose de plus profond en chacun d'eux.

… Je vous en prie, rentrez et trouvez-moi…

D'une main qui lui parut raide et gonflée, Christopher décacheta avec peine la lettre d'Audrey. La fièvre le rendait maladroit et une douleur sourde commençait à lui marteler les tempes, au point que les mots dansaient devant ses yeux.

Cher Christopher,

Je n'ai aucun moyen de t'annoncer ceci avec ménagement : l'état de John a empiré. Il affronte la perspective de la mort avec la patience et la grâce qu'il a montrées sa vie durant. Lorsque cette lettre te parviendra, il ne fait aucun doute qu'il nous aura quittés…

Le cerveau de Christopher se refusa à lire la suite. Plus tard, il pourrait en lire davantage. Il pourrait s'abandonner au chagrin.

John n'était pas censé tomber malade ! Il était censé vivre à Stony Cross, avoir des enfants avec Audrey, et être là pour accueillir son frère à son retour.

Après avoir réussi à s'allonger sur le flanc, Christopher tira la couverture suffisamment haut pour se créer un abri. Autour de lui, les autres soldats continuaient de passer le temps en discutant, ou en jouant aux cartes pour les plus valides.

Délibérément, et il leur en fut reconnaissant, ils ne lui prêtèrent pas attention, lui offrant ainsi l'intimité dont il avait besoin.

6

Au cours des dix mois qui suivirent la dernière lettre écrite par Beatrix, Christopher Phelan ne correspondit qu'avec Audrey. Mais, accablée de chagrin après la mort de John, Audrey trouvait difficile de parler à quiconque, y compris Beatrix.

Elle lui dit néanmoins que Christopher avait été blessé, qu'il avait été soigné à l'hôpital et qu'il était retourné au front. Beatrix, guettant sans relâche toute mention de son nom dans les journaux, sut qu'il avait accompli d'innombrables actes de bravoure. Durant l'interminable siège de Sébastopol, il était devenu le soldat le plus décoré de l'infanterie. Il avait été récompensé non seulement par l'ordre de Bath et par la médaille de la campagne de Crimée, mais il avait aussi été fait chevalier de la Légion d'honneur par les Français, et décoré de l'ordre du Médjidié par les Turcs.

Au grand regret de Beatrix, son amitié avec Prudence s'était refroidie du jour où elle lui avait annoncé qu'elle n'écrirait plus à Christopher.

— Mais pourquoi ? avait protesté Prudence. Je croyais que tu prenais plaisir à correspondre avec lui.

— Plus maintenant, avait répliqué Beatrix d'une voix étouffée.

Son amie lui avait jeté un regard incrédule.

— J'ai du mal à croire que tu l'abandonnes ainsi. Que va-t-il penser quand les lettres cesseront d'arriver ?

L'estomac noué, Beatrix avait réussi à articuler :

— Je ne peux pas continuer à lui écrire sans révéler la vérité. Cela devient trop personnel. Je... Il est question de sentiments. Tu comprends ce que j'essaye de dire ?

— Tout ce que je comprends, c'est que tu es égoïste. Tu t'es arrangée pour que je ne lui envoie pas de lettres parce qu'il remarquerait la différence d'écriture. La moindre des choses, ce serait de le garder au chaud pour moi jusqu'à son retour.

— Pourquoi t'intéresses-tu à lui ?

Beatrix n'aimait pas l'expression « garder au chaud », comme si Christopher n'était qu'un vulgaire plat. Un parmi de nombreux autres.

— Tu ne manques pas de prétendants, avait-elle ajouté.

— Certes, mais le capitaine Phelan est devenu un héros. Il se peut même qu'il soit invité à dîner avec la reine à son retour. Et, maintenant que son frère est mort, il va hériter du domaine de Riverton. Ce qui fait de lui un parti presque aussi avantageux qu'un aristocrate.

Si Beatrix s'amusait autrefois de la futilité de Prudence, elle éprouva à cet instant plus qu'une pointe d'irritation. Christopher méritait mieux que d'être apprécié pour des raisons aussi superficielles.

— As-tu songé qu'il ne sera plus le même après la guerre ?

— Il peut encore être blessé, bien sûr, mais j'espère que ce ne sera pas le cas.

— Je voulais dire, moralement.

— Parce qu'il se bat ? Ça l'affecte sans doute, avait concédé Prudence avec un haussement d'épaules.

— As-tu suivi les comptes rendus le concernant ?

— J'ai été très occupée, s'était défendue son amie.

— Le capitaine Phelan a reçu l'ordre du Médjidié pour avoir sauvé un officier turc blessé. Quelques semaines plus tard, il s'est glissé dans un dépôt d'armes qui venait d'être bombardé. Dix soldats français avaient été tués. Il a défendu seul la position contre l'ennemi pendant huit heures. À une autre occasion...

— Je n'ai pas besoin d'entendre tout cela, l'avait coupé Prudence. Où veux-tu en venir, Beatrix ?

— Au fait que l'homme qui reviendra sera peut-être très différent. Et que si tu tiens un tant soit peu à lui, tu devrais essayer de comprendre par quoi il est passé.

Sur ce, elle avait tendu à Prudence un paquet de lettres noué d'un ruban bleu.

— Pour commencer, tu devrais lire cela. J'aurais dû recopier les lettres que je lui ai écrites afin que tu puisses les lire aussi, mais je n'y ai pas pensé.

Prudence avait accepté le paquet à contrecœur.

— Très bien, je les lirai. Mais je suis certaine que Christopher ne voudra pas parler de ces lettres une fois rentré – après tout, je serai là.

— Tu devrais essayer de mieux le connaître. À mon avis, tu le veux pour de mauvaises raisons... alors qu'il y en a énormément de bonnes. Il le mérite. Non pas à cause de sa bravoure ou de toutes ses médailles... En vérité, c'est loin de représenter ce qu'il est vraiment.

Beatrix était resté un instant pensive. Puis elle avait repris :

— Le capitaine Phelan a écrit que, quand vous vous êtes rencontrés, aucun de vous n'a regardé sous la surface.

— La surface de quoi ?

Beatrix en avait conclu avec tristesse que, pour Prudence, la seule chose située sous la surface était encore la surface.

— Il a dit aussi qu'il se pourrait que tu sois sa seule chance d'appartenir de nouveau au monde.

Prudence l'avait dévisagée avec une expression étrange.

— Après tout, il est peut-être préférable que tu cesses de lui écrire. Il t'a beaucoup marquée, apparemment. J'espère que tu ne t'es pas mis dans l'idée que Christopher pourrait... Enfin, peu importe.

— Je sais ce que tu t'apprêtais à dire, avait répliqué Beatrix avec calme. Je ne me fais bien sûr aucune illusion. Je n'ai pas oublié qu'il m'a autrefois comparée à un cheval.

— Il ne t'a pas comparée à un cheval. Il a simplement dit que ta place était à l'écurie. Quoi qu'il en soit, c'est un homme sophistiqué, et il ne serait jamais heureux avec une fille qui passe son temps avec des animaux.

— Je préfère de beaucoup la compagnie des animaux à celle de n'importe quelle personne de ma connaissance, avait riposté Beatrix.

Elle avait aussitôt regretté son manque de tact, d'autant que Prudence avait visiblement pris ses paroles comme un affront personnel.

— Je suis désolée. Je ne voulais pas dire…

— Dans ce cas, il vaut peut-être mieux que tu partes et que tu retournes à tes bestioles, avait coupé Prudence d'un ton glacial. Tu auras plus de plaisir à t'entretenir avec quelqu'un qui ne peut pas te répondre.

À la fois gênée et contrariée, Beatrix avait quitté Mercer House. Mais pas avant que Prudence eût ajouté :

— Pour le bien de tous, Beatrix, tu dois me promettre de ne jamais révéler au capitaine Phelan que c'est toi qui as écrit les lettres. Ça ne servirait à rien. Même si tu le lui disais, il ne voudrait pas de toi. Un homme comme lui ne pardonnerait jamais une telle duperie.

À compter de ce jour, Beatrix et Prudence ne s'étaient plus vues qu'en passant. Et aucune autre lettre n'avait été écrite.

Beatrix en souffrait. Elle se demandait comment allait Christopher, si Albert était avec lui, si ses blessures avaient correctement cicatrisé… Mais elle n'avait plus le droit de poser de questions.

Elle ne l'avait jamais eu.

Toute l'Angleterre se réjouit quand Sébastopol tomba, en septembre 1855, et lorsque les négociations de paix commencèrent, en février de l'année suivante. Cam, le beau-frère de Beatrix, fit remarquer que, même lorsqu'on gagnait la guerre, il s'agissait toujours d'une victoire à la Pyrrhus, car il était impossible d'évaluer le coût de chaque vie perdue ou altérée. Beatrix partageait cette manière de voir des bohémiens. Au total, plus de cent cinquante mille soldats alliés étaient morts de blessures ou de maladies, ainsi qu'au moins cent mille Russes.

Quand les régiments reçurent l'ordre tellement espéré de rentrer au pays, Audrey et Mme Phelan apprirent que celui de Christopher arriverait à la mi-avril, et gagnerait Londres. Christopher étant considéré comme un héros national, l'arrivée de la Rifle Brigade était particulièrement attendue. Son portrait avait été découpé dans les journaux et accroché dans les vitrines des magasins, et dans les tavernes, on se répétait sans se lasser la liste de ses exploits.

Toutefois, le jour où la Rifle Brigade débarqua à Douvres, Christopher manquait mystérieusement à l'appel. La foule amassée sur le quai ovationna les soldats et réclama le plus célèbre de ses tireurs d'élite, mais Christopher avait, semblait-il, décidé de se soustraire aux acclamations, aux cérémonies et aux banquets. Il s'abstint même de paraître au dîner de gala donné par la reine et le prince consort.

— Qu'a-t-il bien pu arriver au capitaine Phelan ? s'interrogea Amelia, la sœur aînée de Beatrix. Si je me souviens bien, c'était un mondain qui aurait adoré être au centre de tant d'attentions.

— Son absence lui vaut encore plus d'attentions, fit remarquer Cam.

— Il ne veut pas d'attentions, ne put s'empêcher de déclarer Beatrix. Il se terre.

— Comme un renard ? hasarda Cam, l'air amusé.

— Oui...

Beatrix hésita. Debout devant la fenêtre, elle regardait d'un œil vague la forêt que le printemps, tardif, n'égayait pas encore.

— Le capitaine Phelan veut rentrer chez lui. Mais il restera caché jusqu'à ce que la meute cesse de le harceler.

Après cela, elle demeura songeuse, tandis que Cam et Amelia continuaient de discuter. Peut-être était-ce son imagination, mais elle avait la sensation curieuse que Christopher Phelan n'était pas loin.

— Beatrix...

L'ayant rejointe près de la fenêtre, Amelia glissa le bras autour de ses épaules.

— Te sentirais-tu un peu mélancolique ? Tu aurais peut-être dû aller à Londres pour la saison, comme ton amie Prudence. Tu pourrais habiter chez Leo et Catherine, ou chez Poppy et Harry...

— Je n'ai aucune envie de prendre part à la saison, interrompit Beatrix. Je l'ai fait quatre fois, et c'était trois de trop.

— Mais ta compagnie était très recherchée. Et peut-être qu'il y aurait des gens nouveaux.

Beatrix leva les yeux au plafond.

— Il n'y a jamais personne de nouveau dans la haute société londonienne.

— Tu n'as pas tort, convint Amelia. Il n'empêche, je pense que tu serais mieux en ville. C'est trop calme pour toi, ici.

Un petit garçon aux cheveux bruns surgit dans la pièce à cheval sur un bâton et poussa un cri de guerre en brandissant une épée. C'était Rye, le fils de Cam et d'Amelia, âgé de quatre ans et demi. Alors qu'il galopait, l'extrémité de son cheval de bois heurta par accident une grande lampe en verre bleu. Vif comme l'éclair, Cam plongea et attrapa la lampe avant qu'elle s'écrase sur le sol.

Quand il se retourna et aperçut son père à terre, Rye se rua sur lui en gloussant.

Tous deux chahutèrent un moment, puis Cam fit une pause pour lancer à sa femme :

— Ce n'est pas si calme que cela.

— Jado me manque, se plaignit Rye, faisant allusion à son cousin et compagnon de jeu préféré. Il revient quand ?

Winnifred, la sœur d'Amelia et de Beatrix, son mari Merripen et leur jeune fils Jason, surnommé Jado, étaient partis un mois plus tôt en Irlande pour voir la propriété dont Merripen hériterait un jour. Son grand-père étant souffrant, Merripen avait accepté de rester sur place pendant une durée indéterminée afin de se familiariser avec le domaine.

— Pas avant un moment, lui répondit Cam à regret. Peut-être pas avant Noël.

— C'est trop long, protesta Rye avec un soupir attristé.

— Tu as d'autres cousins, mon chéri, lui rappela Amelia.

— Ils sont tous à Londres.

— Edward et Emmaline viendront ici cet été. Et, en attendant, tu as ton petit frère.

— Mais Alex est pas très drôle. Il parle pas et il sait pas lancer une balle. En plus, il fuit !

— Par les deux bouts, ajouta Cam en jetant un regard pétillant à sa femme.

Amelia essaya, sans succès, d'étouffer un rire.

— Il ne fuira pas toujours, tu sais.

À cheval sur la poitrine de son père, Rye tourna la tête vers Beatrix.

— Tatie, tu veux bien jouer avec moi ?

— Certainement. Tu veux jouer aux billes ? Aux jonchets ?

— À la guerre ! répondit le petit garçon avec enthousiasme. On dirait que je serais la cavalerie, et que toi, tu serais les Russes, et que je te poursuivrais dans le jardin.

— Tu ne veux pas plutôt signer le traité de Paris ?

— On peut pas faire un traité si on n'a pas fait la guerre ! On n'aurait rien à discuter.

— Logique, reconnut Beatrix en adressant un sourire à sa sœur.

Rye se releva en hâte pour saisir la main de Beatrix et l'entraîner à l'extérieur.

— Allez viens, tatie, lui dit-il d'un ton enjôleur. Je promets que je te donnerai pas un coup d'épée comme la dernière fois.

— Ne va pas dans les bois, Rye ! lui recommanda son père. Un métayer m'a dit qu'un chien errant est sorti ce matin du bosquet de noisetiers et a menacé de l'attaquer. D'après lui, il se peut que le chien soit fou.

Beatrix, qui se dirigeait vers la porte, s'arrêta et se retourna.

— Quel genre de chien ?

— Une espèce de terrier, avec le poil hirsute. Le métayer prétend qu'il a volé l'une de ses poules.

— T'inquiète pas, papa, répliqua Rye avec assurance, je serai avec Beatrix. Tous les animaux, ils l'adorent, même les fous.

7

Après une heure de galopades dans le jardin, Beatrix ramena Rye à la maison pour ses leçons de l'après-midi.

— J'aime pas les leçons, déclara-t-il avec un gros soupir quand ils approchèrent de l'entrée. J'aimerais mieux aller jouer.

— Oui, mais tu dois apprendre ton calcul.

— J'en ai pas besoin. C'est vrai, je sais déjà compter jusqu'à cent ! Sûrement, on a jamais besoin de plus de cent choses à la fois.

— Apprends tes lettres, dans ce cas, répliqua Beatrix avec un sourire. Comme ça, tu pourras lire plein de livres d'aventures.

— Mais si je passe mon temps à lire des aventures, j'en aurai plus pour les avoir, les aventures.

Beatrix secoua la tête en riant.

— Je devrais renoncer à débattre avec toi, Rye. Tu es plus malin qu'un troupeau de singes.

L'enfant grimpa l'escalier du perron en courant, puis se retourna vers elle.

— Tu rentres pas, tatie ?

— Pas tout de suite, répondit-elle distraitement en laissant son regard vagabonder vers la forêt. Je crois que je vais aller me promener.

— Tu veux que je vienne avec toi ?

— Merci, Rye, mais j'ai envie de marcher un peu seule.

— Tu vas chercher le chien, je suis sûr.

— Peut-être, acquiesça Beatrix.

Rye l'observa d'un air songeur.

— Tatie ?

— Oui ?

— Est-ce que tu vas te marier un jour ?

— Je l'espère. Mais il faut d'abord que je trouve le monsieur idéal.

— Si personne veut se marier avec toi, moi je veux bien quand je serai grand. Mais seulement si je te dépasse, parce que j'ai pas envie de lever la tête pour te regarder.

— Je te remercie, dit-elle avec gravité en réprimant un sourire.

Elle tourna les talons et se dirigea à grands pas vers la forêt. C'était une promenade qu'elle avait faite des centaines de fois. Les rayons du soleil jouaient entre les branches encore dénudées, et le sol humide, recouvert d'un tapis de feuilles mortes, était souple sous les pieds. Chants d'oiseaux, craquements de brindilles, bruissements dans les frondes des fougères, tous ces bruits lui étaient familiers.

Toutefois, elle avait beau connaître ces bois comme sa poche, elle éprouvait un sentiment curieux. L'impression de devoir être sur ses gardes. Il y avait dans l'air comme une promesse impossible à identifier. Plus elle avançait, plus cette sensation s'intensifiait. Son cœur se conduisait bizarrement, et elle sentait son sang pulser dans ses poignets, sa gorge, et jusque dans ses genoux.

Il y eut un mouvement devant elle. Une forme se glissa entre les arbres et fit onduler les fougères. Ce n'était pas une silhouette humaine.

Beatrix ramassa une branche tombée et la cassa adroitement pour s'en faire une canne. La forme s'immobilisa. Un silence profond descendit sur la forêt.

— Viens ici ! cria Beatrix.

Dans un craquement de feuilles et de branchages, un chien bondit vers elle. Il aboyait à la manière des terriers. Il s'arrêta à quelques pas d'elle, les babines retroussées sur de longues dents blanches.

Sans bouger, Beatrix l'examina. Il était mince, le poil dru et assez court, à l'exception de quelques touffes hirsutes autour des oreilles, des yeux et du museau qui lui donnaient une expression comique. Ses yeux brillants, très vifs, étaient aussi ronds que des pièces de monnaie.

Comment oublier des traits aussi distinctifs ? Beatrix les avait déjà vus.

— Albert ? dit-elle, n'en croyant pas ses yeux.

Les oreilles du chien frémirent. Il se coucha, non sans continuer de gronder tout bas.

— Il t'a donc ramené avec lui, murmura Beatrix en lâchant son bâton.

Alors même que des larmes lui picotaient les yeux, elle laissa échapper un petit rire.

— Je suis tellement contente que tu sois revenu sain et sauf de la guerre. Viens, Albert, soyons amis.

Immobile, elle attendit que le chien s'approche d'un pas méfiant. Après avoir reniflé ses jupes, il finit par poser sa truffe fraîche sur sa main. Elle ne fit pas un geste pour le caresser, mais le laissa se familiariser avec son odeur. Quand elle vit que son expression changeait, que sa mâchoire se détendait, elle lui dit avec fermeté :

— Assis !

Il posa aussitôt l'arrière-train sur le sol, puis laissa échapper un petit gémissement. Beatrix tendit alors la main pour lui caresser le crâne et le gratter derrière les oreilles. Albert se mit à haleter doucement, les yeux mi-clos de plaisir.

— Alors, tu t'es sauvé ? demanda Beatrix en lissant le toupet qui lui hérissait la tête. Vilain garçon. Je suppose que tu t'es bien amusé à courir après les lapins et les écureuils. Et il paraît qu'un poulet est porté manquant. Tu sais que tu as intérêt à te tenir loin des poulaillers, Albert, sinon tu ne seras pas bien vu à Stony Cross. Je te ramène chez toi, mon beau ? Ton maître est probablement en train de te chercher. Il…

Elle s'interrompit en entendant un bruit… quelqu'un… dans les fourrés. Albert tourna la tête, laissa échapper un aboiement joyeux, et se précipita vers la silhouette qui approchait.

Beatrix releva lentement la tête. Elle luttait pour maîtriser sa respiration et s'efforçait de calmer les battements erratiques de son cœur. Elle eut conscience que le chien revenait en bondissant vers elle, la langue pendante. Il se tourna de nouveau vers son maître comme pour lui dire : « Regarde ce que j'ai trouvé ! »

Après avoir longuement expiré, Beatrix leva les yeux vers l'homme qui s'était arrêté à quelques pas.

Christopher.

Le monde parut cesser de tourner.

Beatrix essaya de comparer l'homme qui se tenait devant elle avec le fringant séducteur dont elle gardait le souvenir. Il semblait presque impossible que ce fût la même personne. Elle n'avait plus sous les yeux un dieu descendu de l'Olympe, mais un guerrier endurci par les épreuves.

Il avait le teint presque cuivré, et ses cheveux blond foncé étaient coupés court. Son visage était impassible.

Comme il paraissait sombre et solitaire !

Elle aurait voulu courir à lui. Le toucher. Ne pas bouger exigea d'elle un tel effort que ses muscles en tremblèrent.

Quand elle parla, sa voix manquait d'assurance.

— Bienvenue à Stony Cross, capitaine Phelan.

Il garda le silence, les yeux fixés sur elle sans paraître la reconnaître. Seigneur Dieu, ces yeux... De glace et de feu, ils la transperçaient.

— Je suis Beatrix Hathaway, articula-t-elle. Ma famille...

— Je me souviens de vous.

Le velours rude de sa voix lui caressa délicieusement l'oreille. Fascinée, déconcertée, Beatrix scruta le visage circonspect de Christopher Phelan.

Pour lui, elle était une étrangère, mais le souvenir de ses lettres était entre eux, même s'il n'en avait pas conscience.

Elle caressa doucement le pelage broussailleux d'Albert.

— Vous n'étiez pas à Londres, dit-elle. Il y a eu quantité de réjouissances pour fêter votre retour.

— Je n'étais pas prêt.

Ces quelques mots exprimaient tant de choses ! Bien sûr qu'il n'était pas prêt. Le contraste entre la brutalité sanguinaire de la guerre et les parades accompagnées de fanfares et de pétales de fleurs aurait été trop détonnant.

— Je n'imagine pas qu'un homme sain d'esprit puisse l'être, observa-t-elle. C'est un tel déchaînement. Votre portrait est dans toutes les vitrines. Et on donne votre nom à différentes choses.

— Différentes choses, répéta-t-il d'un air méfiant.

— Il y a un chapeau Phelan.

— Non, ce n'est pas possible.

— Oh, que si ! Il est rond, avec un bord étroit. On le propose en gris ou en noir. Il y en a un d'exposé chez la modiste de Stony Cross.

La mine renfrognée, Christopher marmonna vaguement.

Beatrix joua doucement avec les oreilles du chien.

— Je… J'ai entendu parler d'Albert par Prudence. C'est vraiment gentil que vous l'ayez ramené avec vous.

— Non, c'était une erreur, déclara-t-il tout net. Il se conduit comme un fou furieux depuis que nous avons débarqué à Douvres. Il a déjà essayé de mordre deux personnes, dont l'une de mes domestiques. Il n'arrête pas d'aboyer. J'ai dû l'enfermer dans un abri de jardin, la nuit dernière, et il s'est échappé.

— Il est effrayé. Il pense que s'il se conduit ainsi, personne ne pourra lui faire de mal.

Le chien se dressa soudain et posa les pattes avant sur elle. Beatrix le repoussa doucement du genou.

— Au pied ! ordonna Christopher, avec un calme si menaçant qu'un frisson courut dans le dos de Beatrix.

Le chien rampa vers lui, la queue entre les pattes. Christopher sortit une laisse en cuir de la poche de son manteau et la lui passa autour du cou. Il releva la tête, son regard s'arrêta sur les deux taches de boue qui ornaient la jupe de Beatrix, avant de remonter jusqu'à sa poitrine.

— Désolé, dit-il d'un ton brusque.

— Ce n'est pas grave. Mais il faudrait lui apprendre à ne pas sauter sur les gens.

— Il n'a vécu qu'avec des soldats. Il ne connaît rien à la bonne société.

— Il peut apprendre. Je suis sûre que ce sera un chien agréable, une fois qu'il se sera accoutumé à son nouvel environnement.

Beatrix marqua une pause avant d'ajouter :

— Je pourrais travailler avec lui la prochaine fois que je rendrai visite à Audrey. Je me débrouille très bien avec les chiens.

— J'avais oublié que vous étiez amie avec ma belle-sœur, fit-il en lui adressant un regard sombre.

— En effet, murmura Beatrix, qui hésita un instant avant d'ajouter : J'aurais dû dire plus tôt que je suis vraiment désolée pour la perte de votre…

Il leva la main pour l'empêcher de continuer. Beatrix comprit. La douleur était encore trop aiguë. C'était un territoire qu'il ne pouvait pas traverser.

— Vous n'avez pas eu la possibilité de le pleurer, n'est-ce pas ? reprit-elle avec douceur. Je suppose que sa mort n'a été vraiment réelle pour vous qu'à votre retour à Stony Cross.

Christopher lui lança un regard d'avertissement.

Beatrix avait vu chez des animaux capturés cette animosité impuissante envers quiconque s'approchait. Elle avait appris à respecter un tel regard. C'était lorsqu'elles avaient le moins de défenses que les créatures sauvages se montraient les plus dangereuses. Elle reporta son attention sur le chien et le caressa longuement.

— Comment va Prudence ? l'entendit-elle demander.

Le frémissement contenu dans sa voix lui fit mal.

— Bien, je crois. Elle est à Londres pour la saison.

Elle hésita avant de préciser :

— Nous sommes toujours amies, mais peut-être plus aussi proches qu'auparavant.

— Pourquoi ?

Son regard était alerte, à présent. Manifestement, toute allusion à Prudence vous valait aussitôt son entière attention.

« À cause de vous, répondit Beatrix en son for intérieur. Je m'intéresse à vous, et elle s'intéresse à votre héritage. »

Elle se força à esquisser un sourire ironique.

— Il semblerait que nous ayons des intérêts différents…

— Vous ne sortez pas vraiment du même moule.

Percevant la pointe de sarcasme dans sa voix, Beatrix l'observa avec curiosité, la tête légèrement inclinée.

— Je ne vois pas ce que vous voulez dire.

Il hésita.

— Simplement que Mlle Mercer est conventionnelle. Et que vous… vous ne l'êtes pas.

Son ton était empreint d'une imperceptible condescendance, qui n'échappa cependant pas à Beatrix. Toute la compassion et la tendresse qu'elle avait pu éprouver disparurent d'un coup quand elle comprit que Christopher Phelan n'avait pas changé sur un point : il ne l'appréciait toujours pas.

— Je ne voudrais pour rien au monde être une personne conventionnelle, répliqua-t-elle. Elles sont en général ennuyeuses et superficielles.

Apparemment, il prit cela comme une critique envers Prudence.

— Comparées à celles qui apportent un animal nuisible pour les jardins dans les pique-niques ? Personne ne pourrait vous accuser d'être ennuyeuse, mademoiselle Hathaway.

Beatrix sentit le sang se retirer de son visage. Cette attaque directe lui coupa presque le souffle.

— Vous pouvez m'insulter, parvint-elle, Dieu sait comment, à riposter, mais laissez mon hérisson tranquille !

Sur ce, elle fit volte-face et s'éloigna au pas de charge. Albert gémit, puis fit mine de la suivre, obligeant Christopher à le rappeler au pied.

Beatrix ne s'autorisa pas un regard en arrière. C'était déjà terrible d'aimer un homme qui ne vous aimait pas en retour, mais c'était bien pire d'aimer un homme à qui vous déplaisiez souverainement.

La pensée ridicule lui vint qu'elle aurait aimé décrire à *son* Christopher l'étranger qu'elle venait de rencontrer.

Il s'est montré si méprisant, lui aurait-elle écrit. *Il m'a rejetée comme quelqu'un qui ne mériterait pas une once de respect. De toute évidence, il me considère comme une sauvageonne, plutôt folle. Le pire, c'est qu'il a probablement raison.*

Christopher rentra chez lui en compagnie d'Albert qui marchait calmement à côté de lui. Pour une raison inexplicable, ce dernier semblait mieux se comporter depuis sa rencontre avec Beatrix Hathaway. Quand Christopher lui jeta un regard de reproche, Albert leva la tête vers lui, la langue pendante.

— Espèce d'imbécile, marmonna-t-il, sans trop savoir si cela s'adressait au chien ou à lui-même.

Il éprouvait un désagréable sentiment de culpabilité. Il s'était conduit en crétin avec Beatrix Hathaway. Alors qu'elle essayait de se montrer amicale, il avait été froid et condescendant.

Ce n'était pas délibérément qu'il l'avait offensée. Mais il devenait presque fou du désir de revoir Prudence, de retrouver cette voix douce et sans artifice qui lui avait permis de ne pas sombrer dans la folie. Chacun des mots des lettres qu'elle lui avait envoyées résonnait encore en lui.

J'ai beaucoup marché ces derniers temps. J'ai l'impression de mieux réfléchir quand je suis à l'extérieur...

Et lorsqu'il était parti à la recherche d'Albert et s'était retrouvé dans la forêt, une idée absurde avait germé dans son esprit : Prudence était tout près, et le destin allait provoquer leurs retrouvailles, tout simplement.

Mais au lieu de rencontrer la femme dont il rêvait, qu'il mourait d'envie de revoir depuis si longtemps, il était tombé sur Beatrix Hathaway.

Ce n'était pas qu'il ne l'aimait pas. Beatrix était une créature certes étrange, mais assez aimable ; et bien plus séduisante que dans son souvenir. En vérité, elle était même devenue une beauté. Elle avait perdu son allure dégingandée de garçon manqué pour acquérir des courbes gracieuses et...

Christopher secoua la tête avec impatience pour tenter de rectifier le cours de ses pensées. Mais l'image de Beatrix Hathaway subsista. Un visage à l'ovale charmant, une bouche délicatement sensuelle, et des yeux d'un bleu si riche et si profond qu'il semblait se teinter de pourpre. Et ces cheveux de soie sombre, rassemblés en un chignon négligé d'où s'échappaient des boucles folâtres...

Seigneur, cela faisait trop longtemps qu'il n'avait pas possédé une femme ! Il était travaillé par la concupiscence, se sentait seul, en proie au chagrin et à la colère. Il éprouvait d'innombrables désirs et ignorait comment combler un seul d'entre eux.

Retrouver Prudence lui apparaissait comme un bon début.

Il allait se reposer ici quelques jours. Quand il jugerait être redevenu un peu lui-même, il irait la retrouver à Londres. Pour le moment, toutefois, il était évident que son ancienne aisance verbale lui faisait défaut. Alors qu'il se montrait auparavant détendu et charmeur, il était à présent sur ses gardes et crispé.

Une partie du problème venait du fait qu'il dormait mal. Au plus léger bruit, il se réveillait en sursaut, le cœur battant. Et cela arrivait également pendant la journée. La veille, Audrey avait fait tomber un livre de la pile qu'elle transportait, et il avait failli se jeter à terre. Il avait d'instinct tendu la main vers son fusil, avant de se rappeler qu'il n'en portait plus.

Christopher ralentit le pas. Puis il s'arrêta pour s'accroupir à côté d'Albert et plongea son regard dans le sien.

— Difficile de laisser la guerre derrière, hein ? murmura-t-il en flattant le chien avec une rudesse affectueuse.

Albert s'appuya contre lui et essaya de lui lécher le visage.

— Mon pauvre, tu n'as aucune idée de ce qui se passe, n'est-ce pas ? Pour autant que tu saches, des obus pourraient exploser au-dessus de nos têtes à tout instant.

Albert se laissa tomber sur le dos, les pattes en l'air, quémandant un grattouillis sur le ventre. Christopher s'exécuta avant de se relever.

— Retournons à la maison. Je te laisserai entrer de nouveau à l'intérieur – mais que Dieu nous vienne en aide si tu mords quelqu'un !

Malheureusement, dès qu'ils furent dans la maison, Albert fut saisi de la même fureur hostile que la veille. L'air sombre, Christopher le tira jusque dans le salon, où sa mère et Audrey prenaient le thé.

Albert aboya après les deux femmes ; il aboya après une servante terrifiée ; il aboya après une mouche sur le mur ; il aboya après la théière.

— Tais-toi ! lui intima Christopher entre ses dents.

Il traîna le chien jusqu'au canapé et attacha l'extrémité de sa laisse à l'un des pieds.

— Couché, Albert. Couché !

Le chien s'allongea sur le sol à contrecœur sans cesser de gronder.

Un sourire forcé plaqué sur le visage, Audrey demanda d'un ton qui s'efforçait de demeurer policé :

— Une tasse de thé ?

— Avec plaisir, répondit Christopher, ironique, avant de les rejoindre autour de la table.

— Il met de la boue sur le tapis, observa sa mère d'une voix crispée. Dois-tu vraiment nous infliger cette créature, Christopher ?

— Oui. Il faut qu'il s'habitue à rester dans la maison.

— Moi, je ne m'y habituerai pas, rétorqua-t-elle. J'ai cru comprendre que ce chien t'avait aidé pendant la guerre. Mais tu n'en as sûrement plus besoin à présent.

— Sucre ? Lait ? s'enquit Audrey, dont le doux regard brun s'attristait au fil de l'échange.

— Du sucre, c'est tout.

Christopher garda les yeux sur elle tandis qu'elle remuait le thé. La tasse à la main, il se concentra ensuite sur le liquide fumant, luttant contre une soudaine bouffée de rage. Cela aussi, c'était un problème nouveau, ces brusques éruptions de fureur disproportionnées.

Il attendit de se sentir suffisamment calme pour répondre à sa mère :

— Albert a fait plus que m'aider. Quand je passais des semaines dans une tranchée boueuse, il veillait sur moi afin que je puisse dormir sans craindre d'être surpris. Il portait des messages. Il savait bien avant que nos yeux ou nos oreilles aient pu détecter quoi que ce soit que l'ennemi approchait, et il nous alertait.

Christopher s'interrompit pour jeter un coup d'œil au visage renfrogné de sa mère.

— Je lui dois la vie. Il a mérité que je me montre loyal envers lui. Et même s'il est laid et mal élevé, il se trouve que je l'aime.

Il reporta son attention sur Albert, qui fouetta l'air de la queue avec enthousiasme.

Audrey affichait une expression dubitative. Sa mère paraissait fâchée.

Christopher but son thé dans le silence qui s'ensuivit. Son cœur se serrait quand il voyait les changements survenus chez les deux femmes. Elles étaient pâles, amaigries, et les cheveux de sa mère avaient blanchi. La maladie prolongée de John les avait éprouvées, et une année presque entière de réclusion avait achevé de les accabler.

Christopher songea – et ce n'était pas la première fois – combien c'était dommage que la bienséance impose une telle solitude aux gens endeuillés alors qu'il aurait probablement été dans leur intérêt d'avoir de la compagnie et des distractions.

Sa mère reposa sa tasse à moitié pleine et s'écarta de la table. Christopher se leva pour lui tirer sa chaise.

— Je ne peux pas savourer mon thé avec cette bête qui me fixe, déclara-t-elle. J'ai l'impression qu'elle pourrait me sauter à la gorge à tout moment.

— Sa laisse est attachée au canapé, mère, fit remarquer Audrey.

— Peu importe. Je déteste cet animal.

Elle quitta la pièce toutes voiles dehors, le dos raidi par l'indignation.

Libérée de l'obligation de respecter les bonnes manières, Audrey posa le coude sur la table et cala le menton dans sa main.

— Ton oncle et sa tante l'ont invitée dans le Hertfordshire, dit-elle. Je l'encourage vivement à accepter leur offre. Elle a besoin de changer d'air.

— La maison est trop sombre, fit remarquer Christopher. Pourquoi tous les volets sont-ils fermés et les rideaux tirés ?

— La lumière lui fait mal aux yeux.

— Je n'en crois rien. Elle devrait partir, cela fait trop longtemps qu'elle se terre dans cette morgue. Et toi aussi, ajouta-t-il après avoir observé sa belle-sœur.

Audrey soupira.

— Cela fait presque un an. Je pourrai bientôt quitter le grand deuil pour le demi-deuil.

— Et en quoi consiste le demi-deuil, exactement ? s'enquit Christopher, qui n'avait qu'une vague notion de ces rituels.

— Cela signifie que je vais pouvoir abandonner les voiles, répondit Audrey sans enthousiasme. J'aurai le droit de porter des robes grises ou mauves ainsi que des ornements non brillants. Et je pourrai assister à quelques événements mondains, à condition de ne pas paraître y prendre du plaisir.

Christopher laissa échapper un grognement de dérision.

— Qui a inventé ces règles ?

— Je ne sais pas. Mais nous devons, hélas, nous y soumettre sous peine d'encourir la réprobation de la société. Ta mère a déclaré qu'elle garderait le grand deuil, reprit Audrey après un instant. Elle a l'intention de passer le reste de sa vie en noir.

Christopher hocha la tête. Il n'était pas surpris. La dévotion de sa mère pour son fils aîné n'avait fait que s'exacerber depuis son décès.

— Il est évident que chaque fois qu'elle me regarde, elle pense que c'est moi qui aurais dû disparaître.

Audrey ouvrit la bouche pour protester, puis la referma.

— Ce n'est pas vraiment ta faute si tu es revenu vivant, finit-elle par dire. Je suis heureuse que tu sois là. Et je crois qu'au fond de son cœur, ta mère l'est aussi. Mais elle est quelque peu perturbée. Je pense que passer un peu de temps loin du Hampshire lui fera du bien.

Après un silence, elle reprit :

— Je vais partir moi aussi, Christopher. Je veux aller rendre visite à ma famille à Londres. Et il ne serait pas convenable que nous restions tous les deux ici sans chaperon.

— Si tu veux, je t'accompagnerai à Londres. J'avais de toute façon l'intention de m'y rendre pour voir Prudence Mercer.

— Ah, fit Audrey, les sourcils froncés.

Christopher lui adressa un regard interrogateur.

— Je suppose que ton opinion à son sujet n'a pas changé.

— Si. Elle est encore plus mauvaise.

— Pourquoi ? demanda-t-il, sur la défensive malgré lui.

— Au cours de ces deux dernières années, Prudence a acquis la réputation d'une coquette éhontée. Tout le monde sait qu'elle a pour ambition d'épouser un homme riche, de préférence noble. J'espère que tu ne te fais pas d'illusions ; elle ne s'est pas languie de toi.

— Je n'attendais pas vraiment qu'elle fasse retraite dans un couvent durant mon absence.

— Tant mieux. Parce qu'apparemment, tu lui étais complètement sorti de l'esprit.

Audrey marqua une pause avant d'ajouter avec amertume :

— Toutefois, peu de temps après la mort de John, quand tu es devenu le nouvel héritier de Riverton, l'intérêt de Prudence à ton endroit a connu une recrudescence spectaculaire.

Christopher s'efforça de garder un visage impassible tandis qu'il réfléchissait à cette information malvenue. Dans cette description fâcheuse, il ne reconnaissait pas du tout la femme avec qui il avait correspondu. Une seule explication possible : Prudence était victime de rumeurs odieuses. Vu son charme et sa beauté, cela n'avait rien de surprenant.

Il ne désirait cependant pas se quereller avec sa belle-sœur, aussi préféra-t-il changer de sujet.

— J'ai rencontré par hasard l'une de tes amies tout à l'heure, quand je me promenais.

— Qui ?

— Mlle Hathaway.

— Beatrix ? J'espère que tu t'es montré poli avec elle, fit Audrey en l'étudiant avec attention.

— Pas spécialement, admit-il.

— Que lui as-tu dit ?

Christopher fixa le fond de sa tasse.

— J'ai insulté son hérisson, marmonna-t-il.

— Oh, Seigneur ! s'exclama Audrey, l'air exaspéré. Quand je pense que tu étais autrefois réputé pour ton éloquence ! Quel instinct pervers te pousse donc à offenser sans cesse l'une des femmes les plus gentilles que j'aie jamais connues ?

— Je ne l'offense pas sans cesse ! Juste aujourd'hui.

— Comme c'est commode d'avoir la mémoire courte ! répliqua Audrey avec ironie. Tout Stony Cross sait que tu lui as un jour dit que sa place était aux écuries.

— Je n'aurais jamais dit cela à une femme, si excentrique soit-elle.

— Beatrix t'a surpris en train de le dire à l'un de tes amis, lors de la fête de la moisson à Stony Cross Manor.

— Et elle l'a raconté à tout le monde ?

— Non, elle a commis l'erreur de se confier à Prudence, qui l'a raconté à tout le monde. Prudence est une commère impénitente.

— De toute évidence, tu ne l'aimes guère. Mais si tu…

— J'ai fait des efforts, crois-moi, coupa Audrey. Je pensais qu'en cherchant au-delà des apparences, je trouverais la véritable Prudence. Mais il n'y a rien au-delà. Et je doute que cela change un jour.

— Selon toi, Beatrix Hathaway lui est supérieure ?

— À tous points de vue, sauf peut-être la beauté.

— Alors là, tu te trompes, l'informa-t-il. Mlle Hathaway est bel et bien une beauté.

Audrey arqua les sourcils.

— Tu le penses vraiment ? demanda-t-elle avec détachement en portant sa tasse à ses lèvres.

— C'est évident. Indépendamment de ce que je pense de sa personnalité, Mlle Hathaway est une femme exceptionnellement séduisante.

— Oh, je ne sais pas...

Audrey accorda toute son attention à son thé, dans lequel elle rajouta un minuscule morceau de sucre, avant de murmurer :

— Elle est plutôt grande, non ?

— Sa taille et sa silhouette sont parfaites.

— Et les cheveux bruns sont si communs...

— Les siens sont d'une teinte particulière, vraiment très noirs. Et ses yeux...

— ... sont bleus, acheva Audrey avec un petit geste dédaigneux de la main.

— Je n'ai jamais vu de bleu plus profond ni plus pur. Aucun peintre ne saurait rendre...

Christopher s'interrompit brutalement.

— Peu importe. Je m'éloigne du sujet.

— Qui est ? s'enquit Audrey d'une voix douce.

— Que je me moque de savoir si Mlle Hathaway est belle ou pas. Elle est particulière, de même que sa famille, et aucun d'eux ne m'intéresse. De la même manière, je me contrefiche que Prudence Mercier soit belle – je ne m'intéresse qu'à son esprit. Lequel est charmant, original et absolument irrésistible.

— Je vois. L'esprit de Beatrix est particulier, et celui de Prudence est original et irrésistible.

— Exactement.

Audrey secoua lentement la tête.

— Il y a quelque chose que j'aimerais te dire. Mais plus le temps passera, plus cela deviendra évident. Et tu ne le croirais pas si je te le disais ; ou, du moins, tu ne voudrais pas le croire. C'est l'une de ces choses que l'on doit découvrir par soi-même.

— Que diable racontes-tu, Audrey ?

Croisant ses bras minces, sa belle-sœur l'observa avec sévérité. Alors même qu'un étrange petit sourire lui retroussait le coin des lèvres.

— Si tu es un tant soit peu un gentleman, finit-elle par déclarer, tu te rendras demain chez Beatrix et tu lui présenteras tes excuses. Vas-y quand tu promèneras Albert – à défaut d'être heureuse de te voir, elle sera contente de le voir, *lui*.

8

Accompagné d'Albert, Christopher se rendit à Ramsay House l'après-midi suivant. Ce n'était pas qu'il en eût envie. Toutefois, il n'avait pas de projets pour la journée et, sauf à vouloir endurer les regards implacables de sa mère ou, pire, le calme stoïcisme d'Audrey, il n'avait nulle part où aller.

Il ne s'était toujours pas résolu à demander à Audrey comment John avait vécu les ultimes journées de son existence… ni quelles avaient été ses dernières paroles.

Beatrix Hathaway avait deviné juste : la mort de John n'avait été réelle pour lui que lorsqu'il était rentré à la maison.

Alors qu'Albert bondissait joyeusement de tous côtés, Christopher se sentait morose et nerveux. Comment allait-on l'accueillir à Ramsay House ? Nul doute que Beatrix avait raconté l'incident à sa famille. Ils seraient fâchés contre lui, et avec raison. Tout le monde savait que les Hathaway formaient une famille très unie, un clan dont les membres se montraient très protecteurs les uns envers les autres. Rien d'étonnant, du reste, avec deux beaux-frères bohémiens. Sans parler de leur propre origine, tout à fait commune.

Ce n'était qu'à cause du titre hérité par Leo, lord Ramsay, qu'on les admettait dans la bonne société. Heureusement pour eux, ils étaient amis avec lord Westcliff, l'un des pairs les plus puissants et les plus respectés du royaume. Cette relation leur permettait de pénétrer dans des cercles qui, sinon, les auraient exclus. Cependant, ce qui irritait la petite noblesse locale, c'était que les Hathaway semblaient s'en moquer complètement.

Avec ses mille cinq cents hectares de terres cultivables, le domaine Ramsay était petit mais fertile. À cela s'ajoutait une grande forêt dont l'exploitation offrait un profit annuel important.

Quand Christopher arriva en vue du manoir, auquel le mélange des styles architecturaux conférait un charme particulier, il mit Albert en laisse. Après l'avoir attaché à une colonne du porche, il frappa à la porte, non sans une pointe d'appréhension.

Il fit un pas en arrière quand la porte fut violemment ouverte par une gouvernante à l'expression affolée.

— Je vous demande pardon, monsieur, nous sommes en plein…

Elle s'interrompit comme un fracas de porcelaine brisée retentissait quelque part dans la maison.

— Oh, Seigneur tout-puissant ! gémit-elle, avant de s'effacer et d'indiquer le salon. Si vous voulez bien attendre là et…

— Je la tiens ! s'exclama une voix masculine. Bon sang, non ! Elle fonce vers l'escalier.

— Ne la laissez pas monter à l'étage ! cria une femme qui ajouta, quand on entendit les pleurs d'un bébé : Oh, cette maudite créature l'a réveillé ! Où sont les servantes ?

— Cachées, j'imagine.

Debout dans le vestibule, Christopher hésitait sur la conduite à tenir. Il tressaillit en percevant un chevrotement.

— Ils élèvent des animaux de ferme dans la maison ? demanda-t-il, ébahi, à la gouvernante.

— Non, bien sûr que non, répondit-elle hâtivement en essayant de le pousser vers le salon. C'est... c'est un bébé qui pleure. Oui. Un bébé !

— Ça n'y ressemble pas.

Christopher entendit Albert aboyer sur le perron. Un chat à trois pattes traversa le vestibule comme une flèche, suivi par un hérisson qui trottinait bien plus vite qu'on aurait pu l'imaginer. La gouvernante s'élança derrière eux.

— Pandora, viens ici ! fit une autre voix.

Quand il reconnut celle de Beatrix Hathaway, tous les sens de Christopher se mirent en alerte. Si seulement il comprenait de quoi il retournait !

C'est alors qu'une grosse chèvre blanche passa devant lui avec force cabrioles, et disparut au moment où Beatrix Hathaway surgissait en courant. Elle s'arrêta net.

— Vous auriez peut-être pu essayer de l'arrêter ! s'écria-t-elle, avant d'esquisser une vague grimace quand elle reconnut Christopher. Oh, c'est vous !

— Mademoiselle Hathaway...

— Tenez-moi ça.

Elle lui fourra dans les bras un petit corps chaud et gigotant avant de s'élancer de nouveau aux trousses de la chèvre.

Abasourdi, Christopher découvrit un chevreau au poil crème et à la tête brune, qu'il faillit laisser choir quand, ayant relevé la tête pour suivre Beatrix des yeux, il s'aperçut qu'elle portait un pantalon et des bottes.

Christopher avait vu des femmes à toutes les étapes de l'habillage ou du déshabillage, mais il n'en avait jamais vu une seule habillée en garçon d'écurie.

— Je dois être en train de rêver, confia-t-il au chevreau qui se tortillait.

— Je l'ai ! annonça la voix masculine. Beatrix, je t'avais bien dit qu'il fallait rehausser la barrière de l'enclos.

— Elle n'a pas sauté par-dessus, protesta Beatrix. Elle l'a *mangée* !

— Qui l'a laissée entrer dans la maison ?

— Personne. Elle a réussi à ouvrir la porte de service à coups de tête.

Une conversation inaudible s'ensuivit.

Tandis que Christopher patientait dans le hall, un petit garçon brun, âgé de quatre ou cinq ans, franchit tout essoufflé la porte d'entrée. Il était armé d'une épée de bois et avait noué un mouchoir autour de sa tête.

— Ils ont attrapé la chèvre ? demanda-t-il à Christopher sans préambule.

— Je crois, oui.

— Oh, corne de bouc ! s'exclama l'enfant avec un à-propos involontaire. J'arrive trop tard.

Il soupira, puis examina Christopher.

— T'es qui ?

— Le capitaine Phelan.

Une lueur d'intérêt s'alluma dans le regard du garçon.

— Il est où, ton uniforme ?

— Je ne le porte plus maintenant que la guerre est finie.

— Tu es venu voir mon père ?

— Non, je... je rendais visite à Mlle Hathaway.

— Tu es un de ses soupirants ?

Comme Christopher secouait vigoureusement la tête, l'enfant ajouta d'un air docte :

— Ça se pourrait et que, en fait, tu le sais pas encore.

Christopher ne put s'empêcher de sourire – son premier vrai sourire depuis très longtemps.

— Mlle Hathaway a beaucoup de soupirants ?

— Oh, oui ! Mais il y en a aucun qui veut se marier avec elle.

— Pour quelle raison, à ton avis ?

— Ils veulent pas qu'on leur tire dessus, répondit le garçonnet avec un haussement d'épaules.

— Pardon ?

— Avant que tu te maries, il faut que tu reçoives une flèche et que tu tombes amoureux, expliqua-t-il. Mais je pense pas qu'après, ça fait aussi mal qu'au début, ajouta-t-il après un silence songeur.

Le sourire de Christopher s'élargit. Beatrix choisit ce moment pour réapparaître, tirant la chèvre au bout d'une corde.

Quand leurs regards se croisèrent, et se soutinrent, le sourire de Christopher s'évanouit. Le regard bleu de la jeune femme, étonnamment direct et lucide, évoquait celui d'un ange vagabond.

Il donnait l'impression que, quoi qu'elle pût voir du monde et de ses péchés, elle ne serait jamais blasée. En face d'elle, impossible de ne pas se rappeler que les choses qu'il avait vues et faites ne s'effaceraient pas comme des marques de doigts sur un miroir.

Elle détourna lentement les yeux pour les poser sur le petit garçon.

— Rye, tu veux bien emmener Pandora dans la grange, s'il te plaît ? fit-elle en lui tendant l'extrémité de la corde. Et son bébé aussi.

Elle tendit les mains pour prendre le chevreau dans les bras de Christopher. Au frôlement de ses doigts contre sa chemise, il eut une réaction déconcertante, comme une lourdeur plaisante dans le bas-ventre.

— Oui, tatie.

Demeuré seul avec Beatrix, Christopher essaya de ne pas la regarder bouche bée. Et échoua lamentablement. Elle aurait pu tout aussi bien se tenir devant lui en sous-vêtements. En vérité, ç'aurait même été préférable parce qu'au moins, il ne se serait pas dégagé d'elle un érotisme aussi singulier. Son accoutrement masculin soulignait les formes gracieuses de ses hanches et de ses cuisses. Et elle ne semblait pas du tout en être gênée. Le diable l'emporte, quel genre de femme était-ce ?

Il lutta contre les réactions qu'elle éveillait en lui – un mélange d'irritation, de fascination et de désir. Avec ses cheveux qui menaçaient d'échapper à leurs épingles et ses joues rosies par l'exercice, elle était l'incarnation de la féminité radieuse.

— Que faites-vous ici ? demanda-t-elle.

— Je suis venu vous présenter mes excuses. Je me suis montré… discourtois, hier.

— Non, grossier.

— Vous avez raison. Je suis sincèrement désolé.

Devant son absence de réaction, il chercha ses mots. Lui qui s'adressait aux femmes avec une telle aisance autrefois…

— J'ai passé trop de temps en compagnie peu choisie, finit-il par reprendre. Depuis que j'ai quitté la Crimée, je me surprends à réagir avec emportement sans aucune raison. Je… Les mots sont trop importants à mes yeux pour que je les utilise avec tant de désinvolture.

Peut-être était-ce son imagination, mais il crut voir son expression s'adoucir un peu.

— Vous n'avez pas à être désolé parce que vous ne m'appréciez pas, dit-elle. Mais simplement de vous être montré discourtois.

— Grossier, corrigea Christopher. Et ce n'est pas vrai.

— Qu'est-ce qui n'est pas vrai ?

— Que je ne vous apprécie pas. C'est-à-dire que… je ne vous connais pas assez bien pour vous apprécier ou pas.

— Capitaine, je suis certaine que plus vous en découvrirez sur moi, moins vous m'apprécierez. En conséquence, allons à l'essentiel et reconnaissons que nous ne nous apprécions pas mutuellement. Nous gagnerons du temps.

Elle abordait le problème de manière si franche et pragmatique que Christopher en fut amusé malgré lui.

— Je crains de ne pas pouvoir vous donner satisfaction.

— Pourquoi ?

— Parce qu'au moment précis où vous avez dit cela, je me suis surpris à commencer à vous apprécier.

— Ça ne durera pas.

— Au contraire, c'est de pire en pire, répliqua-t-il en réprimant un sourire. À présent, je suis tout à fait convaincu que je vous apprécie.

Beatrix lui adressa un regard ouvertement sceptique.

— Et ma hérissonne ? Vous l'appréciez, elle aussi ?

— L'affection pour les rongeurs demande un peu de temps, répondit-il après réflexion.

— Medusa n'est pas un rongeur mais un insectivore.

— Pourquoi l'avez-vous apportée au pique-nique ? ne put-il s'empêcher de lui demander.

— Parce que j'ai pensé que sa compagnie serait préférable à celle des gens que je rencontrerais là-bas. Et je ne me trompais pas, ajouta-t-elle avec une esquisse de sourire. Nous allions prendre le thé. Voulez-vous vous joindre à nous ?

Christopher commença à secouer la tête avant même qu'elle ait fini. On allait lui poser des questions, il lui faudrait répondre avec prudence, et la simple pensée d'une conversation prolongée le fatiguait et l'angoissait d'avance.

— Non, je vous remercie. Je…

— C'est la condition pour que je vous pardonne, déclara Beatrix.

Elle le fixa de son regard bleu sombre où brillait une lueur de défi.

Christopher en fut surpris et amusé. Comment cette jeune fille naïve avait-elle le culot de lui donner des ordres ?

Mais tout bien considéré, l'après-midi se révélait curieusement divertissant. Alors, pourquoi ne pas rester ? Il n'était attendu nulle part, et n'avait pas envie de retourner s'enfermer dans la maison plongée dans la pénombre.

— Dans ce cas…

Il s'interrompit, interdit, comme Beatrix se penchait vers lui.

— Oh, flûte ! dit-elle en examinant les revers de sa veste. Vous êtes couvert de poils de chèvre.

Elle commença à brosser le devant de sa veste avec vigueur.

Il fallut bien cinq secondes à Christopher pour recommencer à respirer.

— Mademoiselle Hathaway…

Elle se tenait bien trop près de lui. Mais il aurait voulu qu'elle se rapproche encore davantage. Quel effet cela ferait-il de refermer les bras autour d'elle et de presser la joue contre sa chevelure luxuriante ?

— Ne bougez pas, coupa-t-elle en continuant de frotter sa veste. Je les ai presque tous enlevés.

— Non, je ne… Ce n'est pas…

Incapable de se maîtriser davantage, Christopher referma les mains autour de ses poignets minces, et les maintint en l'air. Seigneur ! La sensation de sa peau douce… l'exquise palpitation de son pouls sous ses doigts…

Il perçut le frémissement qui la parcourut. Il aurait voulu le suivre, épouser de ses paumes ses courbes souples.

Mais malgré ses charmes indéniables, et même s'il n'avait pas déjà été amoureux de Prudence, il ne courtiserait jamais une femme telle que Beatrix Hathaway. Ce qu'il voulait vraiment, ce dont il avait besoin, c'était d'un retour à la normalité. Un genre de vie qui lui permettrait de retrouver la paix.

Lentement, Beatrix se dégagea de son étreinte. Elle le fixa d'un regard à la fois aigu et circonspect.

Tous deux sursautèrent en entendant un bruit de pas.

— Bonjour, fit une agréable voix féminine.

C'était l'aînée des Hathaway, Amelia. Elle était plus petite et plus voluptueuse que Beatrix. Il y avait en elle quelque chose de chaleureux et de maternel, comme si elle était toujours prête à offrir affection et réconfort.

— Madame Rohan, murmura Christopher en s'inclinant.

— Monsieur… ?

Ils s'étaient déjà rencontrés, mais elle ne le reconnaissait visiblement pas.

— C'est le capitaine Phelan, Amelia, intervint Beatrix.

— Quelle bonne surprise ! s'exclama Amelia en tendant la main à Christopher.

— Le capitaine Phelan et moi, nous ne nous apprécions pas, l'informa Beatrix. En fait, nous sommes des ennemis jurés.

Christopher tourna les yeux vers elle.

— Quand sommes-nous devenus des ennemis jurés ?

— Cela étant, il reste pour le thé, continua Beatrix, ignorant sa question.

— Merveilleux, commenta Amelia d'un ton égal. Pourquoi êtes-vous ennemis, ma chérie ?

— Je l'ai rencontré hier quand je me promenais. Il a traité Medusa d'« animal nuisible pour les jardins » et m'a reproché de l'avoir emmenée à un pique-nique.

Amelia adressa un sourire à Christopher.

— On a traité Medusa de bien pire ici, fit-elle remarquer. Entre autres de « pelote à épingles obèse » et de « cactus ambulant ».

— Je n'ai jamais compris pourquoi les gens se montrent à ce point hostiles envers les hérissons, marmonna Beatrix.

— Ils font des trous dans le jardin, et ce ne sont pas vraiment des animaux qu'on a envie de câliner. Le capitaine Phelan n'a pas tort, ma chérie... À la place, tu aurais peut-être pu emporter ton chat au pique-nique.

— Ne dis pas de bêtises. Les chats aiment beaucoup moins les pique-niques que les hérissons.

L'échange se poursuivit à une cadence si infernale que Christopher eut quelque peine à intervenir. Il réussit néanmoins à trouver une ouverture.

— J'ai présenté mes excuses à Mlle Hathaway, dit-il à Amelia, mal à l'aise.

— C'est délicieux. Un homme qui n'a pas peur de présenter des excuses ! Venez donc, capitaine, vous êtes ici chez des amis.

Elle entraîna Christopher à travers la maison, qui était gaie et lumineuse, avec de nombreuses fenêtres et des piles de livres un peu partout.

— Beatrix, lança Amelia par-dessus son épaule, peut-être pourrais-tu envisager de te changer.

Le pauvre capitaine Phelan risque de trouver ta tenue quelque peu choquante.

— Puisqu'il m'a déjà vue, je l'ai déjà choqué. À quoi cela servirait-il que je me change maintenant ? Capitaine, seriez-vous plus à l'aise si j'enlevais mon pantalon ?

— Non ! s'empressa-t-il de répondre.

— Bien, dans ce cas je le garde. Franchement, je ne vois pas pourquoi les femmes ne pourraient pas s'habiller ainsi tout le temps. On peut marcher librement et même sauter. Comment voulez-vous courir après une chèvre avec des jupes ?

— C'est là quelque chose que les couturières devraient prendre en compte, admit Amelia. Encore que je coure davantage derrière des enfants que derrière les chèvres.

Ils pénétrèrent dans une pièce éclairée par une rangée de hautes fenêtres. De confortables fauteuils garnis de coussins brodés entouraient une table à thé sur laquelle une domestique disposait des assiettes en porcelaine. Christopher ne put s'empêcher de comparer cette scène douillette avec le cérémonial guindé du thé de la veille, dans le salon solennel des Phelan.

— Ajoutez une tasse, Tillie, s'il vous plaît, dit Amelia. Nous avons un invité.

— Oui, madame. La chèvre est partie ? s'enquit-elle avec une inquiétude évidente.

— Définitivement, assura Amelia. Vous pourrez apporter le plateau dès qu'il sera prêt. Cette chèvre ne cesse de semer la pagaille, enchaîna-t-elle à l'adresse de Christopher. Et elle n'est même pas pittoresque. Les chèvres sont simplement des moutons mal dressés.

— Tu es injuste, protesta Beatrix. Les chèvres ont beaucoup plus de caractère et d'intelligence que les moutons, qui ne sont que des suiveurs. Je n'en ai rencontré que trop à Londres.

— Des moutons ? demanda Christopher, interloqué.

— Ma sœur parle au sens figuré, capitaine Phelan.

— J'ai quand même rencontré quelques vrais moutons à Londres, assura Beatrix. Mais il est vrai que je faisais allusion principalement à des personnes. Elles racontent toutes les mêmes potins, ce qui est pénible. Elles adhèrent aux modes et aux opinions les plus répandues, si stupides soient-elles. On ne s'enrichit jamais en leur compagnie. Et on finit toujours par s'aligner et se mettre à bêler.

Un rire tranquille accompagna l'entrée de Cam Rohan dans la pièce.

— Visiblement, les Hathaway ne sont pas des moutons. Parce que voilà des années que j'essaye de guider le troupeau sans aucun succès.

D'après les souvenirs de Christopher, Rohan avait travaillé dans un club de jeu, à Londres, puis fait fortune en investissant dans l'industrie. Même si son dévouement pour sa femme et sa famille étaient bien connus à Stony Cross, il n'avait pas pour autant l'allure d'un respectable patriarche. Avec ses cheveux bruns un peu trop longs, ses yeux exotiques couleur d'ambre, et le diamant qui brillait à son oreille, son ascendance bohémienne était évidente.

Il enveloppa Christopher d'un regard amical.

— Bonjour, capitaine Phelan. Cela fait plaisir de vous voir. Nous espérions que vous rentreriez sain et sauf.

— Merci. J'espère que ma présence n'est pas importune.

— Pas du tout. Lord Ramsay et sa femme étant toujours à Londres, et mon frère Merripen et sa femme en Irlande, la maison est beaucoup trop calme, ces derniers temps.

Rohan observa un court silence avant d'ajouter, une étincelle amusée dans les yeux :

— En dépit des chèvres fugueuses.

Les dames s'assirent comme on apportait un plateau somptueusement garni. Quand Amelia versa le thé, Christopher nota qu'elle ajoutait quelques feuilles vertes dans la tasse de Beatrix.

— Ma sœur aime un peu de menthe dans son thé, expliqua-t-elle, remarquant son intérêt. En voulez-vous aussi ?

— Non, je vous remercie, je…

La voix de Christopher mourut quand elle ajouta une cuillerée de miel dans la tasse.

Chaque matin et chaque après-midi, je bois du thé à la menthe sucré avec du miel…

Le souvenir de Prudence réveilla en lui le désir familier. Il s'obligea à le dominer pour se concentrer sur l'instant présent.

Dans le silence soudain, les aboiements d'Albert résonnèrent. Quand donc ce maudit chien apprendrait-il à se tenir tranquille ?

— Il veut vous protéger, dit Beatrix. Il se demande où je vous ai emmené.

— Je ferais peut-être mieux de m'en aller, déclara Christopher avec un soupir d'exaspération. Il va aboyer pendant des heures.

— Mais non. Albert doit apprendre à s'adapter à vos activités. Je vais le faire entrer.

Elle avait certes raison, mais son attitude autoritaire irrita Christopher.

— Il pourrait faire des dégâts, dit-il en se levant.

— Il ne peut pas faire pire que la chèvre, répliqua Beatrix en l'imitant.

Par politesse, Rohan se leva à son tour. Son regard passa de l'un à l'autre.

— Mademoiselle Hathaway... commença Christopher, avant de s'interrompre en cillant quand elle posa brièvement la main sur son torse.

— Laissez-moi essayer, dit-elle doucement.

Le souffle coupé, il fit un pas en arrière. Son corps répondait avec une intensité déconcertante à la proximité de Beatrix. Une femme comme il faut ne posait jamais la main sur la poitrine d'un homme, à moins que des circonstances extrêmes... En fait, il n'imaginait même pas ce qui pouvait justifier un tel geste. Si son gilet était en feu, peut-être, et qu'elle essayait de l'éteindre ?

Toutefois, il était impossible à Christopher de lui signaler ce manquement à l'étiquette, car corriger une dame aurait été tout aussi inélégant.

Troublé, il lui signifia son accord d'un hochement de tête. Les deux hommes se rassirent après que Beatrix eut quitté la pièce.

— Pardonnez-nous, capitaine Phelan, murmura Amelia. Ma sœur vous a pris au dépourvu. Nous avons vraiment essayé de lui inculquer de meilleures manières, mais nous sommes des philistins, tous autant que nous sommes. Et je profite de ce que Beatrix n'est pas là pour vous assurer que, d'ordinaire, elle ne s'habille pas de façon aussi excentrique. Cependant, il lui arrive de se lancer dans des entreprises incompatibles avec le port d'une robe. Replacer un oisillon dans un nid, par exemple, ou débourrer un cheval...

— Une solution plus conventionnelle ne serait-elle pas de lui interdire l'activité qui l'oblige à porter des vêtements masculins ? suggéra prudemment Christopher.

— J'ai pour règle personnelle de ne jamais rien interdire aux Hathaway, intervint Rohan avec un large sourire. C'est le meilleur moyen de les encourager.

— Pour l'amour du ciel, nous ne sommes pas si terribles que cela, protesta Amelia.

Rohan adressa à sa femme un regard éloquent.

— Les Hathaway ont besoin de liberté, expliqua-t-il à Christopher. Beatrix en particulier. Une vie ordinaire, confinée dans un salon, serait pour elle l'équivalent d'une prison. Je n'ai jamais connu de *gadji* ayant une relation aussi naturelle et vitale au monde. C'est le mot utilisé pour désigner les femmes non bohémiennes, précisa-t-il, comme Christopher le regardait sans comprendre.

— Et à cause de Beatrix, renchérit Amelia, nous possédons une ménagerie constituée de créatures dont personne ne veut : une chèvre prognathe, une chatte à trois pattes, une hérissonne corpulente, un mulet cagneux, et j'en passe.

— Un mulet ? répéta Christopher en la dévisageant.

Mais il ne put l'interroger. Beatrix revenait avec Albert en laisse.

Comme il se levait pour prendre le chien, elle secoua la tête.

— Je vous remercie, capitaine, mais je l'ai bien en main.

À la vue de son maître, Albert remua la queue et sauta vers lui en aboyant.

— Non ! fit Beatrix en le tirant en arrière et en posant brièvement la main sur son museau. Ton maître est sain et sauf. Inutile de faire des histoires. Viens.

Elle ramassa un coussin sur le canapé, le posa dans un coin de la pièce et enleva sa laisse à Albert.

— Pas bouger ! lui commanda-t-elle.

Albert gémit et refusa de se coucher, mais, au grand étonnement de Christopher, il resta docilement dans son coin. Ce chien qui n'hésitait pas à braver la mitraille tremblait devant Beatrix Hathaway !

— Je pense qu'il se tiendra bien, dit-elle en regagnant la table. Mais il vaudrait mieux ne pas faire attention à lui.

Elle s'assit, déplia une serviette sur ses genoux et tendit la main vers sa tasse de thé. Voyant l'expression de Christopher, elle ajouta avec un sourire :

— Soyez à l'aise, capitaine. Plus vous serez détendu, plus il sera calme.

Dans l'heure qui suivit, Christopher avala plusieurs tasses de thé en se laissant porter par la conversation animée. On avait posé devant lui une assiette remplie de sandwichs et de gâteaux. Un à un, les nœuds logés dans sa poitrine commencèrent à se desserrer. De temps à autre, il jetait un regard à Albert, qui s'était installé sur le coussin, le menton sur les pattes.

Christopher n'avait jamais connu de gens comme les Hathaway. Ils étaient intelligents, drôles, et leur conversation ne cessait de bifurquer et de rebondir dans les directions les plus inattendues. Les deux sœurs étaient, à n'en pas douter, trop brillantes pour la bonne société. Le seul sujet qu'ils n'abordèrent pas, ce dont Christopher leur sut gré, ce fut la Crimée. Pour cette raison, parmi d'autres, il commença à les apprécier.

Beatrix constituait néanmoins un problème.

Il ne savait qu'en penser. La familiarité avec laquelle elle s'adressait à lui le déconcertait et l'agaçait. Et la vue de ses jambes croisées comme celles d'un homme le troublait. C'était une femme étrange. Subversive et seulement à demi apprivoisée.

Quand le thé fut terminé, Christopher les remercia pour cet agréable après-midi.

— J'espère que vous reviendrez bientôt, dit Amelia.

— Oui, mentit Christopher.

Les Hathaway avaient beau être agréables, mieux valait sans doute les fréquenter à petites doses, et pas trop souvent.

— Je vous accompagne jusqu'à la lisière de la forêt, annonça Beatrix en allant chercher Albert.

Christopher retint une grimace d'exaspération.

— Ce n'est pas nécessaire, mademoiselle Hathaway.

— Oui, je sais. Mais j'en ai envie.

La mâchoire crispée, il tendit la main vers la laisse d'Albert.

— Je le tiens, déclara Beatrix sans faire mine de la lâcher.

Conscient du regard amusé de Rohan, Christopher ravala une repartie cinglante et la suivit hors de la maison.

Beatrix n'eut aucun mal à suivre l'allure qu'il imposa. Il était contrarié qu'elle tienne la laisse d'Albert, au moins autant que par ses manières autoritaires. Et pourtant, en sa présence, il lui était impossible de se sentir détaché de son environnement. Elle avait le don de le maintenir ancré dans le présent.

Il ne pouvait s'empêcher d'observer le mouvement de ses hanches et de ses jambes que soulignait le pantalon. À quoi pensait donc sa famille en lui permettant de s'habiller de cette manière ? Même dans l'intimité, c'était inadmissible.

Il esquissa un sourire sans joie quand il prit conscience que Beatrix Hathaway et lui avaient au moins une chose en commun : aucun d'eux n'était au diapason du reste du monde.

La différence, c'était que lui voulait l'être.

Tout était si facile, avant la guerre. Il savait toujours quoi dire ou quoi faire. À présent, la perspective de réintégrer la bonne société lui donnait l'impression de vouloir participer à un jeu dont il avait oublié les règles.

— Allez-vous bientôt vendre votre charge d'officier ? demanda Beatrix.

— Je pars pour Londres dans quelques jours afin de prendre mes dispositions.

— Ah… Je suppose que vous rendrez visite à Prudence, ajouta-t-elle d'une voix plus basse.

Christopher répondit par un grognement évasif. Dans la poche de sa veste se trouvait le billet froissé qui ne le quittait jamais.

Je ne suis pas celle que vous croyez.

...

Revenez. Je vous en prie, rentrez, et trouvez-moi.

Oui. Il la trouverait, et découvrirait la raison pour laquelle elle avait écrit ces mots qui le hantaient. Après quoi, il l'épouserait.

— À présent que votre frère n'est plus là, vous allez devoir apprendre à diriger le domaine Riverton.

— Entre autres choses.

— Riverton comprend une grande partie de la forêt d'Arden.

— J'en ai bien conscience.

Elle ne parut pas remarquer la pointe de sarcasme.

— Certains propriétaires terriens coupent trop d'arbres pour alimenter les manufactures locales. J'espère que vous ne ferez pas comme eux.

Christopher garda le silence, espérant que cela mettrait un terme à la conversation.

— Voulez-vous *vraiment* hériter de Riverton ? lui demanda-t-elle alors, à sa grande surprise.

— Peu importe que je le veuille ou non. J'en suis l'héritier, et je ferai ce qui m'incombe.

— Si, cela a de l'importance. C'est la raison pour laquelle je vous pose la question.

Perdant patience, Christopher déclara :

— La réponse est non, je ne le veux pas. Il a toujours été prévu que le domaine reviendrait à John. Et je me sens comme un fieffé imposteur à essayer d'assumer son rôle.

Avec n'importe qui d'autre, cet éclat aurait mis fin à l'interrogatoire. Mais Beatrix insista.

— Qu'auriez-vous fait s'il était encore en vie ? Vous vendriez quand même votre charge d'officier, n'est-ce pas ?

— Oui. J'ai eu mon compte d'armée.

— Et ensuite ? Qu'auriez-vous fait ?

— Je ne sais pas.

— Quelles sont vos aptitudes ? Vos talents ?

Ils avaient ralenti le pas car ils atteignaient l'orée du bois.

Ses talents ? Il tenait bien l'alcool, il savait battre un homme au billard ou aux cartes, séduire une femme… Il était un tireur d'élite et un excellent cavalier.

C'est alors que Christopher songea à la chose qu'on avait le plus louée chez lui, et qui lui avait valu une pluie de médailles et de félicitations.

— J'ai un talent, fit-il.

Il se pencha pour prendre la laisse d'Albert des mains de Beatrix, puis il plongea son regard dans le sien.

— Je suis doué pour tuer.

Sans ajouter un mot, il la planta là et s'enfonça dans la forêt.

9

Au cours de la semaine qui suivit le retour de Christopher dans le Hampshire, les dissensions entre sa mère et lui furent telles qu'ils avaient du mal à demeurer dans la même pièce plus de quelques minutes d'affilée. La pauvre Audrey faisait de son mieux pour jouer les conciliatrices, sans beaucoup de succès.

Mme Phelan avait pris l'habitude de se plaindre en permanence. Elle avait les nerfs à fleur de peau, si bien qu'elle devait s'allonger dans sa chambre au milieu de la journée. Les maux et les douleurs qui l'affligeaient l'empêchaient de diriger la maisonnée, en conséquence, rien de ce qui était fait ne trouvait grâce à ses yeux.

Lorsqu'elle se reposait, un murmure ou un bruit de pas à l'étage supérieur la mettaient au supplice. La maisonnée tout entière marchait sur des œufs par crainte de la déranger.

— J'ai vu des hommes qui venaient de perdre un membre se plaindre moins que ma mère, déclara Christopher à Audrey.

Celle-ci eut un sourire ironique, puis elle reprit son sérieux.

— Ces derniers temps, elle s'accroche à ses rituels de deuil... comme si, d'une certaine façon, son chagrin lui permettait de garder John avec elle. Je suis contente que ton oncle l'emmène demain. Il faut casser cette routine dans laquelle elle s'enferme.

Au moins quatre matins par semaine, Mme Phelan se rendait au cimetière de Stony Cross et passait une heure sur la tombe de son fils. Comme elle ne voulait pas y aller seule, elle demandait en général à Audrey de l'accompagner. La veille, toutefois, elle avait insisté pour que Christopher l'y conduise. Le visage fermé, il avait attendu en silence pendant qu'elle versait quelques larmes, agenouillée à côté de la pierre tombale.

Quand elle avait finalement fait signe qu'elle souhaitait se relever et que Christopher s'était approché pour l'aider, elle avait voulu qu'il s'agenouille et prie comme elle venait de le faire.

Il en avait été incapable, même pour la satisfaire.

— Je le pleurerai à ma manière, avait-il déclaré. Au moment que je choisirai.

— C'est indécent, avait-elle rétorqué avec emportement. Tu pourrais pleurer ton frère, ou au moins faire semblant, toi qui as tiré un tel profit de sa mort !

Christopher l'avait dévisagée avec incrédulité.

— J'en ai tiré un *profit* ? Vous savez très bien que je me moque comme d'une guigne d'hériter de Riverton. Je donnerais tout ce que je possède si cela pouvait ramener John. J'aurais volontiers sacrifié ma vie pour sauver la sienne.

— Si seulement cela avait été possible ! avait-elle lâché d'un ton acerbe.

Ils étaient rentrés à la maison en silence. Et durant tout le trajet, Christopher s'était demandé combien d'heures elle avait passées dans ce cimetière en souhaitant que l'un de ses fils soit à la place de l'autre.

John était le fils parfait, sérieux et fiable. Christopher, lui, était dissipé, sensuel, insouciant. Comme son père, William. Chaque fois que celui-ci s'était retrouvé au cœur d'un scandale à Londres – impliquant souvent la femme d'un autre –, Mme Phelan se montrait froide et distante avec Christopher, comme s'il était le substitut désigné de son mari infidèle. Quand William Phelan était mort des suites d'une chute de cheval, on avait chuchoté que le plus étonnant dans l'affaire, c'était qu'il n'ait pas été abattu auparavant par un mari ou un père outragé.

Christopher avait alors douze ans. En l'absence de son père, il s'était progressivement attribué le rôle du débauché impénitent. C'était apparemment ce qu'on attendait de lui. En vérité, il avait savouré pleinement les plaisirs de la ville. L'état d'officier lui convenait à merveille... jusqu'à ce qu'on l'envoie en Crimée.

Il s'était montré bien plus efficace au combat que tout ce que lui-même ou quiconque aurait pu l'imaginer. Plus il devenait expert dans l'art de tuer, plus il se sentait mourir à l'intérieur.

Heureusement, il y avait Prudence. La part en lui qui l'aimait était la seule décente qui subsistait. Il était fébrile à la pensée de la retrouver bientôt.

Il dormait toujours aussi mal, se réveillait souvent brusquement, en proie à des cauchemars. Même dans la journée, il lui arrivait de tressaillir à un bruit soudain et de chercher un fusil qui n'était plus là. Mais il était certain que tout cela s'améliorerait avec le temps.

Il le fallait.

10

Manifestement, il n'y avait absolument rien à espérer du côté de Christopher Phelan. Beatrix ne cessait de se le répéter. Celle qu'il voulait, c'était Prudence. La belle, la blonde, la conventionnelle Prudence.

C'était la première fois de sa vie que Beatrix aurait voulu être une autre.

Il se peut que vous soyez ma seule chance d'appartenir de nouveau au monde...

Après tout, Prudence était peut-être mieux à même d'aider Christopher. Elle était plus à l'aise en société que Beatrix ne le serait jamais. Et si c'était préférable pour lui, Beatrix n'avait pas le cœur de le lui reprocher. Il avait enduré suffisamment d'épreuves. Elle ne souhaitait pas lui rendre les choses plus difficiles.

Sauf que... elle ne pouvait s'empêcher de penser à lui. C'était comme une maladie. Impossible de se conduire comme à l'accoutumée. Elle était en permanence au bord des larmes, se sentait nerveuse, fatiguée et sans appétit. Elle était d'ailleurs devenue si morose qu'Amelia avait insisté pour lui préparer une bouteille de tonique à l'oseille.

— Tu n'es pas toi-même, avait-elle argué. Toi qui es d'ordinaire si joyeuse.

— Pourquoi serais-je joyeuse s'il n'y a aucune raison de l'être ? avait répliqué Beatrix d'un ton maussade.

— Y en a-t-il une pour être malheureuse ?

Même si elle mourait d'envie de se confier à sa sœur, Beatrix avait gardé le silence. Amelia ne pouvait rien pour elle. En outre, parler à dix ou à cent personnes ne l'aiderait pas à se sentir mieux. Elle soupirait après un homme qu'elle ne pouvait avoir, et elle ne voulait pas s'entendre dire à quel point c'était ridicule. D'ailleurs, elle ne voulait même pas cesser de soupirer. L'intensité désespérée de son désir était l'unique lien qui la rattachait à Christopher.

Il l'obsédait tellement qu'elle avait carrément envisagé d'aller à Londres passer le reste de la saison. Elle pourrait rendre visite à Audrey, ce qui lui permettrait de croiser Christopher. Sauf qu'elle le verrait aussi danser avec Prudence, flirter, la courtiser... Et elle était à peu près certaine qu'elle ne le supporterait pas.

Non. Elle resterait dans le Hampshire, là où était sa place.

Une sage décision, selon Audrey.

— Il a changé, Beatrix, et pas en mieux. Quand il est rentré de Crimée, tu ne peux pas savoir comme j'ai été tentée de lui dire la vérité au sujet des lettres. Mais je suis contente de m'en être abstenue. Je ne voudrais pas encourager des sentiments entre Christopher et toi. Il n'est pas lui-même. Il boit trop, il sursaute sans cesse et, parfois, il entend ou il voit des choses qui n'existent pas. Et je sais qu'il ne dort pas – la nuit, il déambule dans la maison. Quand j'essaie de lui parler, il écarte mes questions d'un geste désinvolte comme si je disais des bêtises. Mais il arrive qu'une simple question, surtout si elle a un rapport avec la guerre, le mette dans une rage qu'il a du mal à contrôler. Je me demande...

— Quoi ? la pressa Beatrix d'une voix crispée par l'inquiétude.

Audrey la regarda droit dans les yeux.

— Je me demande si Prudence est de taille à l'affronter. Elle n'a pas assez de bon sens pour s'apercevoir qu'il n'est plus le même homme. J'en suis à craindre qu'il ne constitue un danger pour elle.

Se remémorant les propos alarmants d'Audrey, Beatrix retourna chez les Phelan avec une mission en tête. Si elle ne pouvait rien pour Christopher, elle pouvait en revanche beaucoup pour Albert. Un chien agressif risquait d'infliger des blessures, et il serait alors privé de l'amour et des soins indispensables. Les chiens étant par nature des animaux sociables, Albert devait absolument apprendre à s'entendre avec les autres créatures.

Ce fut la gouvernante des Phelan, Mme Clocker, qui l'accueillit. Audrey était absente mais ne tarderait sans doute pas à revenir d'une visite au village.

— Voulez-vous l'attendre, mademoiselle Hathaway ?

— En vérité, j'aimerais m'entretenir avec le capitaine Phelan.

Comme la gouvernante la fixait d'un air interrogateur, elle précisa :

— Je veux lui proposer de garder Albert pendant son séjour à Londres.

Mme Clocker ouvrit de grands yeux.

— Le maître a prévu de le laisser ici, aux bons soins des domestiques.

Se penchant vers Beatrix, elle ajouta dans un chuchotement :

— Ce chien, c'est Cerbère. Le diable lui-même ne voudrait pas d'un tel monstre.

— J'espère réussir à lui apprendre à mieux se tenir, fit Beatrix avec un sourire compatissant. Si le capitaine Phelan le permet, j'emmènerai Albert aujourd'hui, et je vous délivrerai de ce fardeau.

Mme Clocker eut l'air positivement enchantée.

— Oh, c'est vraiment, vraiment gentil de votre part ! Je vais en informer le capitaine Phelan immédiatement.

Elle s'éloigna en hâte, comme si elle craignait que Beatrix ne reparte.

Quand la haute silhouette de Christopher s'encadra sur le seuil du salon, Beatrix se sentit rougir de la tête aux pieds.

« Arrête immédiatement, Beatrix Hathaway ! se morigéna-t-elle. Si tu continues à faire l'idiote, tu vas devoir rentrer à la maison et boire une bouteille entière de tonique à l'oseille. »

— Mademoiselle Hathaway, la salua Christopher en s'inclinant poliment.

Les cernes provoqués par le manque de sommeil ajoutaient à sa séduction, si une telle chose était possible, et rendaient plus humains les contours durs de son visage.

Beatrix réussit à afficher un sourire désinvolte.

— Bonjour, capitaine Phelan.

— Puis-je faire quelque chose pour vous ? s'enquit-il en arquant un sourcil.

— Ce serait plutôt le contraire. J'aimerais prendre Albert à Ramsay House pendant que vous serez à Londres.

Il plissa les yeux.

— Pourquoi ?

— Je souhaite l'aider à s'adapter à sa nouvelle vie. Albert recevrait les meilleurs soins, je travaillerais avec lui, je le dresserais…

Sa voix mourut devant son expression intransigeante. Elle n'avait pas envisagé qu'il puisse refuser son offre.

— Je vous remercie. Mais je pense qu'il est dans son intérêt de rester ici avec les domestiques.

— Vous… vous doutez que je puisse l'aider ? parvint-elle à articuler.

— Ce chien est excitable. Il a un besoin absolu de paix et de tranquillité. Soit dit sans vous offenser, l'atmosphère à Ramsay House est un peu trop tumultueuse pour lui.

— Pardonnez-moi, capitaine, mais vous vous trompez complètement. C'est précisément le genre d'environnement dont Albert a besoin. Voyez-vous, selon un point de vue de chien…

— Je n'ai pas besoin de vos conseils.

— Mais si ! Comment pouvez-vous être aussi sûr d'avoir raison ? Vous pourriez au moins prendre le temps de m'écouter – si je puis me permettre, j'en connais davantage sur les chiens que vous.

Christopher fixa sur elle le regard dur d'un homme qui n'est pas habitué à voir ses décisions contestées.

— Je n'en doute pas. Mais j'en connais davantage sur ce chien-là.

— Oui, mais...

— Il est temps pour vous de partir, mademoiselle Hathaway.

Beatrix fut submergée par l'amertume et la déception.

— Que croyez-vous que vos domestiques vont faire en votre absence ? Ils vont l'enfermer dans une remise parce qu'ils ont peur de lui, et Albert n'en deviendra que plus dangereux. Il est anxieux, furieux et esseulé. Il ne sait pas ce qu'on attend de lui. Il a besoin de soins et d'attentions constants, et je suis la seule personne à avoir le temps et l'envie de les lui prodiguer.

— Ce chien est mon compagnon depuis deux ans, riposta Christopher. La dernière chose que je lui infligerais, c'est de vivre dans cet asile de fous. Il n'a pas besoin de chaos, de bruit et de désordre...

Il fut interrompu par une explosion d'aboiements féroces accompagnés d'un fracas métallique assourdissant. Albert avait traversé le vestibule comme une flèche et croisé le chemin d'une servante chargée d'un plateau de couverts en argent.

Beatrix eut le temps de voir des fourchettes et des cuillères s'éparpiller en tous sens avant d'être violemment projetée sur le sol. Le choc lui coupa le souffle.

Bien qu'abasourdie de se retrouver ainsi clouée sur le tapis par le poids d'un corps masculin, elle s'efforça de prendre la mesure de la situation.

Christopher avait bondi sur elle et lui entourait la tête de ses bras... D'instinct, il avait tenté de lui faire un rempart de son corps. Ils gisaient ensemble, haletants, dans un enchevêtrement de membres et de vêtements en désordre.

Relevant la tête, Christopher jeta un regard farouche autour d'eux. L'espace d'un instant, la férocité de son visage effraya Beatrix. Cette expression, c'était celle qu'il devait avoir durant les combats ; celle que voyait l'ennemi au moment où il l'abattait.

Albert accourut en aboyant furieusement.

— Non ! lui intima Beatrix à voix basse. Couché !

Les aboiements se transformèrent en grondement, et le chien s'aplatit lentement sur le sol sans quitter son maître des yeux.

Beatrix reporta son attention sur Christopher, qui luttait visiblement pour reprendre le contrôle de lui-même.

— Christopher, murmura-t-elle.

Mais il ne sembla pas l'entendre. À cet instant, aucun mot ne l'atteignait.

Elle glissa un bras autour de ses épaules, l'autre autour de sa taille. C'était un homme imposant, superbement bâti, qui tremblait de tout son corps. Submergée par une vague de tendresse aiguë, elle posa les doigts sur sa nuque raide et la caressa doucement.

Albert les observait en laissant échapper de brefs gémissements. Par-dessus l'épaule de Christopher, Beatrix aperçut la servante qui hésitait sur le seuil du salon, quelques fourchettes rescapées à la main.

Si Beatrix se moquait comme d'une guigne des apparences, elle tenait énormément à protéger Christopher en cet instant de vulnérabilité. Il n'aurait pas aimé que quelqu'un le voie alors qu'il n'était pas maître de lui.

— Laissez-nous, dit-elle calmement.

— Bien, mademoiselle, répondit la servante, manifestement soulagée, avant de refermer la porte derrière elle.

Christopher n'avait apparemment pas remarqué cet échange. Avec précaution, Beatrix ramena sa tête vers elle et posa la joue contre ses cheveux. Puis elle attendit.

Il émanait de lui une odeur de grand air et de soleil. Elle sentait la dureté de ses jambes musclées à travers ses jupes, et ferma les yeux pour mieux savourer le poids de son corps sur le sien.

Une minute s'écoula, puis une autre. Jusqu'à la fin de ses jours, elle se souviendrait de la chaleur de son souffle contre son cou alors qu'ils gisaient tous deux sur le tapis, dans une flaque de soleil. Si seulement cet instant avait pu durer éternellement ! « Je vous aime, lui avoua-t-elle en silence. Je suis follement, désespérément, éperdument amoureuse de vous. »

Christopher finit par relever la tête et la regarda avec perplexité.

— Beatrix ?

Ce chuchotement rauque fit courir un frisson le long de sa colonne vertébrale. Il passa alors les mains sous sa tête, enfouissant les doigts dans sa chevelure en désordre.

— Je ne vous ai pas fait mal ?

L'estomac de Beatrix se serra. Incapable de parler, elle secoua la tête. Oh, la manière dont il la regardait… dont il la regardait vraiment ! C'était le Christopher de ses rêves, l'homme qui lui avait écrit. Il était si tendre, si réel, si beau qu'elle avait envie de pleurer.

— J'ai cru… commença-t-il avant de s'interrompre pour glisser doucement le pouce sur sa joue brûlante.

— Je sais, murmura-t-elle.

— Je ne voulais pas faire cela.

— Je sais.

Le regard de Christopher se posa sur ses lèvres entrouvertes, et s'y attarda si longtemps qu'elle eut l'impression d'une caresse. Son cœur se mit à battre à coups redoublés quand elle remarqua les subtils changements sur son visage. Lentement, une possibilité se fit jour.

Allait-il l'embrasser ?

Ces seuls mots jaillirent dans son esprit.

« Je vous en prie ! »

11

Christopher se raidit pour tenter de maîtriser ses tremblements. Le sang lui mugissait aux oreilles. Comment avait-il pu perdre à ce point le contrôle de la situation ? Surpris par un bruit soudain, il avait réagi sans réfléchir. Il n'avait eu aucune conscience de ce qu'il faisait jusqu'au moment où il s'était retrouvé allongé sur Beatrix, tentant de la protéger, de les protéger tous les deux.

Il avait jeté au sol une femme sans défense ! Seigneur… En bondissant ainsi sur elle comme un dément il aurait pu la blesser.

Il aurait dû l'aider à se relever, lui présenter ses excuses. Au lieu de quoi, il la contemplait tandis que le bout de ses doigts glissait jusqu'à sa gorge, là où battait son pouls délicat. Par tous les saints, que lui arrivait-il ?

Cela faisait longtemps qu'une femme ne l'avait pas tenu dans ses bras. C'était si agréable qu'il ne pouvait se résoudre à mettre fin à cette étreinte. Beatrix continuait à lui caresser doucement la nuque. Il n'avait jamais vu des yeux d'un bleu aussi extraordinaire.

Christopher essaya de se rappeler les raisons pour lesquelles il ne devait pas la désirer. Il tenta même de se remémorer Prudence. En vain. Il ferma les yeux et sentit son souffle lui caresser le menton. Il n'avait plus conscience que d'elle, de son corps souple qui accueillait le sien, du frais parfum de sa peau, de sa chaleur.

C'était comme si des mois et des années de désir se cristallisaient en ce moment unique, en ce corps mince qu'il écrasait sous lui. En fait, il avait peur ce qu'il était capable de lui faire. Alors qu'il aurait dû rouler sur le côté, s'écarter d'elle, il ne pouvait que savourer les sensations que provoquaient en lui le frottement de ses seins au rythme de sa respiration et le contact ferme de ses jambes sous ses jupes étalées. La caresse de ses doigts sur sa nuque faisait naître en lui des frissons de plaisir, tout en éveillant dans sa chair un désir brûlant.

D'un geste désespéré, il lui attrapa les poignets et les immobilisa au-dessus de sa tête.

Ce fut pire. Du regard, elle le provoquait, l'invitait à se rapprocher. Il percevait la force de sa volonté, elle irradiait de son corps, et tout en lui y répondait. Fasciné, il observa la rougeur qui se répandait sur sa peau. Il aurait voulu en suivre la montée des doigts et de la bouche.

Mais il secoua la tête pour tenter de recouvrer ses esprits.

— Je suis désolé, murmura-t-il avant de prendre une inspiration tremblée. Je suis désolé… Je suis toujours en train de vous présenter des excuses, ajouta-t-il avec un rire sans joie.

Il sentit ses poignets se détendre entre ses mains.

— Ce n'était pas votre faute.

Comment diable pouvait-elle paraître aussi calme ? À part la rougeur sur ses joues, elle ne donnait aucun signe d'embarras. Il éprouva l'impression, fugitive mais irritante, d'être dominé.

— Je vous ai jetée à terre.

— Pas intentionnellement.

Ses efforts pour le rassurer avaient l'effet opposé.

— Les intentions n'ont pas d'importance quand vous êtes renversée par quelqu'un qui fait deux fois votre poids.

— Les intentions ont toujours de l'importance, contra-t-elle. Et j'ai l'habitude d'être renversée.

Il lui lâcha les poignets.

— Parce que cela vous arrive souvent ? demanda-t-il, sardonique.

— Oh oui ! Les chiens, les enfants... tout le monde bondit sur moi.

Christopher le comprenait tout à fait. Bondir sur elle était la chose la plus agréable qu'il ait faite depuis des années.

— N'étant ni un chien ni un enfant, je n'ai pas d'excuse.

— La domestique a lâché le plateau. Votre réaction était parfaitement compréhensible.

— Vous trouvez ? répliqua Christopher avec amertume en se basculant sur le côté. Je veux bien être pendu si je la comprends.

— C'est pourtant simple, dit Beatrix alors qu'il l'aidait à se relever. Pendant des mois, vous avez été conditionné à plonger pour vous mettre à l'abri chaque fois qu'un obus ou une grenade explosait ou qu'on vous tirait dessus. Ce n'est pas parce que vous êtes rentré chez vous et que ces réflexes n'ont plus lieu d'être qu'ils vont disparaître.

Christopher ne put s'empêcher de s'interroger. Prudence lui aurait-elle pardonné aussi rapidement, ou aurait-elle réagi avec un tel sang-froid ?

Une pensée troublante lui vint alors à l'esprit : avait-il le droit de se rapprocher de Prudence, alors que son comportement était aussi imprévisible ? S'il ne voulait pas lui faire courir de risques, il devait recouvrer le contrôle de lui-même. Mais comment ? Ses réflexes étaient trop aiguisés, trop ancrés en lui.

Comme le silence se prolongeait, Beatrix s'approcha d'Albert et se pencha pour le caresser. Le chien roula sur le dos en lui présentant son ventre.

— Allez-vous revenir sur votre décision ? risqua-t-elle. Au sujet d'Albert ?

— Non, répondit-il d'un ton brusque.

— *Non* ? répéta-t-elle comme si un refus de sa part était inconcevable.

— Vous n'avez pas à vous inquiéter pour lui, affirma Christopher en se renfrognant. J'ai laissé des instructions précises aux domestiques. On s'occupera bien de lui.

— Je suis sûre que vous le croyez, déclara Beatrix, l'air indigné.

Agacé, Christopher riposta :

— Si seulement je prenais le même plaisir à entendre votre opinion que vous à l'asséner !

— Je défends mon opinion quand je sais que j'ai raison, capitaine Phelan. Alors que vous défendez la vôtre par simple entêtement.

Christopher lui jeta un regard glacial.

— Je vais vous raccompagner.

— Inutile. Je connais le chemin.

Comme elle se dirigeait vers la porte, le dos droit, Albert fit mine de la suivre. Christopher le rappela aussitôt.

S'arrêtant sur le seuil, Beatrix pivota pour adresser à Christopher un regard curieusement intense.

— Je vous demanderais de bien vouloir présenter mes amitiés à Audrey. Je vous souhaite à tous deux un séjour agréable à Londres. Si cela ne vous ennuie pas, ajouta-t-elle après une hésitation, j'aimerais que vous saluiez Prudence de ma part et que vous lui transmettiez un message.

— Lequel ?

— Dites-lui que je respecterai ma promesse.

— De quelle promesse s'agit-il ?

— Elle comprendra.

Trois jours après le départ de Christopher et d'Audrey, Beatrix se rendit chez les Phelan pour prendre des nouvelles d'Albert. Comme elle s'y attendait, le chien avait mis la maisonnée sens dessus dessous. Il avait aboyé et grondé sans relâche, lacéré tapis et coussins, et mordu un valet à la main.

— Pour couronner le tout, ajouta Mme Clocker, la gouvernante, il refuse de manger. On lui voit déjà les côtes. Et le maître sera furieux s'il lui arrive quelque chose. Franchement, c'est la créature la plus détestable que j'aie jamais vue !

Une servante qui astiquait la rampe ne put s'empêcher d'ajouter :

— J'en ai une peur bleue. Et impossible de fermer l'œil de la nuit, avec ses hurlements à réveiller les morts !

— C'est vrai, confirma la gouvernante d'un air affligé. Toutefois, le maître a bien recommandé que nous ne laissions personne l'emmener. Et bien que je rêve d'être débarrassée de cet animal vicieux, je n'ai pas pour autant envie d'encourir la colère du maître.

— Je peux l'aider, assura doucement Beatrix. Je sais que j'en suis capable.

— Le maître ou le chien ? ne put s'empêcher de demander Mme Clocker avec un mélange d'ironie et de désespoir.

— Je peux commencer par le chien, répondit Beatrix à voix basse.

Elles échangèrent un regard.

— J'aimerais qu'on vous en donne l'occasion, murmura la gouvernante. On dirait que personne ne peut aller bien dans cette maison. C'est comme si tout y dépérissait.

Il n'en fallut pas davantage pour que Beatrix prenne sa décision.

— Madame Clocker, jamais je ne vous demanderais de désobéir au capitaine Phelan. Cependant… si je vous surprenais en train de dire à l'une des servantes où se trouve Albert en ce moment, vous n'y seriez pour rien, n'est-ce pas ? Et si Albert réussissait à s'échapper… et qu'une personne inconnue le recueille sans vous en avertir immédiatement, on ne pourrait pas, bien sûr, vous le reprocher.

Mme Clocker lui adressa un sourire radieux.

— Vous êtes une petite rouée, mademoiselle Hathaway.

— Oui, je sais, fit Beatrix en lui rendant son sourire.

La gouvernante se tourna vers la servante.

— Nellie ! Je veux te rappeler que nous avons enfermé Albert dans le petit abri de jardin bleu qui se trouve à côté du potager.

— Oui, madame. Et n'oubliez pas que sa laisse se trouve sur la console dans le vestibule.

— Très bien, Nellie. Tu devrais peut-être aller prévenir tout de suite les autres domestiques, ainsi que le jardinier, de ne pas faire attention si quelqu'un se rend dans l'abri bleu.

— Oui, madame !

Alors que la servante partait en courant, Mme Clocker adressa à Beatrix un regard reconnaissant.

— J'ai entendu dire que vous faisiez des miracles avec les animaux. Et il faudra bien un miracle pour apprivoiser ce sac à puces enragé.

— Je ne promets pas de miracle, répondit Beatrix. Simplement de l'obstination.

— Que Dieu vous bénisse, mademoiselle. C'est une bête sauvage. Si le chien est le meilleur ami de l'homme, je m'inquiète pour le capitaine Phelan.

— Moi aussi, répliqua Beatrix, sincère.

Il ne lui fallut que quelques minutes pour trouver l'abri bleu.

Comme il avait été conçu pour ranger de simples outils de jardinage, ses parois de bois tremblaient sous les assauts du chien déchaîné. Des aboiements furieux retentirent dès que Beatrix s'approcha. Bien que certaine de ses capacités à maîtriser ce chien, elle marqua un temps d'arrêt.

— Albert ?

Les aboiements se firent plus plaintifs, avant de se transformer en gémissements bruyants.

Beatrix s'accroupit lentement, puis s'assit, le dos contre la porte de l'abri.

— Calme-toi, Albert. Je te laisserai sortir dès que tu te tiendras tranquille.

Le terrier se mit à gronder en grattant la porte.

Après avoir consulté plusieurs livres sur les chiens, notamment un sur les terriers, Beatrix en était venue à la conclusion qu'avec Albert, toute tentative de dressage par domination ou punition serait vouée à l'échec, voire aggraverait son agressivité. D'après l'auteur, les terriers essayaient souvent de se montrer plus malins que les humains. La seule méthode efficace avec eux, c'était de récompenser un comportement correct par des compliments, de la nourriture et de la gentillesse.

— Je sais que tu es malheureux, mon pauvre bonhomme. Il est parti alors que ta place est à son côté. Je suis venue te chercher et, pendant son absence, nous allons travailler tes manières. Tu ne deviendras sans doute pas un chien de salon... mais je t'apprendrai à t'entendre avec les autres.

Un sourire songeur aux lèvres, Beatrix ajouta :

— Certes, je ne sais pas moi-même me conduire comme il faut en société. J'ai toujours pensé que la politesse comportait une bonne dose d'hypocrisie. Voilà, tu es sage maintenant...

Elle se releva et tira le verrou.

— Première règle, Albert : il est très grossier de malmener les gens.

Albert bondit dehors et sauta sur elle. Il l'aurait renversée si elle n'avait tenu fermement le chambranle. Gémissant et remuant la queue, il se dressa sur ses pattes arrière et enfouit la tête dans ses jupes. Il était maigre, hirsute et malodorant.

— Bon chien, murmura Beatrix en lui grattant le crâne.

Avant qu'elle ait réussi à lui passer la laisse autour du cou, il se laissa tomber sur le dos, les pattes en l'air. Elle se pencha en riant pour lui chatouiller le ventre.

— Viens chez moi, Albert. Je pense que tu t'entendras très bien avec les Hathaway – du moins, après que je t'aurai donné un bain.

12

À Londres, Christopher déposa Audrey chez ses parents, qui l'accueillirent chaleureusement. Ses nombreux frères et sœurs étaient ravis de la retrouver. Pour des raisons qu'aucun d'eux ne comprenait vraiment, Audrey avait refusé qu'un membre de sa famille vienne vivre avec elle dans le Hampshire après la mort de John. Elle tenait à rester seule avec Mme Phelan le temps du deuil officiel.

— Ta mère était la seule à pouvoir le pleurer comme moi, expliqua Audrey à Christopher durant le trajet. J'y trouvais une espèce de soulagement. Un membre de ma famille m'aurait entourée d'amour et de réconfort pour tenter de me consoler, mais je n'aurais alors pas pu m'abandonner complètement à ma peine. Non, il valait mieux que je vive mon chagrin aussi longtemps que j'en éprouvais le besoin. À présent, le moment est venu de le surmonter.

— Tu es douée pour mettre de l'ordre dans tes sentiments, non ? fit remarquer Christopher, pince-sans-rire.

— Sans doute. J'aimerais être capable de mettre de l'ordre dans les tiens. Pour l'instant, on a l'impression d'un tiroir de foulards renversé.

— Pas de foulards. De couverts, avec des lames et des dents tranchantes.

— Je plains ceux qui se mettront en travers de tes sentiments, commenta Audrey en souriant.

Puis, l'étudiant avec une tendresse inquiète, elle ajouta :

— C'est vraiment difficile pour moi de te regarder. À cause de ta ressemblance avec John. Tu es plus beau qu'il ne l'était, certes, mais je préférais son visage. Un visage merveilleusement ordinaire… Je ne m'en suis jamais lassée. Le tien est un peu trop intimidant à mon goût. Tu ressembles davantage à un aristocrate que John, sais-tu ?

Christopher se rembrunit en songeant à ces soldats qui avaient eu la chance de survivre à leurs blessures, mais s'étaient retrouvés plus ou moins défigurés. Ils s'inquiétaient de l'accueil qu'on leur réserverait à leur retour, se demandaient si leurs femmes ou leurs fiancées ne se détourneraient pas avec horreur.

— Ce à quoi l'on ressemble n'a guère d'importance, dit-il. Tout ce qui compte, c'est ce qu'on est.

— Je suis tellement heureuse de t'entendre dire cela.

— Pourquoi ? s'étonna-t-il.

— Pour rien. Sauf que… je voudrais te demander quelque chose. Si une autre femme – au hasard, Beatrix Hathaway – et Prudence Mercer échangeaient leurs apparences, et que tout ce que tu estimes chez Prudence se retrouvait chez Beatrix… est-ce que tu t'intéresserais à Beatrix ?

— Seigneur, non !

— Pourquoi ? demanda-t-elle, non sans indignation.

— Parce que je connais Beatrix Hathaway, et qu'elle n'a rien en commun avec Prudence.

— Tu ne connais pas Beatrix. Tu n'as pas passé suffisamment de temps avec elle.

— Je sais qu'elle est indisciplinée, péremptoire, et bien plus joyeuse qu'aucune personne raisonnable ne devrait l'être. Elle porte des pantalons, grimpe aux arbres et vagabonde à sa guise sans chaperon. Je sais aussi que Ramsay House déborde d'écureuils, de hérissons et de chèvres, et que l'homme assez malchanceux pour l'épouser sera conduit à la ruine par les frais de vétérinaire. Oseras-tu contredire l'un de ces points ?

Audrey croisa les bras et lui adressa un regard acerbe.

— Oui. Elle n'a pas d'écureuil.

Glissant la main à l'intérieur de sa veste, Christopher en retira la lettre de Prudence, celle qui ne le quittait jamais. C'était devenu un talisman, le symbole de ce pour quoi il s'était battu, une raison de vivre. Il contempla le papier. Il n'avait même pas besoin de le déplier, les mots étaient gravés dans son cœur.

Je vous en prie, rentrez, et trouvez-moi…

Dans le passé, il s'était demandé s'il serait un jour capable d'aimer. Aucune de ses liaisons n'avait duré plus de quelques mois, et si elles avaient été physiquement intenses, cela n'avait jamais été au-delà. Au fond, aucune femme ne lui avait paru vraiment très différente des autres.

Jusqu'à ces lettres, qui révélaient un esprit si naturel, si adorable, qu'il les avait aimées aussitôt. Qu'il l'avait aimée, elle, aussitôt.

— Note bien ce que je vais te dire, Audrey : je vais épouser la femme qui a écrit cette lettre.

— Je le note, assura-t-elle. Nous verrons si tu tiens parole.

Dès le lendemain de l'arrivée de Christopher à Londres, ce fut un déluge d'invitations. Bals, soirées musicales, dîners... et même une convocation à Buckingham Palace pour un souper au cours duquel le compositeur Johann Strauss et son orchestre joueraient.

Christopher se rendit à un bal donné dans un hôtel particulier de Mayfair après s'être assuré que Prudence Mercer et sa mère y prendraient part. Dans la demeure grandiose, de style italien, se pressait la crème de la crème : riches aristocrates, diplomates étrangers, artistes célèbres...

De se retrouver ainsi au milieu de la foule, Christopher éprouva une vague sensation de panique. S'efforçant de la dominer, il alla échanger quelques plaisanteries avec les hôtes. Il aurait de loin préféré porter des vêtements civils, mais n'ayant pas encore vendu sa charge d'officier, il avait été contraint d'endosser son uniforme de cérémonie. Pis encore, il avait aussi dû arborer toutes ses décorations. Si elles étaient censées être des insignes honorifiques, pour Christopher, elles représentaient des événements qu'il avait hâte d'oublier.

D'autres officiers en uniformes variés – écarlates ou noirs chamarrés d'or – étaient présents. L'attention dont ils étaient l'objet, notamment de la part des femmes, ne fit qu'accroître le malaise de Christopher.

Il se mit en quête de Prudence, mais elle ne se trouvait ni dans le salon ni dans la salle de réception. D'interminables minutes s'écoulèrent tandis qu'il la cherchait dans la foule, s'arrêtant fréquemment pour s'entretenir avec des connaissances.

Où diable était-elle ?

… *vous pourrez me retrouver dans une foule les yeux bandés : suivez simplement l'odeur de bas roussis*.

À ce souvenir, il ne put retenir un sourire.

La poitrine serrée par l'impatience, il pénétra dans la salle de bal.

Quand il l'aperçut, le souffle lui manqua.

Elle était encore plus belle que dans son souvenir. Comme elle venait d'achever une danse, elle bavardait avec son cavalier, le visage rieur.

Christopher eut l'impression d'avoir parcouru des milliers de lieues pour parvenir jusqu'à elle. L'intensité de sa réaction le stupéfiait. La vue de la jeune femme, ajoutée à l'écho lumineux de ses mots, éveilla en lui un sentiment qu'il n'avait pas éprouvé depuis longtemps : l'espoir.

Quand il la rejoignit, les yeux verts de Prudence s'élargirent, et elle laissa échapper un rire à la fois ravi et incrédule.

— Mon cher capitaine Phelan.

Elle lui tendit sa main gantée et il s'inclina, fermant un instant les yeux.

Il tenait sa main dans la sienne. Comme il avait attendu ce moment ! Comme il en avait rêvé !

— Toujours aussi séduisant, poursuivit Prudence. Et même davantage, en vérité. Quel effet cela fait-il d'avoir autant de médailles accrochées à la poitrine ?

— Pesant, répondit-il, ce qui la fit rire.

— Je désespérais de vous revoir un jour…

Pensant tout d'abord qu'elle faisait allusion à la Crimée, Christopher fut parcouru d'un frisson brûlant. Mais elle continua :

— … car vous êtes d'une discrétion impardonnable depuis votre retour en Angleterre. Évidemment, ajouta-t-elle avec un sourire provocant, vous saviez qu'on rechercherait d'autant plus votre compagnie.

— Croyez-moi, je ne souhaite pas le moins du monde qu'on recherche ma compagnie.

— Il n'empêche que chaque hôtesse londonienne n'aspire qu'à vous recevoir chez elle. Et chaque jeune fille à vous épouser, assura-t-elle avec un petit gloussement.

Alors qu'il rêvait de la prendre dans ses bras et d'enfouir le visage dans sa chevelure, il se contenta de répondre :

— Je ne suis peut-être pas bon à marier.

— Taratata… Bien sûr que si. Vous êtes un héros national *et* l'héritier de Riverton. Que demander de plus ?

Christopher s'abîma dans la contemplation de son beau visage aux traits fins. Prudence s'adressait à lui de la même manière qu'autrefois, badine, légère, taquine.

— L'héritage de Riverton n'est pas couru d'avance, fit-il remarquer. Il se peut que mon grand-père le laisse à l'un de mes cousins.

— Après la façon dont vous vous êtes distingué en Crimée ? J'en doute. Mais dites-moi, qu'est-ce qui vous a incité à reparaître enfin en société ?

— J'ai suivi mon étoile Polaire, répondit-il à voix basse.

— Votre...

Prudence hésita et sourit.

— Ah oui, je me rappelle.

Mais quelque chose dans son hésitation troubla Christopher. Son impatience joyeuse commença à refluer.

Bien sûr, il était déraisonnable de s'attendre que Prudence se souvienne de tout. Christopher avait relu ses lettres des milliers de fois, jusqu'à ce que chaque mot soit gravé définitivement dans son âme. Mais il pouvait difficilement espérer qu'elle ait agi de même. Elle avait continué de mener son existence habituelle, alors que la sienne avait été bouleversée du tout au tout.

— Aimez-vous toujours danser, capitaine ? s'enquit-elle en abaissant ses longs cils sur ses yeux verts.

— Avec vous comme partenaire, oui, répondit-il en lui offrant son bras, qu'elle prit sans hésitation.

Ils dansaient ensemble... Il tenait dans ses bras la femme qu'il aimait.

Ç'aurait dû être la plus belle soirée de sa vie. Mais il ne lui fallut que quelques minutes pour se rendre compte que le soulagement tant attendu n'avait pas plus de consistance qu'un nuage de fumée.

Quelque chose n'allait pas.

13

Dans les semaines qui suivirent, Christopher se souvint fréquemment de la remarque d'Audrey sur la superficialité foncière de Prudence. Il ne voulait pourtant pas y croire. Il n'avait pas imaginé ces lettres, tout de même ! Quelqu'un les avait bel et bien écrites.

Le jour du bal, il avait interrogé Prudence sur son dernier billet. « *Je ne suis pas celle que vous croyez.* » Qu'avait-elle voulu dire, et pourquoi avait-elle cessé de lui écrire ?

Elle avait rougi fortement, l'air embarrassé. C'était la première fois qu'elle faisait montre d'une réelle émotion.

— Je… je suppose que j'ai écrit cela parce que… j'étais gênée.

— Pourquoi ? avait-il demandé avec tendresse en l'entraînant à l'écart, dans la pénombre de la terrasse. J'adorais les choses que vous m'écriviez. Quand vous avez cessé, j'ai failli devenir fou… Sauf que… vous me demandiez de vous trouver.

— Ah oui, c'est vrai ! J'imagine que... que j'ai pris peur. Écrire des choses aussi sottes...

Il l'avait attirée un peu plus près, avec précaution, comme si elle était infiniment fragile. Puis il avait pressé les lèvres contre la peau fine de sa tempe.

— Prudence... J'ai rêvé de vous tenir ainsi... Toutes ces nuits...

Elle avait glissé les bras autour de son cou et rejeté spontanément la tête en arrière. Il l'avait embrassée doucement, et elle avait répondu aussitôt en entrouvrant les lèvres. Ç'avait été un baiser délicieux. Mais nullement satisfaisant. Il n'avait pas soulagé le besoin impérieux qu'il avait d'elle. C'était comme si son rêve d'embrasser Prudence avait, en quelque sorte, éclipsé la réalité.

Elle avait détourné le visage avec un rire gêné.

— Vous êtes très empressé.

— Pardonnez-moi.

Christopher avait desserré son étreinte sans toutefois la lâcher, conscient du parfum floral qui émanait d'elle. Il attendait toujours d'éprouver quelque chose. Mais une gangue de glace lui emprisonnait le cœur.

Il avait pourtant cru... Quelle folie ! Aucune femme au monde ne pouvait combler de telles attentes.

Durant la saison, Christopher vit beaucoup Prudence. Il recherchait sa compagnie lors des bals et des dîners, et l'emmena à plusieurs reprises, ainsi que sa mère, se promener en voiture ou visiter des musées.

Il n'avait pas grand-chose à lui reprocher. Elle était belle, charmante, et ne posait pas de questions gênantes. En fait, elle ne lui posait pratiquement pas de questions personnelles. Elle ne montrait d'intérêt ni pour la guerre ni pour les batailles qu'il avait menées, mais seulement pour ses médailles. À croire qu'elles ne représentaient à ses yeux rien d'autre que des décorations rutilantes.

Ils avaient des conversations banales et agréables, saupoudrées de commérages – des conversations semblables aux milliers d'autres qu'il avait eues au cours de saisons précédentes. Et qui lui avaient toujours suffi.

Il aurait aimé que ce soit encore le cas.

Il avait pensé… espéré… que Prudence lui était quelque peu attachée. Mais il ne décelait aucun signe de tendresse particulier, ne retrouvait aucune trace de la femme qui écrivait : *Je porte en moi votre pensée comme ma propre constellation intime…*

Il aimait si désespérément la Prudence des lettres. Où était-elle ? Pourquoi se cachait-elle ?

Ses rêves le menaient dans de sombres forêts où, à travers les ronces et les fougères, il poursuivait la silhouette pâle d'une femme. Elle demeurait toujours devant lui, toujours hors de portée. Il se réveillait haletant et furieux, les mains crispées sur le vide.

Dans la journée, Christopher se rendait à des rendez-vous d'affaires ou à des invitations. Tant de salons confinés et encombrés, tant de conversations ineptes, tant d'événements sans importance ! Comment avait-il pu un jour s'en satisfaire ? À sa grande consternation, il se surprenait à se souvenir de certains moments, en Crimée, avec un semblant de nostalgie. Là-bas au moins, il lui était arrivé de se sentir vraiment vivant durant de brefs instants.

Il ne se sentait plus rien de commun avec ces patriciens à l'élégance sophistiquée. Il était différent d'eux, et ils s'en rendaient compte.

Christopher mesura combien il aspirait à se retrouver en terrain familier quand la perspective de rendre visite à son grand-père lui apparut séduisante.

Lord Annandale avait toujours été sévère et intimidant. Aucun de ses petits-enfants – pas même le cousin qui hériterait un jour du comté – ne trouvait grâce aux yeux de l'impitoyable vieillard. Excepté John, bien entendu.

Christopher envisageait sa visite avec un mélange de crainte et de compassion, sachant que le vieil homme avait dû être anéanti par la mort de son frère.

Quand on le fit entrer dans la bibliothèque, un grand feu brûlait dans l'âtre alors qu'on était en plein été.

— Sapristi, grand-père, vous allez nous faire rôtir comme un couple de faisans !

S'étant dirigé à grands pas vers la fenêtre, il l'ouvrit et inspira une bouffée d'air frais à pleins poumons.

— Une petite promenade suffirait à vous réchauffer.

Assis au coin du feu, son grand-père lui adressa un regard peu amène.

— Le médecin m'a déconseillé de sortir. Tu serais bien avisé de négocier ton héritage avant d'essayer de m'achever.

— Il n'y a rien à négocier. Laissez-moi ce que vous voulez… ou rien du tout, si cela vous chante.

— Toujours manipulateur, marmonna Annandale. Tu présumes que je ferai le contraire de ce que tu diras.

Christopher sourit tout en se débarrassant de sa veste. Il s'approcha ensuite de son grand-père pour lui serrer la main.

— Bonjour, monsieur. Vous semblez en bonne forme.

— Je ne suis pas en bonne forme, riposta Annandale. Je suis vieux. Continuer de vivre avec ce fichu corps, c'est comme essayer de voguer sur une épave.

Christopher prit l'autre fauteuil et examina son grand-père. S'il paraissait plus frêle, ses yeux étaient toujours les mêmes, vifs et perçants. Et ses épais sourcils, contrairement à sa chevelure entièrement blanche, restaient d'un noir de jais.

— Vous m'avez manqué, déclara Christopher d'un ton quelque peu surpris. Je ne sais pas trop pourquoi, à vrai dire. Ce doit être le regard furibond – il me ramène à mon enfance.

— Tu as toujours été insupportable, et d'un égoïsme forcené. Quand j'ai lu les articles de Russell rapportant tes exploits héroïques, j'étais convaincu qu'on t'avait pris pour un autre.

— Si j'ai été héroïque, répliqua Christopher en souriant, ce fut purement accidentel. J'essayais seulement de sauver ma peau.

Le vieil homme laissa échapper malgré lui un grognement amusé. Puis il fronça de nouveau les sourcils.

— Tu t'es conduit avec honneur, semble-t-il. On parle de te faire chevalier. À cet effet, tu pourrais essayer d'être un peu plus réceptif aux invitations de la reine. Ton refus de rester à Londres à ton retour de Crimée n'a pas été très bien perçu.

— Je n'ai pas envie de divertir les gens comme une espèce de singe savant. Je ne suis pas différent des milliers d'autres hommes qui ont agi comme ils étaient censés le faire.

— Une telle modestie, c'est nouveau chez toi, observa son grand-père. Est-elle sincère ou simplement destinée à m'impressionner ?

Christopher garda un silence morose tout en tirant avec irritation sur sa cravate, qu'il dénoua et laissa pendre de chaque côté de son cou. Comme cela ne suffisait pas à le rafraîchir, il retourna vers la fenêtre ouverte.

Il balaya la rue animée du regard. Durant les mois d'été, les gens vivaient beaucoup plus à l'extérieur, malgré la poussière soulevée par les roues des voitures. L'attention de Christopher fut attirée par un chien assis à l'arrière d'une petite charrette attelée à un poney. Le remords le saisit. N'aurait-il pas dû emmener Albert avec lui ?

Il reporta son attention sur son grand-père quand il se rendit compte que celui-ci s'adressait à lui.

— ... reconsidéré la question de ton héritage. À l'origine, je t'avais réservé très peu de chose. La part du lion revenait, évidemment, à ton frère. Personne ne méritait davantage Riverton que John.

— Tout à fait d'accord.

— À présent qu'il est parti sans héritier, il ne reste que toi. Et même si tu parais t'être amélioré, je ne suis pas convaincu que tu sois digne de Riverton.

— Moi non plus. Je ne veux rien de ce que vous aviez l'intention de léguer à John.

— Je te dirai ce que tu auras, indépendamment de ce que tu veux ou pas, répliqua Annandale d'un ton ferme. Tu as des responsabilités, mon garçon, et tu ne peux ni les ignorer ni t'y soustraire. Avant toute chose, cependant, j'ai une question à te poser.

— Je vous en prie.

— Pourquoi as-tu combattu comme tu l'as fait ? Pourquoi as-tu risqué ta vie aussi souvent ? Était-ce pour le bien du pays ?

Christopher eut un reniflement de dégoût.

— Cette guerre n'avait rien à voir avec le bien du pays. Elle était faite au bénéfice d'intérêts mercantiles privés, et soutenue par la vanité des politiciens.

— Dans ce cas, tu as combattu pour la gloire et les médailles ?

— Pas vraiment.

— Alors, pourquoi ?

Christopher passa en revue différentes réponses. Ce fut avec une résignation lasse qu'il expliqua :

— Tout ce que j'ai fait, je l'ai fait pour mes hommes. Les sans-grade, qui se sont engagés pour échapper au chômage ou à la famine, et les sous-officiers, des vétérans pleins d'expérience mais qui n'avaient pas les moyens de s'acheter une charge d'officier. Je n'ai eu ce commandement que parce que j'avais de l'argent, et non en raison d'un mérite quelconque.

« Les hommes de ma compagnie, les malheureux, étaient censés me suivre même si j'étais incompétent, imbécile ou trouillard. Je n'avais donc d'autre choix que de m'appliquer à être le chef dont ils avaient besoin. J'ai essayé de les garder en vie.

« J'ai échoué bien trop souvent, ajouta-t-il après une hésitation. Et maintenant, j'aimerais beaucoup que quelqu'un me dise comment vivre avec leur mort sur la conscience. Je ne veux pas de Riverton. J'en ai assez qu'on me donne des choses que je ne mérite pas. »

Jamais Annandale ne l'avait regardé de cette manière : pensive, presque affectueuse.

— C'est la raison pour laquelle tu l'auras. Je ne soustrairai pas un shilling ou un arpent de terre à ce que j'aurais donné à John. Je suis prêt à parier que tu prendras soin de tes métayers et de tes ouvriers avec ce même sens des responsabilités que tu as montré envers tes hommes. Riverton devait être le fardeau de John. À présent, c'est le tien.

Pour fuir l'incommodante touffeur du mois d'août londonien, les citadins commencèrent à refluer vers la campagne. Christopher était autant plus disposé à retourner dans le Hampshire que Londres ne paraissait pas lui avoir fait le moindre bien.

Presque chaque jour, il était confronté à des images venues de nulle part, des frayeurs, des difficultés de concentration. Ses nuits étaient peuplées de cauchemars dont il s'éveillait en sueur, et une mélancolie tenace s'emparait de lui dans la journée. Il entendait des bruits de tirs inexistants, son cœur se mettait à battre la chamade, ses mains tremblaient sans raison. Il était toujours sur ses gardes, indépendamment des circonstances. Ayant rendu visite à de vieux amis de régiment, il avait discrètement tenté de savoir s'ils souffraient, eux aussi, de ces symptômes mystérieux. Il s'était heurté à un silence obstiné. Ce n'était pas un problème dont on discutait, mais qu'on se devait de régler seul, et en privé.

Christopher chercha donc de l'aide dans l'alcool. Il en buvait jusqu'à ce qu'une torpeur bienheureuse calme son cerveau en ébullition. En prenant soin, toutefois, d'en doser les effets, de manière à être sobre quand il le fallait. Il avait l'impression de devenir fou, mais dissimulait sa souffrance autant qu'il le pouvait, non sans se demander quand et comment il guérirait.

Quant à Prudence... C'était un rêve auquel il devait renoncer. Une illusion perdue. Chaque fois qu'il la voyait, une partie de lui mourait un peu plus. Il était manifeste qu'elle ne ressentait pas de véritable amour pour lui ; rien, en tout cas, qui ressemblât à ce qu'elle avait écrit. Afin de le divertir, qui sait si elle n'avait pas recopié des extraits de romans ou de pièces de théâtre ?

Christopher savait que ses parents et elle espéraient une demande en mariage à présent que la saison touchait à sa fin. Sa mère, en particulier, avait fait de lourdes allusions au mariage, à la dot, à la promesse de beaux enfants et de félicité domestique. Cependant, il n'était pas en état de se marier.

Avec un mélange d'appréhension et de soulagement, il se rendit chez les Mercer pour les saluer avant de partir. Quand il demanda l'autorisation de s'entretenir en privé avec Prudence, sa mère les laissa seuls dans le salon en laissant la porte ostensiblement ouverte.

— Mais... mais... vous n'allez pas partir sans vous être d'abord entretenu avec mon père, n'est-ce pas ? bégaya Prudence, consternée, quand il lui annonça son départ imminent.

— À quel sujet ? s'enquit Christopher, alors même qu'il le savait.

— Je pensais que vous souhaitiez lui demander la permission de me courtiser officiellement ! déclara Prudence, indignée.

Il la regarda droit dans les yeux.

— Pour le moment, je ne peux pas me le permettre.

— Pas vous le permettre ?

Prudence se leva d'un bond, l'obligeant à l'imiter, et lui adressa un regard où la colère le disputait à la perplexité.

— Bien sûr que si. Il n'y a pas d'autre femme, n'est-ce pas ?

— Non.

— Vos affaires sont en ordre et le problème de votre héritage est réglé ?

— Oui.

— Dans cc cas, il n'y a aucune raison d'attendre. Vous avez à coup sûr donné l'impression que vous teniez à moi. Surtout à votre retour. Vous m'avez dit maintes fois combien vous vous languissiez de me revoir, ce que je représentais à vos yeux... Pourquoi cette soudaine froideur ?

— Je m'attendais à... J'espérais que vous seriez davantage comme dans vos lettres.

Christopher s'interrompit et la dévisagea.

— Je me suis souvent demandé... quelqu'un vous a-t-il aidée à les écrire ?

Prudence avait beau avoir le visage d'un ange, son regard était dépourvu de toute sérénité céleste.

— Mais enfin, pourquoi m'interroger sans cesse sur ces stupides lettres ? Ce ne sont que des mots. Les mots ne signifient rien !

Vous m'avez fait prendre conscience que les mots sont la chose la plus importante au monde...

— Rien ? répéta Christopher.

— Non. Je suis ici, Christopher, continua-t-elle d'un ton légèrement radouci. Je suis réelle. Vous n'avez plus besoin de ces vieilles lettres, à présent. Vous m'avez *moi*.

— Et ce que vous m'avez écrit au sujet de la quintessence ? Cela ne signifiait rien ?

— De la...

Prudence le regarda fixement, puis rougit.

— Je ne me souviens pas de ce que je voulais dire exactement.

— Le cinquième élément, selon Aristote, précisa-t-il d'une voix douce.

Cette fois, elle pâlit. Son expression était celle d'une enfant surprise en train de faire une bêtise.

— Mais quel rapport cela a-t-il avec quoi que ce soit ? s'écria-t-elle en trouvant refuge dans la colère. Qui s'intéresse à Aristote ?

... j'aime vraiment l'idée qu'il y a un petit peu de lumière astrale en chacun de nous...

Elle n'avait jamais écrit ces mots.

Durant quelques instants, Christopher fut privé de réaction. Une pensée succédait à une autre, et chacune éclairait brièvement la précédente. Une femme totalement différente lui avait écrit... avec le consentement de Prudence... On s'était joué de lui... Audrey devait être au courant... Il avait été amené à s'éprendre, puis la correspondance avait cessé.

Pourquoi ?

Je ne suis pas celle que vous croyez...

Christopher sentit sa gorge et sa poitrine se serrer, et il laissa échapper quelque chose qui ressemblait à un rire incrédule.

Prudence rit à son tour, manifestement soulagée. Elle n'avait pas la moindre idée de ce qui causait cet amusement plein d'amertume.

Avait-on voulu se moquer de lui ? S'agissait-il d'une vengeance pour un affront passé quelconque ? Bon sang, il trouverait qui avait fait cela, et pourquoi !

Il avait aimé une femme, il avait été trahi par elle, et il ignorait son nom. Il l'aimait encore – voilà ce qu'il ne pouvait pardonner. Elle allait le lui payer, quelle qu'elle fût !

Comme c'était bon d'avoir de nouveau un but, de se mettre en quête de quelqu'un dans l'intention de lui faire du mal ! Il se retrouvait en terrain familier.

Quand, malgré sa fureur froide, il esquissa un mince sourire, Prudence le regarda d'un air incertain.

— Christopher ? souffla-t-elle. À quoi pensez-vous ?

Il s'approcha d'elle, posa les mains sur ses épaules en songeant furtivement à quel point il serait aisé de les faire glisser jusqu'à son cou et de l'étrangler. Il s'obligea à esquisser un sourire charmeur.

— Simplement que vous avez raison. Les mots ne sont pas importants. Voici ce qui est important.

Il l'embrassa lentement, expertement, jusqu'à sentir son corps s'amollir contre le sien. Elle émit un petit soupir de plaisir et noua les bras autour de son cou.

— Avant de partir pour le Hampshire, murmura-t-il contre sa joue rougissante, je demanderai à votre père la permission officielle de vous courtiser. Êtes-vous heureuse ?

— Oh oui ! s'écria-t-elle, radieuse. Christopher… votre cœur m'appartient-il ?

— Mon cœur vous appartient, répondit-il d'une voix atone, le regard fixé au loin.

Sauf qu'il n'avait plus de cœur à donner.

— Où est-elle ? furent les premiers mots de Christopher à Audrey dès qu'il eut été introduit dans le salon de ses parents. Qui est-ce ?

Sa belle-sœur ne parut pas impressionnée par sa fureur.

— Ne me foudroie pas du regard, s'il te plaît. De quoi parles-tu ?

— Est-ce que Prudence te remettait directement ses lettres ou était-ce quelqu'un d'autre ?

— Ah…

Audrey conserva son air serein. Après s'être assise sur le canapé, elle ramassa un petit tambour à broder et examina son ouvrage.

— Ainsi, tu as fini par comprendre que Prudence ne les avait pas écrites. Qu'est-ce qui l'a trahie ?

— Le fait qu'elle connaissait le contenu de mes lettres, mais pas de celles qu'elle m'envoyait. C'est l'une de ses amies, n'est-ce pas ? interrogea Christopher d'un ton menaçant. Dis-moi laquelle.

— Je ne peux rien confirmer.

— Est-ce que Beatrix Hathaway a joué un rôle là-dedans ?

Audrey leva les yeux au ciel.

— Pourquoi Beatrix voudrait-elle se mêler de quelque chose de ce genre ?

— Pour se venger. Parce que j'ai un jour dit que sa place était aux écuries.

— Tu as nié l'avoir dit.

— C'est *toi* qui as dit que je l'avais dit ! Pose ce maudit tambour ou je jure de te le passer autour du cou. Il faut que tu comprennes une chose, Audrey : j'ai des cicatrices de la tête aux pieds. J'ai reçu des balles, un coup de couteau et un autre de baïonnette, des éclats d'obus, et j'ai été soigné par des médecins si ivres qu'ils tenaient à peine debout... Eh bien, rien de tout cela n'a été aussi douloureux.

— Je suis désolée, répondit Audrey d'une voix douce. Je n'aurais jamais accepté si j'avais su que cela te rendrait malheureux. Il s'agissait d'un acte de gentillesse, au début. C'est du moins ce que je crois.

De gentillesse ? Christopher était révolté à l'idée qu'on ait pu le considérer comme un objet de pitié.

— Au nom du ciel, pourquoi as-tu aidé quelqu'un à me duper ?

— J'en avais à peine conscience, répliqua-t-elle, soudain en colère. Je m'occupais de John, je ne mangeais plus, je ne dormais plus, et j'étais épuisée. Je n'y ai pas accordé beaucoup d'importance. Je me suis simplement dit que cela ne ferait de tort à personne que quelqu'un t'écrive.

— Ça en a fait, je te le garantis !

— Tu voulais croire que c'était Prudence, l'accusa-t-elle. Sinon, il aurait été évident qu'elle n'était pas l'auteur de ces lettres.

— J'étais au beau milieu d'une satanée *guerre* ! Je n'avais pas le temps d'examiner les participes passés et les prépositions entre deux tirs d'obus…

— Audrey, interrompit une voix grave depuis le seuil de la pièce.

Il s'agissait de Gavin, l'un de ses frères. Négligemment appuyé contre le chambranle, il fixait sur Christopher un regard d'avertissement.

— On vous entend vous disputer dans toute la maison. As-tu besoin d'aide ?

— Non, merci, répondit Audrey d'un ton ferme. Je peux me débrouiller seule, Gavin.

— En fait, reprit son frère avec un mince sourire, c'est à Phelan que je posais la question.

— Il n'a pas besoin d'aide non plus, répliqua Audrey avec beaucoup de dignité. S'il te plaît, accorde-nous quelques minutes en privé. Nous avons un problème important à régler.

— Très bien. Mais je ne serai pas loin.

Avec un soupir, Audrey attendit que son frère ait disparu avant de reporter son attention sur Christopher.

Ce dernier lui jeta un regard dur.

— Je veux un nom.

— Seulement si tu jures de ne pas faire de mal à cette femme.

— Je le jure.

— Jure-le sur la tombe de John, insista-t-elle.

Il y eut un long silence.

— Je le savais, murmura Audrey sombrement. Si je ne peux pas te faire confiance, je ne vais certainement pas te dire de qui il s'agit.

— Est-elle mariée ? demanda-t-il d'une voix enrouée.

— Non.

— Vit-elle dans le Hampshire ?

Audrey hésita avant d'acquiescer d'un signe de tête circonspect.

— Fais-lui savoir que je la trouverai, dit-il. Et qu'elle le regrettera.

Dans le silence tendu qui s'ensuivit, il se dirigea vers la porte. Parvenu sur le seuil, il lui jeta un coup d'œil par-dessus son épaule.

— En attendant, tu peux être la première à me féliciter. Prudence et moi sommes presque fiancés.

Audrey eut l'air atterré.

— Christopher… à quel genre de jeu joues-tu ?

— Tu le découvriras, répondit-il froidement. Ta mystérieuse amie et toi devriez être contentes – vous qui semblez adorer les jeux.

14

— Mais qu'est-ce que vous mangez ?

Leo, lord Ramsay, se pencha sur ses jumeaux, Edward et Emmaline, qui jouaient sur le tapis du salon.

Catherine, son épouse, qui construisait avec eux une tour en cubes, leva la tête en souriant.

— Ils mangent des biscuits.

— Ceux-là ? demanda Leo en jetant un coup d'œil sur le bol de petits biscuits bruns posé sur la table. On dirait ceux que Beatrix donne au chien.

— Rien d'étonnant, ce sont les mêmes.

— Ce sont… Grands dieux, Catherine, où as-tu la tête ?

Leo s'accroupit et tenta de retirer le biscuit baveux à Edward, ce qui lui valut un hurlement indigné.

— Laisse-le-lui, protesta Catherine. Les jumeaux ont mal aux dents et ces biscuits très durs les soulagent. Ils ne contiennent rien de nocif.

— Qu'en sais-tu ?

— C'est Beatrix qui les a faits.

— Beatrix ne cuisine pas. À ma connaissance, elle est à peine capable de se beurrer une tartine.

— Je ne cuisine pas pour les gens, lança Beatrix en entrant dans le salon, Albert sur les talons. Uniquement pour les chiens.

— Le contraire m'eût étonné, marmonna Leo qui, après s'être emparé d'un des carrés bruns, l'examina de près. Daignerais-tu nous révéler les ingrédients de ces choses répugnantes ?

— Avoine, miel, œufs… Ils sont très nourrissants.

Comme pour en apporter la preuve, le furet apprivoisé de Catherine, Dodger, s'élança sur Leo, lui vola le biscuit et se faufila sous la chaise la plus proche.

Catherine ne put s'empêcher de rire en voyant l'expression de son mari.

— Ils ont la même composition que les biscuits qu'on donne aux bébés, précisa-t-elle.

— Très bien, marmonna Leo. Mais si les jumeaux commencent à aboyer et à enterrer leurs jouets, je saurai qui blâmer.

Comme il s'asseyait sur le tapis à côté de sa fille, elle lui tendit son biscuit à demi mâchonné.

— Pa… pa.

— Non, merci, ma chérie.

Il se retourna en sentant le museau d'Albert contre son épaule et le caressa.

— C'est un chien ou un balai-brosse ?

— C'est Albert, répondit Beatrix.

Le chien se laissa tomber sur le flanc, la queue fouettant le sol.

Beatrix sourit. Trois mois plus tôt, une telle scène aurait été inimaginable. Albert était si hostile et effrayé qu'elle n'aurait pas osé le mettre en présence des enfants.

Mais avec de la patience, de l'amour et de la discipline – sans parler de l'aide précieuse du jeune Rye –, Albert s'était transformé. Peu à peu, il s'était accoutumé à l'activité incessante de la maisonnée, ainsi qu'à la présence d'autres animaux. À présent, il accueillait la nouveauté avec curiosité, et non plus avec crainte et agressivité.

Il s'était remplumé, et était désormais élancé et musclé. Beatrix s'était donné beaucoup de mal pour le toiletter régulièrement, sans toutefois toucher aux poils ébouriffés de sa tête qui lui donnaient une expression si comique. Il adorait jouer, courir après un bâton et le rapporter, et voler des chaussures qu'il tentait d'enterrer quand personne ne le regardait. Bref, un chien tout à fait normal.

Tandis qu'elle contemplait Albert, elle s'interrogea : comment Christopher réagirait-il en voyant combien son chien avait changé ?

— C'est un nouveau membre de la famille ? s'enquit Leo.

— Non, juste un invité, répondit Beatrix. Il appartient au capitaine Phelan.

— Nous avons rencontré Phelan à quelques occasions durant la saison, fit remarquer Leo, qui esquissa un sourire. Je lui ai dit que s'il continuait à gagner aux cartes chaque fois que nous jouions, je serais contraint de l'éviter.

— Comment allait-il ? s'enquit Beatrix en s'efforçant de paraître désinvolte. Il semblait de bonne humeur ?

— Il semblait en bonne santé, et il s'est montré tout à fait charmant, répondit Catherine. On l'a souvent vu en compagnie de Prudence Mercer.

Malade de jalousie, Beatrix détourna le visage.

— Je suis sûre qu'ils forment un beau couple, dit-elle d'une voix étouffée.

— Il y a des rumeurs de fiançailles, poursuivit Catherine avant d'adresser un sourire moqueur à son mari. Peut-être que le capitaine Phelan finira par succomber à l'amour d'une femme convenable.

— Il a indubitablement succombé à celles qui ne l'étaient pas très souvent, déclara Leo d'un ton vertueux qui la fit pouffer de rire.

— C'est l'hôpital qui se moque de la charité, répliqua-t-elle, l'œil pétillant.

— Tout cela, c'est du passé, lui rappela Leo.

— Est-ce que les femmes légères sont plus amusantes ? lui demanda Beatrix.

— Non, ma chérie. Mais on a besoin d'elles pour le contraste.

Beatrix demeura silencieuse durant le reste de la soirée. Elle se rongeait à la pensée de Christopher et de Prudence ensemble. Fiancés. Mariés. Partageant le même lit.

Elle n'avait encore jamais éprouvé de jalousie, et c'était atroce, comme de mourir lentement après avoir avalé du poison. Prudence avait passé l'été à être courtisée par un bel homme héroïque ; Beatrix, elle, avait passé l'été avec son chien.

Et bientôt, il viendrait rechercher Albert, et elle n'aurait même plus son chien.

Dès son retour à Stony Cross, Christopher apprit que Beatrix Hathaway avait volé Albert. Les domestiques n'eurent même pas la décence de paraître embarrassés quand ils prétendirent que le chien s'était enfui et que Mlle Hathaway avait insisté pour le garder.

Bien que fatigué par douze heures de voyage, affamé, sale et d'une humeur exécrable, Christopher grimpa aussitôt en selle. Il était temps de mettre un terme aux interventions intempestives de Beatrix Hathaway.

La nuit tombait lorsqu'il atteignit Ramsay House. Décidé à mener une action brève mais efficace, il confia les rênes de son cheval à un valet d'écurie et gravit rapidement les marches du perron.

À la gouvernante qui lui ouvrit, il demanda d'emblée à voir Beatrix.

— La famille est en train de dîner, mons…

— Je m'en moque. Soit vous m'amenez Mlle Hathaway, soit je vais la chercher moi-même.

Il était résolu à ne pas se laisser distraire par les Hathaway. De toute manière, après un été passé avec un chien aussi hargneux que le sien, ils ne seraient que trop contents de le lui rendre. Quant à Beatrix… Christopher espérait bien qu'elle tenterait de s'y opposer, ce qui lui donnerait l'occasion de lui asséner quelques vérités bien senties.

— Souhaitez-vous attendre dans le salon, monsieur ?

Christopher secoua la tête. L'air perturbé, la gouvernante l'abandonna dans le hall.

Beatrix apparut presque immédiatement. Elle portait une robe blanche vaporeuse, dont le tissu était savamment drapé sur la poitrine. Avec sa peau diaphane, elle semblait émerger d'un nuage de soie.

Pour une femme qui avait volé son chien, elle affichait une expression remarquablement sereine.

— Capitaine Phelan, fit-elle en le saluant d'une révérence gracieuse.

Christopher la fixa, fasciné. Malgré ses efforts pour retenir sa vertueuse colère, il sentait celle-ci s'échapper comme du sable entre les doigts.

— Où est votre pantalon ? s'entendit-il demander d'une voix rauque.

Beatrix sourit.

— Je me doutais que vous ne tarderiez pas à venir chercher Albert, et je ne voulais pas vous offenser en portant des vêtements masculins.

— Si vous étiez si soucieuse de ne pas m'offenser, vous auriez réfléchi à deux fois avant d'enlever mon chien.

— Je ne l'ai pas enlevé. Il est venu avec moi de son plein gré.

— Je croyais vous avoir demandé de ne pas vous en approcher.

— Oui, je sais, acquiesça-t-elle d'un ton contrit. Mais Albert a préféré passer l'été ici. Il s'est fort bien conduit, d'ailleurs.

Elle se tut, le temps de l'examiner de la tête aux pieds.

— Comment allez-vous ?

— Je suis épuisé, répondit sèchement Christopher. J'arrive tout juste de Londres.

— Mon pauvre. Vous devez être affamé. Venez donc dîner.

— Non, merci. Tout ce que je veux, c'est récupérer mon chien et rentrer chez moi.

« Et boire jusqu'à sombrer dans l'inconscience », ajouta-t-il à part soi.

— Où est Albert ? reprit-il à voix haute.

— Il va arriver d'un moment à l'autre. J'ai demandé à notre gouvernante d'aller le chercher.

Christopher cilla.

— Elle n'a pas peur de lui ?

— Peur d'Albert ? Seigneur, non ! Tout le monde l'adore.

Qu'on puisse adorer cet animal belliqueux dépassait l'entendement. S'étant attendu qu'on lui dresse la liste des dommages causés par son chien, Christopher ne put que regarder Beatrix avec perplexité.

La gouvernante revint sur ces entrefaites, un chien obéissant et bien entretenu trottant à ses côtés.

— Albert ?

Le chien dressa l'oreille et le regarda. Ses yeux brillèrent d'excitation et, sans hésiter, il s'élança vers Christopher avec un jappement joyeux. Celui-ci s'agenouilla pour le recevoir dans ses bras. Tout frétillant, Albert tendit le cou pour lui lécher le visage avec force gémissements.

À la fois ému et soulagé, Christopher serra son corps vigoureux contre lui en murmurant son nom et le caressa à plusieurs reprises.

— Tu m'as manqué, Albert… Bon chien.

Incapable de s'en empêcher, il enfouit le visage dans les poils rêches. Le remords le submergeait. Alors qu'il avait abandonné Albert tout l'été, celui-ci ne manifestait que de la joie à le revoir.

— Je suis resté absent trop longtemps, murmura-t-il en plongeant son regard dans les yeux bruns chaleureux. Je ne te laisserai plus.

Il releva la tête pour regarder Beatrix.

— Ç'a été une erreur de le laisser, admit-il d'un ton bourru.

— Albert ne vous en voudra pas, assura-t-elle avec un sourire. L'erreur est humaine, le pardon, canin.

Christopher s'aperçut avec incrédulité qu'un sourire fleurissait sur ses lèvres en réponse. Tout en continuant de flatter son chien, il lâcha :

— Vous vous êtes bien occupée de lui.

— Il se comporte beaucoup mieux qu'auparavant. Vous pouvez l'emmener partout, à présent.

— Pourquoi avez-vous fait cela ? demanda-t-il en se redressant.

— Il valait la peine d'être sauvé. C'était évident.

La conscience que Christopher avait de la proximité de la jeune femme devenait insupportable. Son cœur battait à grands coups irréguliers. Dieu qu'elle était jolie dans cette robe blanche ! Elle irradiait une féminité pleine de force et de santé, très différente de la fragilité affectée des Londoniennes. Il ne put s'empêcher de se demander si, au lit, elle serait aussi directe dans ses élans qu'elle l'était en toute chose.

— Restez dîner, le pressa-t-elle.

— Je dois m'en aller.

— Avez-vous déjà mangé ?

— Non. Mais je trouverai quelque chose à la maison.

Assis, Albert les observait avec attention.

— Vous avez besoin d'un repas correct après un tel voyage.

— Mademoiselle Hathaway…

Mais sa voix mourut quand elle lui prit le bras à deux mains et le tira doucement. Son corps réagit immédiatement à ce contact. Excité et irrité, il plongea son regard dans ses yeux d'un bleu sombre.

— Je ne veux parler à personne.

— Évidemment. Il n'y a aucun problème. Venez, ajouta-t-elle en le tirant doucement de nouveau.

Et Christopher se retrouva à traverser le hall avec Beatrix, Albert sur leurs talons.

Elle lui lâcha le bras quand ils entrèrent dans une salle à manger brillamment éclairée. Il reconnut lord Ramsay et sa femme, ainsi que Rohan et Amelia. Le petit garçon aux cheveux bruns, Rye, était également à table. S'arrêtant sur le seuil, Christopher s'inclina et expliqua non sans embarras :

— Veuillez me pardonner. Je venais simplement…

— J'ai invité le capitaine Phelan à se joindre à nous, annonça Beatrix. Il n'a pas envie de parler. Ne lui posez pas de questions directes sauf en cas d'absolue nécessité.

Le reste de la famille accueillit cette recommandation sans le moindre haussement de sourcils. On chargea simplement un valet d'aller chercher un couvert supplémentaire.

— Entrez, Phelan, dit Leo d'un ton amical. Nous adorons les invités silencieux – cela nous permet de parler encore davantage. Je vous en prie, asseyez-vous et ne dites rien.

— Mais si vous y parvenez, ajouta Catherine avec un sourire, tâchez de paraître impressionné par notre esprit et notre intelligence.

— J'essaierai d'apporter ma contribution à la conversation si je pense à quelque chose de pertinent, avança Christopher.

— Nous ne nous laissons jamais arrêter par ce genre de détail, fit remarquer Cam.

Christopher prit place à côté de Rye. On déposa devant lui une assiette généreusement remplie et un verre de vin. Tandis qu'il dévorait l'excellent repas, la famille aborda différents sujets – politique, affaires du domaine et événements locaux.

Rye se conduisait en adulte miniature. Il écoutait la conversation avec respect, posant de temps à autre une question à laquelle les autres répondaient aussitôt. D'après ce qu'en savait Christopher, il était extrêmement rare d'autoriser un enfant à assister au dîner. Dans la plupart des familles aisées, la coutume était de faire manger les enfants dans la nursery.

— Tu prends toujours tes repas avec le reste de la famille ? s'enquit-il à mi-voix.

— Sauf des fois, chuchota Rye. Ils veulent bien à condition qu'on parle pas la bouche pleine et qu'on joue pas avec les pommes de terre.

— J'essaierai de m'en abstenir, assura Christopher d'un air grave.

— Et tu dois pas donner à manger à Albert même s'il te demande. Tante Beatrix dit que c'est pas bon pour sa santé.

Christopher jeta un coup d'œil à son chien, sagement couché dans un coin.

Amelia surprit son regard.

— Capitaine Phelan, que pensez-vous du changement d'Albert ?

— Il est presque inconcevable, répondit Christopher. Je me demandais s'il parviendrait à s'accoutumer à une vie paisible après les champs de bataille. J'ai une dette envers vous, ajouta-t-il à l'adresse de Beatrix.

Elle rougit et baissa les yeux sur son assiette en souriant.

— Pas du tout.

— Ma sœur a toujours été d'une habileté remarquable avec les animaux, reprit Amelia. Je me suis toujours demandé ce qui se passerait s'il prenait à Beatrix la fantaisie de réformer un homme.

— Je suggère que si nous trouvions un vrai gredin, amoral et bon à rien, intervint Leo, et que nous le donnions à Beatrix, il ne lui faudrait pas quinze jours pour le corriger.

— Je n'ai pas envie de réformer des bipèdes, déclara Beatrix. Quatre pattes sont un minimum. De plus, Cam m'a interdit de loger d'autres créatures dans l'écurie.

— Avec une écurie de cette taille ? s'étonna son frère. Ne me dis pas qu'il n'y a plus de place ?

— Il faut bien poser une limite, se défendit Cam. J'y ai été contraint après le mulet.

Christopher glissa un regard aigu à Beatrix.

— Vous avez un mulet ?

— Non, répondit-elle aussitôt, et il lui sembla qu'elle pâlissait. Ce n'est rien. C'est-à-dire que, oui, j'ai un mulet. Mais je n'aime pas en parler.

— Moi, j'aime bien en parler, dit innocemment Rye. Il s'appelle Hector et il est très gentil. Mais il a le dos de travers. Personne voulait de lui quand il est né, alors tante Beatrix, elle est allée voir M. Caird et...

— Il s'appelle Hector ? coupa Christopher, les yeux toujours rivés sur Beatrix.

Elle demeura muette.

Une sensation étrange se répandit dans le corps de Christopher. Il sentit chaque poil se dresser, perçut chaque pulsation de son sang dans ses veines.

— Est-ce que son père appartenait à M. Mawdsley ? reprit-il.

— Comment tu le sais ? s'écria Rye.

— Quelqu'un m'a écrit à son sujet, articula Christopher.

Portant son verre de vin à ses lèvres, il arracha son regard du visage soigneusement impassible de Beatrix.

Il ne la regarda plus une seule fois durant le reste du repas.

Sinon, il aurait été incapable de conserver son sang-froid.

Jusqu'à la fin du dîner, Beatrix suffoqua presque sous le poids de l'inquiétude. Elle regrettait à présent d'avoir insisté pour que Christopher se joigne à eux. Qu'elle ait acheté le mulet de M. Caird et qu'elle l'ait appelé comme celui de son enfance susciterait forcément des interrogations. Il ne manquerait pas de lui demander une explication. Elle serait obligée d'alléguer une information transmise par Prudence. « Je suppose que le nom m'a frappée quand Prudence l'a mentionné, déclarerait-elle avec désinvolture. Et c'est un joli nom pour un mulet. J'espère que cela ne vous ennuie pas. »

Oui, cela pouvait marcher si elle réussissait à paraître très détachée. Le problème, c'était qu'il était difficile de paraître détachée quand on était en proie à la panique la plus totale.

Dieu merci, Christopher sembla perdre tout intérêt pour le sujet. En fait, sans plus lui accorder un seul regard, il se lança dans une conversation avec Leo et Cam sur leurs relations communes à Londres. Il était détendu, souriant, et il lui arriva même de rire à une repartie de Leo.

L'anxiété de Beatrix reflua quand il apparut que le sujet d'Hector était oublié.

Hypnotisée par Christopher, elle continua de lui jeter des regards furtifs. La lueur chaude des bougies accentuait encore son hâle et accrochait des reflets d'or dans ses cheveux. Elle était fascinée par la virilité brute, à fleur de peau, qu'on devinait sous son calme apparent. Elle aurait voulu jouir de lui comme on se précipite dehors, dans la tempête, pour s'abandonner aux éléments. Plus que tout, elle aspirait à parler avec lui… à s'entretenir à cœur ouvert, à partager chaque pensée et chaque secret.

— Je vous remercie sincèrement pour votre hospitalité, déclara-t-il à la fin du repas.

— Revenez bientôt, suggéra Cam. Surtout si vous voulez voir fonctionner la scierie. Nous avons installé quelques machines nouvelles dont vous aurez peut-être l'usage un jour à Riverton.

— Merci. J'aimerais beaucoup les voir. Avant de partir, mademoiselle Hathaway, continua-t-il en se tournant vers Beatrix, croyez-vous que vous pourriez me présenter à votre si célèbre mulet ?

Ses manières étaient désinvoltes, mais son regard était celui d'un prédateur.

Beatrix déglutit. Impossible de lui échapper. Il voulait des réponses. Il les obtiendrait, que ce soit aujourd'hui ou plus tard.

— Maintenant ? demanda-t-elle d'une voix faible. Ce soir ?

— Si cela ne vous ennuie pas, répondit-il d'une voix trop suave. Les écuries ne sont pas très loin de la maison si je ne m'abuse.

— En effet, acquiesça Beatrix en se levant. Si vous voulez bien nous excuser. Je n'en aurai pas pour longtemps.

— Je peux venir avec vous ? demanda Rye avec empressement.

— Non, mon chéri, c'est l'heure de ton bain, intervint Amelia.

— Pourquoi je dois me laver alors que je suis pas sale ?

— Parce que « la propreté suit de près la sainteté », cita sa mère avec le sourire. Alors, en attendant d'être saint…

Quand Beatrix et le capitaine Phelan, suivis d'Albert, eurent quitté la maison, un silence inhabituel s'abattit autour de la table. Ce fut Leo qui le rompit.

— Quelqu'un d'autre a-t-il remarqué…

— Oui, dit Catherine. Qu'en penses-tu ?

— Je n'ai pas encore décidé, répondit-il en fixant son verre de porto d'un air songeur. Ce n'est pas quelqu'un que j'associerais à Beatrix.

— Avec qui la verrais-tu ?

— Du diable si je le sais ! Avec quelqu'un ayant des centres d'intérêt similaires. Le vétérinaire du coin, peut-être ?

— Il a quatre-vingt-trois ans et il est sourd, objecta Catherine.

— Au moins, ils ne se disputeraient pas.

Amelia sourit en tournant lentement sa cuillère dans son thé.

— Je répugne à l'admettre, mais je suis d'accord avec Leo. Non pas sur le vétérinaire, mais... Beatrix avec un soldat ? Cela ne semble pas une union envisageable.

— Phelan a revendu sa charge d'officier, intervint Cam. Il n'est plus soldat.

— Et s'il hérite de Riverton, ajouta Amelia, songeuse, Beatrix aurait toute cette grande forêt à sa disposition...

— Je vois une ressemblance entre eux, murmura Catherine.

Leo haussa un sourcil.

— Ah oui, laquelle ? Elle aime les animaux et lui aime tirer sur tout ce qui bouge.

— Beatrix a mis une certaine distance entre le reste du monde et elle. Elle est très avenante, mais aussi plutôt réservée de nature. Je retrouve cela chez le capitaine Phelan.

— Oui, tu as tout à fait raison, Catherine, acquiesça Amelia. Vue sous cet angle, une union paraît moins incongrue.

— J'ai encore des réserves, dit Leo.

— Tu en as toujours, rétorqua Amelia. Si tu te souviens bien, tu étais opposé à Cam, au début. À présent, tu l'acceptes.

— C'est parce que, plus j'ai de beaux-frères, plus Cam m'apparaît bien en comparaison, riposta son frère.

15

Beatrix et Christopher traversèrent la cour sans échanger un mot. Elle avait absurdement conscience du bruit de sa propre respiration, du crissement de ses souliers sur le gravier, de la présence virile de l'homme à côté d'elle.

Un garçon d'écurie les salua d'un hochement de tête quand ils pénétrèrent dans l'écurie plongée dans une semi-pénombre. Étant habitués aux fréquentes allées et venues de Beatrix, les employés avaient appris à la laisser faire à sa guise.

Familier et rassurant, un parfum puissant – mélange de foin, de cheval, de paille, de crottin – les enveloppa. En silence, Beatrix conduisit Christopher à l'extrémité du bâtiment. Les chevaux les suivirent du regard en émettant de légers hennissements.

— Voici Hector, dit-elle en s'arrêtant devant une stalle.

Le petit mulet vint à leur rencontre. Malgré ses défauts, ou peut-être à cause d'eux, c'était une créature attachante. Il avait une oreille tordue et affichait en permanence une expression guillerette.

Comme Christopher tendait la main pour le caresser, Hector vint aussitôt frotter ses naseaux contre sa paume. Sa douceur avec l'animal était rassurante. Qui sait ? Peut-être n'était-il pas aussi en colère que Beatrix ne le craignait.

Après avoir pris une profonde inspiration, elle reprit :

— S'il s'appelle Hector, c'est parce que…

— Non !

Se déplaçant avec une rapidité fulgurante, Christopher la coinça contre la paroi de la stalle. Sa voix était sourde et rude.

— Commençons par ceci : avez-vous aidé Prudence à écrire ces lettres ?

Beatrix écarquilla les yeux. Un flot de sang lui monta au visage.

— Non, réussit-elle à articuler, je ne l'ai pas aidée.

— Alors, qui l'a fait ?

— Personne ne l'a aidée.

C'était la vérité. Simplement, ce n'était pas la vérité tout entière.

— Vous savez quelque chose, insista-t-il. Et vous allez me dire ce que c'est.

Elle perçut sa fureur. L'atmosphère en était chargée. Le cœur battant à tout rompre, elle lutta pour contenir l'émotion qui menaçait de la submerger.

— Écartez-vous, dit-elle avec un calme exceptionnel. En vous comportant ainsi, vous ne nous rendez service ni à l'un ni à l'autre.

Les yeux de Christopher s'étrécirent.

— Inutile de prendre votre voix de dresseuse de chiens avec moi.

— Ce n'est pas ma voix de dresseuse de chiens. Et si vous êtes si déterminé à connaître la vérité, pourquoi ne pas interroger Prudence ?

— Je l'ai interrogée. Elle m'a menti. Comme vous en ce moment.

— Vous avez toujours voulu Prudence ! s'emporta Beatrix. À présent, vous pouvez l'avoir. Pourquoi accorder de l'importance à une poignée de lettres ?

— Parce qu'on s'est joué de moi. Et je veux savoir comment et pourquoi.

— Pur orgueil, lança Beatrix avec amertume. Il ne s'agit que de cela à vos yeux : votre orgueil a été blessé.

Il glissa l'une de ses mains dans ses cheveux et les empoigna fermement, quoique sans brutalité. Elle laissa échapper un cri étouffé lorsqu'il lui tira la tête en arrière.

— N'essayez pas de détourner la conversation. Vous savez quelque chose que vous ne me dites pas.

Il posa sa main libre sur son cou et, durant une fraction de seconde, elle crut qu'il allait l'étrangler. Mais il se contenta de la caresser doucement, dessinant du pouce des cercles délicats au creux de sa gorge. L'intensité de sa réaction étonna Beatrix.

— Arrêtez, murmura-t-elle, les yeux mi-clos.

Prenant pour un signe de dégoût ou de crainte le frisson qui la secouait, Christopher baissa la tête jusqu'à ce qu'elle sente son souffle lui frôler sa joue.

— Pas tant que je ne saurai pas la vérité.

Jamais ! Si elle avouait, il la haïrait de l'avoir d'abord trompé, puis abandonné. Certaines erreurs étaient impardonnables.

— Allez au diable ! articula-t-elle d'une voix tremblante.

Jamais, de sa vie, elle n'avait jamais prononcé une telle phrase.

— Je suis déjà en enfer, répliqua-t-il en se rapprochant davantage d'elle.

Éperdue, en proie à un mélange de culpabilité, de peur et de désir, elle essaya de repousser sa main. Sa bouche était toute proche de la sienne. Sa force et sa virilité étaient comme un flot impétueux, la cernant de toutes parts. Elle ferma les yeux, les sens en alerte, en proie à une attente désespérée.

— Je vous obligerai à me le dire, l'entendit-elle marmonner.

Puis il l'embrassa.

Sans doute devait-il croire qu'elle trouverait ses baisers si déplaisants qu'elle serait prête à avouer n'importe quoi pour s'y soustraire. Comment une telle idée lui était-elle venue ? se demanda-t-elle vaguement. Mais déjà, elle n'était plus en état de se demander quoi que ce soit.

Les jambes flageolantes, elle passa spontanément les bras autour de son cou pour ne pas s'affaler sur le sol. Il resserra son étreinte avant d'explorer lentement sa bouche, la caressant et la goûtant de la pointe de la langue.

Elle perçut l'instant où sa colère céda le pas à la passion, à un désir porté à l'incandescence. À son tour, elle plongea les doigts dans ses cheveux, savourant le contact de ses courtes boucles.

À chaque inspiration, elle s'imprégnait du léger parfum de bois de santal qui émanait de sa peau chaude.

Il fit glisser ses lèvres le long de son cou, s'attardant sur des endroits si sensibles que son corps entier en frémit. Aveuglément, elle tourna le visage, et quand ses lèvres frottèrent contre l'oreille de Christopher, il rejeta la tête en arrière en inhalant brièvement. Il referma alors une main ferme sur son menton.

— Dites-moi ce que vous savez ou je ferai pire que ça. Je vous prendrai ici et maintenant. C'est ce que vous voulez ?

À vrai dire…

Toutefois, se souvenant qu'elle était censée subir une forme de punition, Beatrix murmura d'une voix languide :

— Non. Arrêtez…

Il referma une bouche avide sur la sienne. Elle soupira et s'abandonna contre lui.

Approfondissant son baiser, il l'écrasa contre la paroi de bois de la stalle tandis que ses mains vagabondaient de la manière la plus indécente qui soit sur son corps – un corps que des épaisseurs de tissu corsetaient, contrariant ses tentatives de le caresser.

Ses vêtements à lui, en revanche, offraient peu d'obstacles. Beatrix glissa les bras à l'intérieur de son manteau, sous son gilet, et réussit à sortir sa chemise hors de son pantalon.

Tous les deux émirent un gémissement étouffé lorsqu'elle posa ses doigts frais sur la peau brûlante de son dos. Fascinée, Beatrix explora les reliefs de ses muscles, découvrit leur jeu puissant à fleur de peau, caressa des cicatrices avant de recouvrir la plus longue d'entre elles d'une paume tendre.

Un brusque tremblement secoua Christopher. Avec un grognement, il plaqua son corps contre le sien jusqu'à ce qu'ils trouvent ensemble un rythme sensuel. D'instinct, Beatrix essaya de l'attirer en elle, usant de sa bouche pour capturer sa langue et ses lèvres.

C'est Christopher qui mit un terme brutal à cette étreinte. Le souffle court, il prit la tête de Beatrix entre ses mains et pressa son front contre le sien.

— Est-ce vous ? demanda-t-il d'une voix rauque. Est-ce vous ?

Malgré ses efforts pour les retenir, des larmes picotèrent les yeux de Beatrix. Elle avait le cœur incendié. C'était comme si sa vie tout entière l'avait conduite à cet homme, à cet instant d'amour inexprimé.

Mais elle craignait trop son mépris, et elle avait trop honte de ses actes pour répondre.

Les doigts de Christopher trouvèrent la trace humide des larmes sur sa joue. Il effleura de la bouche ses lèvres tremblantes puis, la lâchant, il recula et la fixa d'un regard où la colère le disputait au désarroi. La force d'attraction du désir qui les reliait était si puissante que Beatrix se demanda vaguement comment il pouvait rester à cette distance, si infime soit-elle.

Il laissa échapper un soupir tremblant. Avec des gestes lents, comme sous l'emprise d'une drogue, il remit de l'ordre dans sa tenue.

— Soyez maudite, gronda-t-il avant de pivoter sur ses talons et de s'éloigner à grands pas.

Albert, qui était resté assis à côté de la stalle, commença à trotter derrière lui. Quand il s'aperçut que Beatrix ne les accompagnait pas, il fit demi-tour en courant et poussa un gémissement.

Beatrix se pencha pour le caresser.

— Vas-y, mon beau, chuchota-t-elle.

Albert n'hésita qu'un instant avant de s'élancer à la suite de son maître.

Beatrix les suivit du regard, au désespoir.

Deux jours plus tard, on donna un bal à Stony Cross Manor, la résidence de lord et de lady Westcliff. Il était difficile de trouver lieu plus enchanteur que cette magnifique demeure sertie au cœur d'immenses jardins dominant la rivière Itchen. En tant que voisins et amis de lord et de lady Westcliff, tous les Hathaway furent invités. Cam, en particulier, était un ami proche du comte, qu'il connaissait depuis de nombreuses années.

Même si Beatrix s'était déjà rendue à Stony Cross Manor à plusieurs reprises, elle était toujours frappée par la beauté des lieux. La salle de bal était d'une rare splendeur, avec ses parquets ouvragés, sa double rangée de lustres et sa succession de niches semi-circulaires pourvues de banquettes en velours.

Après avoir fait un détour par l'immense buffet pour prendre un rafraîchissement, Beatrix pénétra dans la salle de bal en compagnie de Catherine et d'Amelia. Leur hôte, lord Westcliff, s'approcha pour échanger quelques plaisanteries avec elles. Beatrix avait toujours aimé le comte, un homme courtois et intègre dont l'amitié avait souvent profité à sa famille. Après qu'il eut invité Catherine à danser – une marque de faveur qui n'échappa pas aux autres invités –, Amelia murmura à Beatrix :

— Comme il est gentil. Il met toujours un point d'honneur à se montrer obligeant envers les Hathaway. Ainsi, personne n'ose nous ignorer.

— Je pense qu'il aime les gens non conventionnels. Il est loin d'être aussi collet monté qu'on pourrait le supposer.

— Lady Westcliff en est certainement la preuve, répliqua Amelia en souriant.

La réplique de Beatrix mourut sur ses lèvres quand elle aperçut, de l'autre côté de la pièce, un couple parfaitement assorti. Christopher Phelan s'entretenait avec Prudence Mercer. Il portait sa tenue de soirée avec une élégance naturelle, le port altier mais détendu. Sa cravate empesée formait un contraste saisissant avec sa peau hâlée, et l'éclat des lustres allumait des reflets dorés dans ses cheveux.

Ayant suivi son regard, Amelia haussa les sourcils.

— Quel homme séduisant... Il te plaît, n'est-ce pas ?

Malgré elle, Beatrix lui jeta un regard peiné. Baissant les yeux, elle répondit :

— J'ai eu, dans le passé, une dizaine d'occasions de m'éprendre d'un homme convenable. Mais non, il a fallu que j'attende quelqu'un de particulier. Quelqu'un qui me donnerait l'impression que mon cœur a été piétiné par une horde d'éléphants, jeté dans l'Amazone et dévoré par des piranhas.

Amelia eut un sourire de compassion. Elle couvrit de sa main gantée celle de sa sœur.

— Ma pauvre chérie. Est-ce que cela te consolerait d'entendre que de tels engouements sont parfaitement ordinaires ?

Beatrix pressa la main de sa sœur. Depuis que leur mère était morte, alors qu'elle n'avait que douze ans, Amelia avait toujours fait montre d'un amour et d'une patience inépuisables.

— Est-ce qu'il s'agit d'un engouement ? murmura-t-elle. Parce que ça paraît bien plus grave. Un peu comme une maladie fatale.

— Je ne sais pas, ma chérie. Seul le temps te permettra de le découvrir. Il est attiré par toi, ajouta Amelia après une pause. Nous l'avons tous remarqué l'autre soir. Pourquoi ne l'encourages-tu pas ?

La gorge de Beatrix se serra.

— C'est impossible

— Pourquoi ?

— Je ne peux pas te l'expliquer, répliqua Beatrix avec tristesse. Sache simplement que je l'ai dupé.

Amelia la dévisagea avec surprise.

— Cela ne te ressemble pas. Tu es la personne la plus honnête que j'aie jamais rencontrée.

— Je n'avais pas l'intention d'agir ainsi. Il ne sait pas que c'était moi. Mais je crois qu'il s'en doute.

— Oh... Eh bien, cela paraît compliqué, en effet. Peut-être devrais-tu le lui avouer. Qui sait ? sa réaction pourrait te surprendre. Tu te souviens de ce que disait maman quand nous poussions sa patience à bout ? L'amour pardonne tout.

— Bien sûr que je m'en souviens, répondit Beatrix.

Elle avait écrit cette phrase dans l'une de ses lettres à Christopher. Sa gorge se serra davantage.

— Amelia, je ne peux pas en parler maintenant. Sinon, je vais fondre en larmes et me jeter sur le sol.

— Seigneur Dieu, surtout pas ! Quelqu'un pourrait trébucher sur toi.

La conversation s'arrêta là, car un gentleman vint inviter Beatrix. Même si elle n'avait guère le cœur à danser, refuser aurait été d'une grossièreté impardonnable.

Et puis, en vérité, ce n'était pas une corvée. Beatrix appréciait le jeune homme en question, Theo Chickering. Elle l'avait rencontré lors de sa dernière saison à Londres.

— Me ferez-vous l'honneur, mademoiselle Hathaway ? s'enquit-il.

— Ce sera avec plaisir, monsieur Chickering, répondit Beatrix en souriant.

— Vous êtes tout à fait délicieuse, ce soir, la complimenta-t-il alors qu'ils se dirigeaient vers la piste de danse.

— Merci. Et vous, très aimable.

Beatrix portait sa plus belle robe, d'un violet chatoyant. Son décolleté révélait une généreuse étendue de chair laiteuse. Une multitude d'épingles à tête de perles retenaient son chignon. Elle ne portait aucune autre parure.

Un picotement sur la nuque lui fit jeter un discret coup d'œil derrière elle. Son regard croisa aussitôt celui, gris et froid, de Christopher. Il la fixait sans sourire.

À la fin du premier tour de valse, Beatrix risqua un nouveau coup d'œil par-dessus son épaule : Christopher ne la regardait plus.

Et il ne regarda plus une seule fois dans sa direction.

Beatrix se força à rire et à plaisanter avec Chickering. Mais rien n'était plus éprouvant que de prétendre être heureuse quand on ne l'était pas. Elle observa discrètement Christopher, qui était assailli par des femmes qui voulaient flirter avec lui, et par des hommes qui le pressaient de raconter ses faits d'armes. Apparemment, tout le monde voulait approcher le héros de guerre le plus célèbre d'Angleterre. Christopher supportait l'épreuve avec un calme souriant.

— Difficile pour un homme de rivaliser avec *cela*, commenta Chickering, ironique, avec un mouvement de la tête en direction de Christopher. Célèbre, riche, tous ses cheveux... Et on ne peut même pas le mépriser puisqu'il a gagné la guerre à lui tout seul.

Beatrix s'esclaffa et lui adressa un regard faussement apitoyé.

— Mais vous n'êtes pas moins impressionnant que le capitaine Phelan, monsieur Chickering.

— En quoi ? Je n'étais pas dans l'armée, et je n'ai ni célébrité ni immense fortune.

— Mais vous avez tous vos cheveux, souligna-t-elle.

— Dansez de nouveau avec moi, répliqua-t-il avec un large sourire, et vous pourrez admirer mes boucles abondantes à loisir.

— Je vous remercie, mais j'ai déjà dansé deux fois avec vous, et une fois de plus provoquerait un scandale.

— Vous me brisez le cœur.

— Il y a ici de nombreuses dames délicieuses qui ne demanderaient qu'à le recoller, répliqua Beatrix en riant. Accordez-leur vos faveurs, s'il vous plaît – un homme qui danse aussi bien que vous ne devrait pas être monopolisé.

Comme Chickering la quittait à contrecœur, elle entendit une voix familière l'interpeller. Elle réprima un tressaillement. Puis, carrant les épaules, elle pivota pour faire face à son ancienne amie.

— Bonsoir, Prudence. Comment vas-tu ?

Prudence portait une somptueuse robe de satin ivoire ornée d'une profusion de volants de dentelle.

— Je vais très bien, merci. Quelle jolie robe, Beatrix ! Tu fais très adulte, ce soir.

Cette pointe de condescendance de la part d'une fille qui était sa cadette d'un an arracha un sourire ironique à Beatrix.

— J'ai vingt-trois ans, Prudence. J'oserais dire que cela fait un moment que j'ai l'air adulte.

— Bien sûr.

Un long silence embarrassé s'ensuivit.

— Tu veux quelque chose ? demanda carrément Beatrix.

— Oui, répondit Prudence en s'inclinant vers elle. Je voulais te remercier.

— De quoi ?

— Tu t'es montrée une amie loyale. Tu aurais pu facilement tout gâcher entre Christopher et moi en révélant notre secret. Pour tout t'avouer, je ne pensais pas que tu tiendrais ta promesse.

— Pourquoi cela ?

— Je pensais sans doute que tu essaierais d'attirer l'attention de Christopher. Aussi ridicule que cela puisse paraître.

— Ridicule ?

— Ce n'est peut-être pas le mot correct. Je voulais dire peu approprié... Un homme dans la position de Christopher a besoin d'une femme sophistiquée, capable de l'épauler en société. Avec son influence et sa renommée, il se peut qu'il fasse un jour de la politique. Et ce ne serait pas vraiment envisageable avec une femme qui passe la plupart de son temps dans la forêt... ou dans les écuries.

Ce rappel délicat fut comme une flèche dans le cœur de Beatrix. Elle s'obligea néanmoins à sourire avec désinvolture.

— Oui, je me souviens, fit-elle.

— Encore merci, dit Prudence avec chaleur. Je n'ai jamais été aussi heureuse. Nous serons bientôt fiancés.

Jetant un coup d'œil à Christopher, qui se tenait près de la porte au milieu d'un groupe de messieurs, elle ajouta avec une fierté affectueuse :

— Vois comme il est beau. Évidemment, je le préfère en uniforme, avec toutes ses jolies médailles, mais le noir lui va merveilleusement, non ?

Beatrix, qui cherchait désespérément un moyen de se débarrasser d'elle, s'écria soudain :

— Oh, regarde ! Marietta Newbury ! Lui as-tu annoncé tes fiançailles imminentes ? Je suis sûre qu'elle serait ravie d'apprendre la nouvelle.

— C'est certain ! Tu viens avec moi ?

— Je te remercie, mais j'ai affreusement soif. Je vais aller me chercher un rafraîchissement.

— Nous discuterons plus tard, promit Prudence.

— Avec plaisir, murmura Beatrix alors que celle-ci s'éloignait dans une envolée de dentelles.

Laissant échapper un soupir d'exaspération, Beatrix glissa de nouveau un coup d'œil à Christopher. Il arborait une expression calme – stoïque, même –, mais un voile de transpiration brillait sur son visage. Détournant un instant la tête, il passa brièvement une main tremblante sur son front.

Se sentait-il mal ? Beatrix l'observa avec attention.

L'orchestre jouait un morceau entraînant, ce qui obligeait les gens à hausser le ton pour couvrir la musique. De la foule qui se pressait dans cet espace confiné émanaient un brouhaha et une chaleur étourdissants. Elle vit Christopher sursauter au bruit d'un bouchon de champagne.

À cet instant, elle comprit. C'en était trop pour lui. Ses nerfs étaient tendus à se briser. L'effort de conserver son sang-froid requérait toute son énergie.

Sans réfléchir, Beatrix s'approcha du petit groupe aussi rapidement que possible.

— Vous voilà, capitaine Phelan !

Cette exclamation incongrue réduisit les messieurs au silence.

— Inutile d'essayer de vous cacher, continua Beatrix avec entrain. Rappelez-vous, vous m'avez promis de m'accompagner dans la galerie de tableaux de lord Westcliff.

Christopher conservait un visage impavide, mais ses pupilles étaient si dilatées que ses yeux paraissaient presque noirs.

— C'est vrai, acquiesça-t-il avec raideur.

Ses compagnons cédèrent aussitôt. Ils n'avaient guère le choix face à l'audace de Beatrix.

— Nous ne voudrions certainement pas vous empêcher de respecter une promesse, Phelan, dit l'un d'eux.

— Surtout lorsqu'elle a été faite à une créature aussi délicieuse que Mlle Hathaway, renchérit un autre.

Christopher les salua d'un bref signe de tête.

— À plus tard, fit-il, avant d'offrir le bras à Beatrix.

À peine se furent-ils éloignés des pièces surpeuplées que Christopher commença à respirer bruyamment. Des gouttes de sueur roulaient sur ses tempes, et sous les doigts de Beatrix, les muscles de son bras paraissaient tétanisés.

— Votre réputation risque d'en pâtir, marmonna-t-il.

— Au diable ma réputation.

Connaissant bien le manoir, Beatrix l'entraîna dans une petite véranda qu'éclairaient des torches disposées dans le jardin.

Christopher s'adossa au mur de la maison, ferma les yeux et inspira une grande goulée d'air frais. Il avait tout d'un homme ayant échappé de peu à la noyade.

Debout à côté de lui, Beatrix l'observait avec inquiétude.

— Il y avait trop de bruit ?

— Trop de tout…

Après quelques instants, il entrouvrit les yeux.
— Merci.
— Je vous en prie.
— Qui était cet homme ?
— Quel homme ?
— Celui qui vous a invitée à danser.

Beatrix se sentit soudain le cœur plus léger. Ainsi, il avait remarqué…

— M. Chickering ? Oh, c'est un garçon charmant. Je l'ai rencontré à Londres.

Après un instant de silence, elle reprit :

— Vous êtes-vous également aperçu que je discutais avec Prudence ?
— Non.
— Eh bien, je lui ai parlé. Elle paraît convaincue que vous allez vous marier.

L'expression de Christopher ne changea pas.

— Peut-être. C'est ce qu'elle mérite.

Ne sachant comment interpréter cette réponse, Beatrix finit par demander :

— Tenez-vous à elle ?
— Comment s'en abstenir ? riposta Christopher avec un regard cinglant de dérision.
— Si c'est pour subir vos sarcasmes, je ferai aussi bien de retourner à l'intérieur, dit-elle, de plus en plus déconcertée.
— Faites donc.

Toujours adossé au mur, il referma les yeux.

Beatrix fut tentée de le prendre au mot. Toutefois, à la vue de ce visage crispé et emperlé de sueur, elle fut submergée par une vague de tendresse inexplicable.

Christopher paraissait solide, invulnérable, ne laissant transparaître d'autre signe d'émotion que le sillon creusé entre ses sourcils. Mais elle savait qu'il était à bout. Aucun homme n'aimait perdre la maîtrise de soi – et moins encore un homme dont l'existence même avait si souvent reposé sur sa capacité à se contrôler.

Si seulement elle pouvait lui révéler que leur maison secrète se trouvait tout près ! « Venez avec moi, lui dirait-elle, et je vous conduirai dans un endroit charmant et calme… »

Elle se contenta de tirer un mouchoir d'une poche cachée de sa robe et s'approcha de lui.

— Ne bougez pas, lui recommanda-t-elle, avant de se hisser sur la pointe des pieds pour lui tamponner le visage avec précaution.

Il la laissa faire.

Quand elle eut fini, il abaissa son regard sur elle.

— Je suis sujet à ces moments de… folie, dit-il d'un ton bourru. Au milieu d'une conversation ou alors que je suis occupé à quelque chose de parfaitement ordinaire, une vision m'apparaît. Ensuite, il y a un grand vide dans ma tête, et je ne sais plus ce que je viens de faire ou de dire.

— Quel genre de vision ? Des choses que vous avez vues pendant la guerre ?

Son hochement de tête fut presque imperceptible.

— Il ne s'agit pas de folie.

— Qu'est-ce, alors ?

— Je ne suis pas très sûre…

Il laissa échapper un rire sans joie.

— Vous n'avez pas la moindre idée de ce dont vous parlez.

— Vraiment ? répliqua Beatrix en le fixant d'un regard intense.

Dans quelle mesure pouvait-elle lui faire confiance ? s'interrogea-t-elle. L'instinct de conservation luttait en elle avec le désir de l'aider, de partager avec lui des émotions intimes. « Hardiesse, sois mon amie ! » se dit-elle ironiquement, invoquant son vers préféré de Shakespeare. Les Hathaway l'avaient pratiquement adopté comme devise.

Très bien. Elle allait lui révéler le secret honteux que personne ne connaissait en dehors de sa famille. Si cela l'aidait d'une manière quelconque, le risque en valait la peine.

— Je vole des choses, lâcha-t-elle.

— Pardon ?

— Des petites choses. Des boîtes à poudre, de la cire à cacheter, des babioles. Ce n'est jamais intentionnel.

— Comment pouvez-vous voler des choses sans le vouloir ?

— C'est affreux ! Je suis dans une boutique ou dans une maison, et je vois un petit objet... Ça peut être quelque chose d'aussi précieux qu'un bijou ou d'aussi insignifiant qu'un bout de ficelle... Une sensation terrible s'empare de moi. Une espèce de besoin fébrile teinté d'angoisse... Avez-vous déjà éprouvé une démangeaison si horrible que vous devez vous gratter sous peine de mourir ? Et pourtant, vous ne le pouvez pas ?

— Oui, répondit-il avec une ombre de sourire. En général au pied, alors que vous vous tenez dans une tranchée avec de la boue jusqu'aux genoux et que l'ennemi vous tire dessus. Vous pouvez être sûr d'avoir alors une démangeaison impossible à soulager.

— Mon Dieu… Eh bien, j'essaye de résister, mais l'envie empire jusqu'à ce que, finalement, je m'empare de l'objet et le glisse dans ma poche. Ensuite, revenue à la maison, je suis submergée par la honte et l'embarras, et je dois trouver le moyen d'aller remettre les choses que j'ai prises à leur place. Ma famille m'y aide. Mais c'est autrement plus difficile de rendre quelque chose que de le voler.

« Quelquefois, continua-t-elle avec une grimace, je n'ai même pas vraiment conscience de le faire. C'est la raison pour laquelle j'ai été renvoyée de l'institution pour jeunes filles. J'avais une collection de rubans, de bouts de crayons, de livres… Et j'essayais de les remettre en place, mais je ne me souvenais pas d'où chacun d'eux provenait. »

Beatrix se risqua à regarder Christopher, s'attendant à lui voir afficher un air réprobateur. Mais le pli dur de sa bouche s'était adouci, et son regard avait perdu de sa froideur.

— Quand cela a-t-il commencé ?

— Après la mort de mes parents. Mon père est monté se coucher un soir avec une douleur dans la poitrine, et il ne s'est jamais réveillé. Pour ma mère, ça a été pire. Elle a cessé de parler, de manger, et elle s'est détachée de tout. Elle est morte de chagrin quelques mois plus tard. J'étais très jeune et sans doute égoïste, car je me suis sentie abandonnée. Je me demandais pourquoi elle ne m'avait pas aimée assez pour rester.

— Cela ne signifie pas que vous étiez égoïste, fit-il remarquer avec douceur. N'importe quel enfant aurait réagi de cette manière.

— Mon frère et mes sœurs se sont beaucoup occupés de moi. Mais mon problème est apparu peu de temps après la mort de maman. Cela va beaucoup mieux maintenant... Je ne vole rien quand je vais bien. Ce n'est que dans les moments difficiles, quand je suis anxieuse ou mal à l'aise, que je succombe à nouveau.

Elle regarda Christopher avec compassion.

— Je pense que votre problème s'atténuera avec le temps, comme le mien. Ensuite, il se peut qu'il réapparaisse épisodiquement. Mais ça ne demeurera pas toujours aussi pénible.

La lueur des torches se refléta dans les prunelles de Christopher comme il la dévisageait. D'un geste lent, avec une tendresse stupéfiante, il attira Beatrix contre lui et, à sa grande surprise, l'incita de la main à poser sa tête au creux de son épaule.

Rien n'avait jamais paru aussi merveilleux à Beatrix que ses bras refermés autour d'elle. Il se mit à jouer avec les petites boucles folles sur sa nuque, et le frôlement de son pouce sur sa peau fit courir un délicieux frisson le long de sa colonne vertébrale.

— J'ai un bouton de manchette en argent qui vous appartient, murmura-t-elle d'une voix incertaine. Et un blaireau. Alors que je voulais rendre le blaireau, je me suis retrouvée à voler le bouton de manchette. J'ai eu peur d'y retourner parce que j'étais à peu près certaine de voler encore autre chose.

Un grognement amusé roula dans la poitrine de Christopher.

— Pourquoi avez-vous pris le blaireau, au départ ?

— Je vous l'ai dit, je ne peux pas m'empêcher…

— Non. Je voulais dire, qu'est-ce qui vous rendait anxieuse ?

— Oh, ce n'est pas important !

— Ça l'est pour moi.

Beatrix s'écarta juste assez pour le regarder.

« Vous. J'étais anxieuse à votre sujet », aurait-elle aimé répondre. Au lieu de quoi, elle dit :

— Je ne m'en souviens pas. Il faut que je regagne la salle de bal, à présent.

— Je croyais que vous ne vous souciiez pas de votre réputation, fit-il en desserrant son étreinte.

— Elle peut survivre à un léger accroc, argua Beatrix. Mais je préférerais qu'elle ne soit pas en lambeaux.

— Dans ce cas, allez. Mais, Beatrix… ajouta-t-il comme elle s'éloignait.

Elle s'arrêta et lui jeta un coup d'œil interrogateur.

— Oui ?

Il plongea son regard dans le sien.

— Je veux récupérer mon blaireau.

— Je vous le rendrai bientôt, promit-elle en esquissant un sourire.

16

— Beatrix, regarde qui est là !

Rye s'approchait du paddock escorté par Albert.

Beatrix travaillait avec un cheval qu'elle venait d'acquérir. Il avait été mal dressé, et son propriétaire mécontent l'avait vendu, car il avait pris la dangereuse habitude de se cabrer, au risque d'écraser son cavalier.

L'animal piétina nerveusement à l'apparition de l'enfant et du chien, mais Beatrix le calma et lui fit faire lentement le tour du paddock.

Elle reporta le regard sur Rye, qui avait grimpé sur la barrière. Le menton posé sur le barreau inférieur, Albert la suivait des yeux avec intérêt.

— Il est venu tout seul ? demanda Beatrix, perplexe.

— Oui. Et il avait pas de laisse. Je pense qu'il s'est sauvé.

Avant que Beatrix puisse répondre, le cheval s'arrêta et commença à lever les antérieurs. Aussitôt, elle relâcha les rênes et se pencha en avant, le bras droit passé autour du cou de sa monture.

Dès qu'il redescendit, Beatrix le poussa en avant, puis le força à changer de direction à deux reprises.

— Pourquoi tu fais ça ? demanda Rye.

— C'est quelque chose que ton père m'a appris. Il faut que le cheval comprenne que lui et moi devons travailler ensemble.

Elle flatta l'encolure du cheval, et lui fit prendre une allure tranquille.

— On ne doit jamais tirer sur les rênes d'un cheval qui se cabre – il pourrait basculer en arrière. Quand je sens qu'il commence à se dresser, je lui impose une allure plus rapide. Il ne peut pas se cabrer tant qu'il est en mouvement.

Elle mit alors pied à terre et conduisit le cheval jusqu'à la barrière afin que Rye puisse le caresser.

— Albert, que fais-tu ici ? dit-elle en se penchant vers le chien. Tu as échappé à ton maître ?

Il agita la queue avec enthousiasme.

— Je lui ai donné un bol d'eau, expliqua Rye. On peut le garder cet après-midi ?

— Je crains que non. Le capitaine Phelan doit s'inquiéter à son sujet. Je vais le ramener chez lui.

Le garçonnet poussa un soupir.

— Je voudrais bien venir avec toi, mais je dois finir mes leçons. J'aimerais bien déjà tout savoir. Comme ça, j'aurais plus besoin de leçons.

— Je ne voudrais pas te décourager, fit Beatrix en souriant, mais il n'est pas possible de tout savoir.

— Ma maman, elle sait tout... En tout cas, continua-t-il après un instant de réflexion, mon papa dit qu'on doit faire semblant qu'elle sait tout, parce que ça la rend contente.

Beatrix pouffa de rire.

— Ton père est l'un des hommes les plus sages que je connaisse.

Ce ne fut que lorsqu'elle eut couvert la moitié du chemin, Albert sur les talons, que Beatrix se rendit compte qu'elle avait gardé son pantalon et ses bottes. Un accoutrement qui ne manquerait sans doute pas d'agacer Christopher.

Une semaine s'était écoulée depuis le bal à Stony Cross Manor sans qu'elle entende parler de lui. Elle avait beau ne pas s'attendre à une visite, elle aurait apprécié un geste cordial de sa part. Ils étaient voisins, après tout. Elle était sortie tous les jours dans l'espoir de le rencontrer. En vain.

Il était désormais évident que Christopher ne s'intéressait absolument pas à elle. La conclusion s'imposait d'elle-même : elle avait commis une grave erreur en se confiant à lui. Et s'était montrée présomptueuse en pensant que leurs problèmes étaient comparables.

— Récemment, j'ai compris que je n'étais plus amoureuse de lui, dit-elle à Albert alors qu'ils approchaient de Phelan House. Quel soulagement ! Maintenant, je ne suis plus du tout nerveuse à l'idée de le rencontrer. C'est bien là la preuve qu'il ne s'agissait que d'un béguin, finalement. Je me moque complètement de ce qu'il fait, de qui il épouse. Quel délicieux sentiment de liberté !

Comme le chien ne paraissait pas du tout convaincu par ses arguments, elle laissa échapper un profond soupir.

Arrivée devant la maison, Beatrix descendit de cheval et tendit les rênes à un valet d'écurie.

Elle réprima un sourire contrit devant son expression interloquée.

— Tenez-le prêt, s'il vous plaît. Je n'en ai que pour quelques instants. Viens, Albert.

Mme Clocker la fixa bouche bée.

— Mais... mais, mademoiselle Hathaway... vous portez...

— Oui, je suis vraiment désolée. Je sais que je ne suis pas présentable, mais je suis venue en toute hâte. Nous avons trouvé Albert à Ramsay House et je vous le ramène.

— Je vous remercie, fit la gouvernante d'un air distrait. Je n'avais même pas remarqué son absence. Avec le maître qui n'est pas lui-même...

— Pas lui-même ? s'inquiéta Beatrix. Que voulez-vous dire, madame Clocker ?

— Je ne devrais pas...

— Au contraire, il n'y a pas meilleure confidente que moi. Je suis très discrète – je ne bavarde que sur les animaux. Le capitaine Phelan est malade ? Il est arrivé quelque chose ?

Dans un chuchotement, la gouvernante expliqua :

— Il y a trois nuits, nous avons senti une odeur de fumée provenant de la chambre du maître. Il était ivre mort, et il avait jeté son uniforme dans la cheminée, avec toutes ses médailles ! Nous avons réussi à les récupérer, mais pas à sauver l'uniforme. Après ça, le maître s'est enfermé dans sa chambre, et il n'a pas cessé de boire depuis. Nous avons mélangé de l'eau à l'alcool autant que nous l'avons osé, mais...

Elle eut un haussement d'épaules impuissant, et poursuivit :

— Il ne veut parler à personne. Il ne touche pas aux plateaux que je lui fais monter. Nous avons appelé le docteur, mais il a refusé de le recevoir, et quand le pasteur est venu, hier, il a menacé de le tuer. Nous pensions demander à Mme Phelan de rentrer.

— À sa mère ?

— Doux Jésus, non ! À la jeune Mme Phelan. Je ne pense pas que sa mère lui serait d'une aide quelconque.

— Oui, faire venir Audrey est une bonne idée. Elle a la tête sur les épaules et elle le connaît bien.

— Le problème, c'est qu'il lui faudra au moins deux jours pour arriver et… et j'ai peur…

— Peur de quoi ?

— Ce matin, il a demandé un bain chaud et un rasoir. Nous appréhendions de le lui donner, mais nous n'avons pas osé refuser. Je ne peux pas m'empêcher de craindre qu'il tente de se faire du mal.

Beatrix comprit d'emblée deux choses : premièrement, il fallait que la gouvernante soit vraiment désespérée pour se confier ainsi ; et deuxièmement, Christopher devait souffrir atrocement.

Son cœur saigna pour lui. Tout ce dont elle avait essayé de se persuader – sa liberté retrouvée, la fin de son béguin – se révélait n'être que des absurdités. Elle était folle de lui. Elle ferait n'importe quoi pour lui. De quoi avait-il besoin ? Quels mots parviendraient à l'apaiser ? Mais elle n'était pas à la hauteur de la tâche ; elle ne trouvait rien de sage ou d'intelligent à dire. Une seule chose l'obsédait : être auprès de lui.

— Madame Clocker, commença-t-elle, je me demandais si… s'il vous serait possible de ne pas remarquer que je me rends à l'étage ?

La gouvernante ouvrit de grands yeux.

— Je... je ne crois pas que ce serait prudent. Ni raisonnable.

— Madame Clocker, ma famille a toujours été persuadée que, face à des problèmes apparemment insolubles, ce sont les fous qui trouvent les meilleures solutions, pas les gens sensés.

L'air perplexe, la gouvernante ouvrit la bouche, puis la referma.

— Si vous appelez à l'aide, finit-elle par marmonner, nous viendrons à votre secours.

— Je vous remercie, mais je suis certaine que ce ne sera pas nécessaire.

Beatrix pénétra dans la maison et se dirigea vers l'escalier. Comme Albert faisait mine de la suivre, elle lui dit :

— Non, mon beau. Tu restes en bas.

— Viens, Albert, dit la gouvernante, nous te trouverons bien un petit reste à la cuisine.

Le chien changea aussitôt de direction et emboîta joyeusement le pas à Mme Clocker.

Beatrix prit son temps pour gravir les marches. Si elle avait consacré beaucoup de temps à essayer de comprendre les animaux blessés, c'était une tout autre affaire que de pénétrer le mystère d'un être humain.

Elle frappa doucement à la porte de Christopher. N'obtenant pas de réponse, elle la poussa.

Elle fut surprise de trouver la chambre illuminée par la lumière du jour. Une odeur d'alcool, de fumée et de savon flottait dans l'air. Sur le tapis, des empreintes de pieds mouillés allaient de la baignoire portable, disposée dans un coin, jusqu'au lit défait.

Christopher était allongé sur le lit défait, le dos appuyé contre une pile d'oreillers, une bouteille de cognac à la main. Il tourna un visage indifférent vers Beatrix. Quand leurs yeux se croisèrent, son regard se fit aigu.

Il portait un pantalon de couleur fauve à moitié boutonné… et rien d'autre. Des cicatrices se détachaient sur sa peau hâlée : en triangle, là où une baïonnette lui avait percé l'épaule, des fines et diffuses pour les éclats d'obus, une petite et ronde sur le flanc – sans doute une balle.

Christopher se redressa lentement, et posa la bouteille sur la table de nuit. Puis il se tint au bord du matelas, légèrement incliné en avant, ses pieds nus sur le sol, et regarda Beatrix, le visage sans expression.

— Pourquoi êtes-vous là ? demanda-t-il d'une voix qui semblait rouillée.

Beatrix s'obligea à détourner le regard de son torse musclé.

— Je suis venue ramener Albert. Il est apparu à Ramsay House aujourd'hui. Il dit que vous le négligiez. Et que vous ne l'aviez pas emmené se promener ces derniers temps.

— Vraiment ? J'ignorais qu'il était aussi bavard.

— Peut-être que vous aimeriez mettre… quelques vêtements supplémentaires, et sortir marcher un peu avec moi ? Pour vous éclaircir les idées ?

— Ce cognac m'éclaircit les idées. Ou, en tout cas, il le ferait si ces maudits domestiques cessaient de le couper d'eau.

— Venez vous promener avec moi, insista-t-elle avec douceur. Ou je serai obligée d'utiliser ma voix de dresseuse de chiens.

Christopher lui jeta un regard torve.

— J'ai déjà été dressé. Par l'armée de Son Altesse royale.

Malgré le soleil qui baignait la pièce, Beatrix perçut les cauchemars qui s'attardaient dans les coins. Elle était convaincue que Christopher aurait dû être dehors, au grand air, et non confiné dans cette chambre.

— Qu'y a-t-il ? demanda-t-elle. Qu'est-ce qui a provoqué ça ?

Il eut un geste irrité de la main, comme pour chasser un insecte.

Beatrix s'avança vers lui avec précaution.

— Non ! lança-t-il d'une voix coupante. Ne vous approchez pas. Ne dites rien. Partez, c'est tout.

— Pourquoi ?

Il secoua la tête avec impatience.

— Quels que soient les mots qui vous chasseraient, considérez qu'ils sont dits.

— Et si je refuse ?

Dans son visage dur, ses yeux brillèrent d'une lueur démoniaque.

— Alors, je vous traînerai jusqu'à ce lit et je vous prendrai de force.

Beatrix n'y crut pas une seconde. Toutefois, qu'il la menace de ce genre de choses révélait la profondeur de son tourment. Elle lui adressa un regard délibérément sceptique.

— Vous êtes trop ivre pour m'attraper.

Elle fut surprise par la vivacité de sa réaction. Aussi rapide qu'un léopard, Christopher se rua vers elle et plaqua les mains sur la porte, de chaque côté de sa tête.

— Je ne suis pas aussi ivre que j'en ai l'air, gronda-t-il.

D'un geste réflexe, Beatrix avait croisé les bras devant son visage. Malgré ses efforts pour la dominer, sa respiration était plus haletante que si elle avait couru pendant des heures. Il était si proche d'elle qu'elle percevait presque la chaleur de sa peau.

— Et maintenant, vous avez peur de moi ?

Les yeux écarquillés, elle secoua légèrement la tête.

— Vous devriez !

Beatrix sursauta quand elle sentit sa main glisser sur son buste en une caresse insolente. Elle eut conscience que le souffle de Christopher s'accélérait quand il découvrit qu'elle ne portait pas de corset. De la paume, il effleura lentement les contours de sa poitrine.

Le visage plus coloré, il abaissa à demi les paupières sans cesser de la regarder. Sa main se referma légèrement sur l'un de ses seins, il en saisit la pointe érigée entre le pouce et l'index et la pressa doucement. Beatrix crut que ses jambes allaient se dérober sous elle.

— C'est votre dernière chance, dit-il d'une voix gutturale. Sortez ou venez dans mon lit.

— Il y a une troisième option ? souffla Beatrix, le sein palpitant sous la caresse.

Pour toute réponse, Christopher la souleva dans ses bras avec une aisance confondante, l'emporta jusqu'au lit et la jeta sur le matelas. Elle n'eut pas le temps d'esquisser un geste qu'il la chevauchait.

— Attendez ! fit-elle. Avant que vous ne me preniez de force, j'aimerais avoir cinq minutes de conversation rationnelle avec vous. Seulement cinq. Ce n'est pas trop demander, je pense.

— Si vous vouliez avoir une conversation rationnelle, vous auriez dû vous adresser à un autre homme. Votre M. Chittering, par exemple.

— Chickering, corrigea Beatrix en essayant de se dégager. Et il n'est pas à moi, et…

Elle lui repoussa la main quand il la posa de nouveau sur sa poitrine.

— Cessez donc ! Je veux juste…

Sans se laisser décourager, il s'attaqua aux boutons de sa chemise.

— Très bien, lança-t-elle avec exaspération, faites ce que vous voulez ! Nous réussirons peut-être à avoir une discussion cohérente ensuite.

Se tortillant, elle parvint à se retourner sur le ventre.

Christopher s'immobilisa. Après un long silence, elle l'entendit demander d'une voix beaucoup plus normale :

— Que faites-vous ?

— Je vous facilite la tâche, répliqua-t-elle d'un ton de défi. Allez-y, commencez à me violer.

Un autre silence. Puis :

— Pourquoi me tournez-vous le dos ?

— Parce que c'est ainsi que ça se passe.

Beatrix se tordit le cou pour le regarder par-dessus son épaule. Une pointe d'incertitude l'obligea à ajouter :

— N'est-ce pas ?

— Quelqu'un vous en a déjà parlé ? demanda-t-il, l'air interdit.

— Non, mais j'ai lu des choses sur le sujet.

Christopher se laissa tomber sur le côté, la délestant de son poids. Il affichait une étrange expression.

— Dans quel livre ?

— Des manuels vétérinaires. Et, bien sûr, j'ai observé les écureuils au printemps, et les animaux de la ferme…

Elle s'interrompit en entendant Christopher s'éclaircir bruyamment la gorge à plusieurs reprises. Quand, lui jetant un regard interrogateur, elle s'aperçut qu'il essayait de dissimuler son amusement, l'indignation la gagna.

C'était la première fois qu'elle se trouvait au lit avec un homme et il *riait*.

— Écoutez, j'ai lu des articles sur les accouplements d'au moins deux douzaines d'espèces et, à l'exception des escargots dont les parties génitales se trouvent sur le cou, ils font tous…

Une fois de plus, elle s'interrompit.

— Pourquoi vous moquez-vous de moi ?

Terrassé par l'hilarité, Christopher roulait sur le lit. Quand il releva la tête et découvrit son expression offensée, il lutta vaillamment pour réprimer un nouvel éclat de rire.

— Beatrix… je… je ne me moque pas de vous.

— Bien sûr que si !

— Non, je vous assure. C'est simplement que… les écureuils…

Il essuya ses yeux humides sans parvenir à retenir quelques gloussements.

— Vous trouvez peut-être cela drôle, mais pour les écureuils, c'est une question très sérieuse.

Christopher s'esclaffa de plus belle et, les épaules tressautant, il enfouit la tête dans l'oreiller.

— Qu'y a-t-il de si amusant dans la fornication chez les écureuils ? s'enquit Beatrix avec irritation.

— Arrêtez ! supplia-t-il dans un hoquet. Je suis au bord de l'apoplexie !

— J'en déduis que ce n'est pas la même chose pour les gens, déclara Beatrix avec beaucoup de dignité – bien que mortifiée. Ils ne font pas cela de la même manière que les animaux ?

Au prix d'un effort visible, Christopher lui fit face. Ses yeux étincelaient de rire contenu.

— Si. Non. C'est-à-dire, si, mais…

— Mais ce n'est pas la façon que vous préférez ?

Tout en réfléchissant à la façon de lui répondre, Christopher tendit la main pour caresser ses cheveux en désordre.

— En fait, elle me plaît beaucoup, admit-il. Mais elle ne convient pas pour une première fois.

— Pourquoi ?

Un lent sourire s'épanouit sur les lèvres de Christopher, qui répondit d'une voix plus grave :

— Vous voulez que je vous montre ?

Beatrix se pétrifia.

Prenant son immobilité pour un consentement, il la repoussa doucement sur le lit et, avec des gestes précautionneux, disposa ses jambes pour l'accueillir. Elle émit un son étouffé en sentant ses hanches se poser sur les siennes, le dur renflement de son érection se presser contre son intimité. S'appuyant sur les avant-bras pour ne pas l'écraser de son poids, il baissa les yeux sur son visage empourpré.

— De cette façon… dit-il en donnant une imperceptible poussée, c'est en général plus satisfaisant pour la dame.

Son subtil mouvement fit courir une onde de plaisir dans le corps de Beatrix. Incapable de parler, elle arqua les hanches malgré elle, les yeux fixés sur son torse aux muscles tendus.

Christopher inclina davantage la tête, sa bouche effleurant presque la sienne.

— Si nous sommes face à face, je peux ne pas cesser de vous embrasser… et votre corps m'accueille de la plus délicieuse manière… Comme cela…

Il s'empara de ses lèvres, les entrouvrit en une caresse qui la fit frémir de plaisir. Elle noua les bras autour de son cou, consciente de la chaleur et du poids de son corps qui couvrait le sien.

Murmurant des mots doux, il déposa des baisers le long de sa gorge jusqu'à atteindre le bord de sa chemise, qu'il déboutonna avant d'en écarter les pans. Beatrix ne portait dessous qu'un mince cache-corset. Il repoussa l'une des fines bretelles de dentelle pour exposer un sein rond, à la pointe déjà rose et dressée. Il la caressa de la bouche, de la langue, puis la taquina du bout des dents tout en imprimant à ses hanches un rythme doux et implacable… Il la chevauchait, il la possédait, et conduisait son désir vers des hauteurs impossibles à atteindre.

Les mains en coupe autour de la tête de Beatrix, il l'embrassa de nouveau, profondément, comme s'il essayait d'extraire son âme de son corps. Elle répondit avec fièvre, le retenant de ses bras et de ses jambes. Mais il s'écarta soudain avec une exclamation rauque, et bascula sur le côté.

— Non… gémit-elle. Je vous en prie…

Posant les doigts sur sa bouche, il la contraignit tendrement au silence.

Ils étaient étendus face à face, s'efforçant de reprendre leur souffle.

— Bon sang, je vous veux, murmura-t-il, et il semblait loin d'en être ravi.

— Alors même que je vous agace ?

— Vous ne m'agacez pas, répliqua-t-il en commençant à reboutonner sa chemise. Au début, je le pensais. En fait, je m'aperçois que c'est plus comme la sensation d'un pied endormi. Quand on recommence à bouger, l'afflux du sang est inconfortable... mais agréable aussi. Vous comprenez ce que je veux dire ?

— Oui. Je vous fais fourmiller le pied.

— Entre autres choses, répliqua-t-il avec une ombre de sourire.

D'une main timide, Beatrix effleura la cicatrice du coup de baïonnette sur son épaule, qui formait une marque sombre et irrégulière sur le satin chaud de sa peau.

— Que cela a dû être douloureux, chuchota-t-elle. Souffrez-vous encore de vos blessures ?

Christopher secoua légèrement la tête.

— Alors... qu'est-ce qui vous préoccupe ?

La main de Christopher reposait sur la hanche de Beatrix. Sans mot dire, il la glissa sous sa chemise. Comme songeur, il effleura du dos des doigts la peau de son abdomen.

— Je ne peux redevenir celui que j'étais avant la guerre, finit-il par murmurer. Et je ne peux être celui que j'étais pendant la guerre. Alors, je ne sais pas vraiment ce qui me reste... À part la conscience d'avoir tué un nombre d'hommes incalculable.

Il avait le regard lointain, comme s'il scrutait un cauchemar.

— D'abord, les officiers. Toujours. Pour semer la pagaille. Ensuite les autres quand ils s'éparpillaient. Ils tombaient comme les quilles d'un jeu d'enfant.

— Vous obéissiez aux ordres. C'étaient des ennemis.

— Je m'en fous. C'étaient des hommes. Ils étaient aimés par quelqu'un. Je ne pourrai jamais oublier cela. Vous ne savez pas ce que c'est que de voir un homme mourir. Vous n'avez jamais entendu les cris des blessés sur un champ de bataille, qui supplient pour avoir de l'eau ou pour que quelqu'un finisse ce que l'ennemi a commencé...

Il roula vers le bord du lit, s'assit et, la tête baissée, reprit d'une voix étouffée :

— J'ai des crises de rage. Hier, j'ai agressé l'un de mes propres valets. On vous l'a dit ? Seigneur, je ne vaux pas mieux qu'Albert ! Je ne pourrai plus jamais partager le lit d'une femme – je risquerais de la tuer dans son sommeil sans m'en rendre compte.

— Vous ne feriez pas cela, affirma Beatrix en s'asseyant à son tour.

— Vous n'en savez rien. Vous êtes tellement innocente... Bon sang, je ne peux pas m'en débarrasser, et je ne peux pas vivre avec.

— Avec quoi ? demanda-t-elle doucement.

Elle venait de comprendre que quelque chose en particulier le tourmentait. Un souvenir intolérable.

Christopher ne lui prêta pas attention. Son esprit était ailleurs, face à des ombres. Quand elle fit mine de se rapprocher de lui, il leva le bras, la paume à l'extérieur, comme pour se protéger. Ce geste tremblant, esquissé par une main aussi puissante, lui transperça le cœur.

Il se serait trouvé au bord d'un précipice qu'elle aurait éprouvé ce même besoin irrésistible de l'attirer à elle. Mais elle se contenta de garder les mains sur les genoux. Il revenait à Christopher de trouver lui-même la manière de s'en sortir.

— L'un de mes amis est mort à Inkerman, dit-il finalement d'une voix hachée. L'un de mes lieutenants. Il s'appelait Mark Bennett. C'était le meilleur soldat du régiment. Vous pouviez lui demander les choses les plus difficiles, les plus dangereuses, il les faisait. Il aurait risqué sa vie pour n'importe lequel d'entre nous.

« Les Russes avaient pris position dans des grottes à flanc de colline. Ils tiraient directement sur nos batteries, et le général a décidé qu'il fallait les déloger. Trois compagnies de la Rifle Brigade ont été désignées.

« On a ordonné à une compagnie de hussards de s'élancer à l'assaut si l'ennemi tentait de nous attaquer par le flanc. Les hussards étaient conduits par un homme que je détestais. Le colonel Fenwick. Tout le monde le détestait. Il commandait le régiment de cavalerie dans lequel j'ai commencé quand j'ai acheté ma première charge d'officier. »

Christopher se tut, perdu dans ses souvenirs.

— Pourquoi le haïssait-on à ce point ? risqua Beatrix.

— Il se montrait souvent cruel sans motif. Il aimait punir pour punir. Il ordonnait des coups de fouet et des privations pour des infractions mineures. Quand il inventait des prétextes pour corriger les hommes, j'intervenais. Il m'a accusé d'insubordination et j'ai failli être inculpé…

Christopher laissa échapper un long soupir tremblé.

— C'est principalement à cause de Fenwick que j'ai accepté d'être transféré à la Rifle Brigade. Et voilà qu'à Inkerman, je découvrais que je dépendais du soutien de sa cavalerie.

« La nuit tombait et nous nous sommes arrêtés dans un ravin. Nous avons formé trois groupes, chacun avec ses positions à prendre. Nous avons ouvert le feu, les Russes ont répondu, puis nous avons avancé en capturant autant de positions que nous le pouvions. Puis c'est devenu un combat au corps à corps. Dans la bataille, j'ai été séparé de Bennett. Les Russes nous ont repoussés quand ils ont eu des renforts… C'est alors que le déluge de tirs a commencé. Les hommes tombaient autour de moi, les éclats d'obus me brûlaient les bras et le dos. Je ne trouvais plus Bennett. Il faisait sombre et nous avons dû retourner dans le ravin.

« C'est là que j'avais laissé Albert. Malgré le feu continu, il est venu quand je l'ai appelé pour aller à la recherche des blessés. Il m'a conduit vers deux hommes qui gisaient au pied de la colline. L'un des deux était Bennett. »

Beatrix ferma les yeux quand elle devina la terrible conclusion.

— Et l'autre était le colonel Fenwick ?

— Il avait été désarçonné, et son cheval était parti. Avec une jambe cassée et une balle dans le flanc, ses chances étaient grandes de s'en tirer. Bennett, en revanche… Il avait le devant du corps déchiqueté. Il était à peine conscient, et il agonisait. C'était injuste, ç'aurait dû être moi. Je prenais tellement plus de risques que lui. C'est l'horreur d'une bataille : tout est question de chance. On ne sait jamais qui sera le suivant.

Un frémissement le parcourut et sa voix se fit plus sourde lorsqu'il reprit :

— J'aurais voulu les ramener tous les deux, mais il n'y avait personne pour m'aider. Et je ne pouvais pas laisser Fenwick là. S'il était capturé, l'ennemi lui soutirerait des informations capitales…

— Vous deviez sauver le colonel Fenwick, chuchota Beatrix, le cœur serré par la compassion, avant de porter secours à votre ami.

— J'ai dit à Mark : « Je reviendrai te chercher. Je reviendrai, je te le jure. Je laisse Albert avec toi. » Il avait du sang dans la bouche. Il voulait me dire quelque chose, mais il n'a pas réussi. Albert est resté près de lui, j'ai ramassé Fenwick, je l'ai jeté sur mon épaule et je l'ai ramené dans le ravin.

« Quand je suis revenu pour Bennett, il n'était plus là. Albert avait reçu un coup de baïonnette. L'une de ses oreilles était à moitié déchirée – on sent encore la marque car elle n'a pas été recousue proprement. Je suis resté à côté d'Albert avec mon fusil, et nous avons conservé la position jusqu'à ce que les compagnies gagnent de nouveau du terrain. Finalement, nous avons remporté la bataille. »

— On n'a jamais retrouvé le lieutenant Bennett ? demanda Beatrix d'une voix faible.

Christopher secoua la tête.

— Il n'est pas revenu lors de l'échange des prisonniers. Il n'a pas dû survivre longtemps après sa capture. Mais j'aurais peut-être pu le sauver. Je ne le saurai jamais. Seigneur…

Il se tamponna les yeux avec sa manche et demeura silencieux.

Il semblait attendre quelque chose… Une compassion qu'il refusait d'accepter, une condamnation qu'il ne méritait pas. Quelles paroles aurait prononcées une personne plus sage ou plus expérimentée que Beatrix ? Elle n'avait rien d'autre à lui offrir que la vérité.

— Vous devez m'écouter. C'était un choix impossible. Et le lieutenant Bennett ne vous l'a pas reproché, j'en suis certaine.

— Je me le reproche moi-même, répliqua-t-il d'un ton empreint de lassitude.

Comme il devait être fatigué de la mort, de la douleur, de la culpabilité !

— Ce n'est pas raisonnable. Je sais que c'est un tourment pour vous de penser qu'il est mort seul ou, pire, aux mains de l'ennemi. Mais ce n'est pas la manière dont nous mourons qui compte, c'est celle dont nous vivons. De son vivant Mark savait qu'il était aimé. Il avait sa famille, ses amis. Tout ce qu'un homme peut souhaiter.

Christopher secoua la tête. Cela ne servait à rien. Aucun mot ne pouvait l'aider.

Incapable de se retenir, Beatrix tendit la main vers lui. Elle la fit glisser doucement sur la peau dorée de son épaule.

— Je ne pense pas que vous devriez vous adresser des reproches. Mais ce que je pense n'a guère d'importance. Il vous faudra parvenir à cette conclusion vous-même. Ce n'est pas votre faute si vous avez dû affronter un choix terrible. Vous devez vous donner le temps de vous remettre.

— Combien de temps cela prendra-t-il ? demanda-t-il avec amertume.

— Je l'ignore, admit-elle. Mais vous avez toute la vie.

Il éclata d'un rire sarcastique.

— C'est bien trop long.

— Je comprends que vous vous sentiez responsable de ce qui est arrivé à votre ami. Mais vous avez déjà été pardonné, quels que soient les péchés que vous vous reprochez.

Comme il secouait la tête, elle insista :

— Si, je vous assure. L'amour pardonne tout. Et tant de gens…

Elle s'interrompit comme il tressaillait violemment.

— Qu'avez-vous dit ? murmura-t-il.

Beatrix prit conscience de l'erreur qu'elle venait de commettre. Elle laissa retomber sa main, les oreilles bourdonnantes, le cœur battant si fort qu'un vertige la saisit. D'instinct, elle dégringola du lit et gagna le milieu de la chambre. Quand elle pivota face à lui, Christopher la fixait avec, dans le regard, une lueur étrange, démente.

— Je le savais, souffla-t-il.

Allait-il essayer de la tuer ?

Beatrix n'attendit pas de le savoir. La peur la fit détaler comme un lièvre terrifié. Elle bondit vers la porte avant qu'il puisse l'attraper, l'ouvrit à la volée et s'élança vers l'escalier.

Christopher surgit sur le seuil de la chambre en hurlant son prénom.

Beatrix ne s'arrêta pas une seconde, sachant qu'il allait se précipiter à sa poursuite dès qu'il aurait enfilé ses vêtements.

Mme Clocker se tenait près de l'entrée, l'air abasourdi.

— Mademoiselle Hathaway ? Qu'est-ce que le…

— Je pense qu'il va sortir de sa chambre, à présent, l'informa Beatrix en dévalant les dernières marches. Il est temps pour moi de m'en aller.

— Est-ce qu'il… Êtes-vous…

— S'il demande qu'on lui selle son cheval, que ce soit fait *lentement*, s'il vous plaît.

— Oui, mais…

— Au revoir.

Et Beatrix se rua hors de la maison comme si elle avait le diable aux trousses.

17

Beatrix chercha refuge dans le seul endroit où il ne pourrait la découvrir. Lequel était, ironiquement, celui qu'elle mourait d'envie de partager avec lui. Elle avait bien conscience qu'elle ne pourrait s'y cacher éternellement. Une confrontation aurait lieu à un moment ou à un autre.

Mais, après avoir vu son visage quand il avait compris qu'elle était celle qui l'avait trompé, Beatrix préférait différer cette confrontation le plus longtemps possible.

Elle galopa à bride abattue jusqu'à la maison secrète, sur les terres de lord Westcliff, attacha son cheval et grimpa l'escalier de la tour. La pièce supérieure était chichement meublée de deux fauteuils avachis, d'un vieux sofa et d'une table branlante. Beatrix veillait à garder la pièce propre et l'avait ornée de dessins de paysages et d'animaux.

Elle ouvrit la fenêtre, devant laquelle était posé un plateau rempli de morceaux de bougies consumées. Puis elle se mit à marcher de long en large.

— Il va probablement me tuer, marmonna-t-elle, éperdue. Tant mieux. Je préfère qu'il m'étrangle plutôt qu'il me haïsse. Si je pouvais m'étrangler moi-même pour lui épargner cette peine ! Peut-être que je pourrais me jeter par la fenêtre… Si seulement je n'avais pas écrit ces lettres ! Si seulement j'avais été honnête ! Oh, et s'il se rend à Ramsay House et m'attend là-bas ? Qu'est-ce que…

Elle s'interrompit brusquement en entendant un bruit à l'extérieur. Un aboiement ! Sur la pointe des pieds, elle s'approcha de la fenêtre. Albert tournait autour de la bâtisse… et Christopher attachait son cheval à côté du sien.

Il l'avait retrouvée !

— Oh, Seigneur…

Le sang quitta son visage. Elle se plaqua contre le mur avec l'impression d'être un prisonnier face au peloton d'exécution. Elle vivait l'un des pires moments de son existence… Et à la lumière de ce que les Hathaway avaient dû affronter par le passé, ce n'était pas peu dire.

Quelques instants plus tard, Albert surgit dans la pièce et courut vers elle.

— C'est toi qui l'as conduit ici, n'est-ce pas ? chuchota-t-elle d'un ton accusateur. Espèce de traître !

L'air désolé, Albert sauta sur l'un des fauteuils et posa le menton sur ses pattes, les oreilles pointées vers l'escalier où résonnait un bruit de pas réguliers.

Christopher dut baisser la tête pour franchir l'étroite porte médiévale. Après s'être redressé, il balaya la pièce du regard avant de le fixer sur

Beatrix. Dans ses yeux brillait la fureur à peine contenue de celui qui en avait trop supporté.

Beatrix regretta de n'être pas le genre de femme à s'évanouir. Cela semblait la seule réaction appropriée. Malheureusement, malgré ses efforts, son esprit refusa de perdre conscience.

— Je suis tellement désolée, croassa-t-elle.

Pas de réponse.

Christopher s'approcha d'elle lentement, comme s'il craignait qu'elle ne se sauve de nouveau. Il lui empoigna les bras.

— Dites-moi pourquoi vous avez fait cela, articula-t-il d'une voix vibrante de…

De haine ? De fureur ?

— Non, inutile de pleurer ! Était-ce un jeu ? Était-ce seulement pour aider Prudence ?

Beatrix détourna le regard avec un sanglot de désespoir.

— Non, ce n'était pas un jeu… Prudence m'a montré votre lettre et m'a dit qu'elle n'avait pas l'intention d'y répondre. Mais il fallait que moi, j'y réponde. J'avais l'impression qu'elle avait été écrite pour moi. Je pensais ne le faire qu'une seule fois. Mais vous avez de nouveau écrit, et je me suis retrouvée à vous répondre encore une fois… Puis une autre…

— Qu'y avait-il de vrai dans cette correspondance ?

— Tout ! À part la signature de Prudence. Le reste était sincère. Vous pouvez douter de tout ce que vous voulez, mais pas de cela.

Christopher resta silencieux un long moment. Sa respiration se fit plus laborieuse.

— Pourquoi avez-vous cessé ? finit-il par demander.

Poser cette question lui était très difficile, elle le sentait. Mais, que Dieu lui vienne en aide, il était infiniment plus difficile d'avoir à y répondre.

— Parce que c'était trop douloureux. Les mots signifiaient trop de choses.

Malgré ses larmes, elle s'obligea à poursuivre :

— Je suis tombée amoureuse de vous, et je savais que c'était sans espoir. Je ne pouvais pas prétendre être Prudence plus longtemps. Je vous aimais tellement et je ne pouvais pas…

Elle fut brutalement interrompue. Abasourdie, elle se rendit compte qu'il l'embrassait. Qu'est-ce que cela signifiait ? Que voulait-il ? Que… Mais son esprit cessa de fonctionner et elle ne tenta plus de comprendre quoi que ce soit.

Il avait refermé les bras autour d'elle. Ébranlée jusqu'au tréfonds, elle moula son corps contre le sien tandis qu'il l'embrassait avec avidité. Ce devait être un rêve… Pourtant, ses sens lui assuraient que l'odeur, la chaleur, la force qui l'enveloppaient étaient bien réelles. Quand Christopher la pressa encore plus étroitement contre lui, elle perdit le souffle. Mais elle s'en moquait. Le plaisir du baiser irradiait en elle, l'étourdissait, et elle protesta avec un gémissement quand il releva la tête.

Christopher l'obligea à le regarder.

— « Aimais » ? répéta-t-il d'une voix rauque. Au passé ?

— Au présent, réussit-elle à balbutier.

— Vous disiez que je devais vous trouver.

— Je n'avais pas l'intention de vous envoyer ce billet.

— Il n'empêche que vous l'avez fait. Vous me vouliez.

— Oui.

De nouvelles larmes montèrent aux yeux de Beatrix. Il se pencha pour les cueillir d'un baiser. Puis il plongea dans le sien son regard d'un gris non plus glacial, mais d'une douceur veloutée.

— Je t'aime, Beatrix.

Finalement, peut-être était-elle capable de s'évanouir.

En tout cas, cela y ressemblait, car ses jambes cédèrent sous elle. Il l'étendit sur le tapis élimé. Après avoir glissé le bras sous sa nuque, il s'empara de nouveau de sa bouche. Beatrix répondit à son baiser avec fièvre. Leurs jambes se mêlèrent et il insinua une cuisse entre les siennes.

— Je… je pensais que tu me haïrais… bredouilla-t-elle avec l'impression que sa voix venait de très loin.

— Jamais. Tu pourrais courir jusqu'au bout de la Terre que tu ne trouverais pas d'endroit où je ne t'aimerais pas.

Il entreprit de déboutonner sa chemise, et elle frissonna lorsque sa main caressa ses seins nus. Leur pointe se tendit contre sa paume.

— Je croyais que tu voulais me tuer, avoua-t-elle avec difficulté.

— Non… Ce n'est pas vraiment ce que je voulais faire.

Posant ses lèvres sur les siennes, il l'embrassa avec une ardeur dévorante. Il lui ouvrit son pantalon, effleura la surface plane de son ventre, puis insinua la main jusqu'à sa hanche. Ses doigts l'explorèrent avec une curiosité douce mais insistante qui la fit se tordre.

— Christopher... fit-elle d'une voix étranglée, essayant à son tour de déboutonner son pantalon.

Lui agrippant le poignet, il lui écarta la main.

— Ça fait trop longtemps. Je ne me fais pas confiance...

Comme il enfouissait son visage brûlant au creux de son cou, Beatrix perçut le mouvement de sa pomme d'Adam quand il déglutit avec force.

— Je veux être à toi, souffla-t-elle.

— Tu l'es, crois-moi.

— Alors aime-moi, le supplia-t-elle en lui embrassant la gorge avec fièvre. Aime-moi...

— Chut... J'ai déjà toutes les peines du monde à me retenir. Je ne peux pas te faire l'amour ici. Ce ne serait pas bien pour toi.

Il embrassa ses cheveux en désordre tout en lui caressant la hanche d'une main tremblante.

— Parle-moi. Tu m'aurais vraiment laissé épouser Prudence ?

— Si tu semblais heureux avec elle. Si c'était celle que tu voulais.

— C'est toi que je voulais, répliqua-t-il avant de l'embrasser avec rudesse. Ça m'a presque rendu fou de chercher en elle des choses que j'aimais et de ne pas les trouver. Et, ensuite, de commencer à les voir en toi.

— Je suis désolée.

— Tu aurais dû me le dire.

— Oui. Mais je savais que tu serais furieux. Et je pensais qu'elle était tout ce que tu voulais : jolie, enjouée...

— Avec autant d'esprit qu'un tisonnier.

— Mais pourquoi lui as-tu écrit, pour commencer ?

— Je me sentais seul. Je ne la connaissais pas bien, mais j'avais besoin… de quelqu'un. Quand j'ai reçu cette réponse, avec l'évocation de l'âne de Mawdsley, des parfums d'octobre, et tout le reste… j'ai commencé à tomber amoureux. Je croyais qu'il s'agissait d'une facette de Prudence que je n'avais pas encore vue. L'idée ne m'a jamais traversé l'esprit que ces lettres pouvaient être écrites par quelqu'un d'autre.

Comme il lui jetait un regard sombre, l'expression de Beatrix se fit contrite.

— Je savais que des lettres de moi ne t'intéresseraient pas. Je n'étais pas le genre de femme que tu voulais.

Christopher fit basculer Beatrix sur le flanc pour l'attirer contre lui.

— Tu as l'impression que je ne te veux pas, là ? répliqua-t-il en pressant le relief dur de son érection contre son ventre.

Un flot de sensations submergea Beatrix. Une spirale grisante qui lui fit fermer les yeux et enfouir le visage au creux de l'épaule de Christopher.

— Tu me trouvais « particulière », lui rappela-t-elle d'une voix étouffée.

Il effleura l'ourlet de son oreille de ses lèvres. Elle devina qu'il souriait.

— Mon ange… tu es bel et bien particulière.

Un feu liquide se propagea dans ses veines quand, tout en l'embrassant avec ardeur, il commença à la caresser de ses mains fortes et calleuses.

Il fit glisser son pantalon sur ses hanches. Leurs souffles s'accélérèrent à l'unisson lorsqu'il pressa la paume sur sa toison intime. Il fouailla la chair délicate puis, en écartant doucement les replis humides, caressa du doigt l'enfonçure secrète de son corps.

Le cœur battant à tout rompre, Beatrix ne lui opposa aucune résistance. Lentement, il insinua le doigt au-delà du resserrement innocent, tout en refermant ses lèvres sur la pointe durcie d'un de ses seins, qu'il se mit à sucer et à lécher tour à tour. Le doigt en elle continua sa progression, tandis que sa paume taquinait un endroit d'une sensibilité inimaginable.

Beatrix se tordit sous la tension exigeante, désespérée, qui lui mordait le ventre, jusqu'à ce qu'une vague de plaisir inouï lui arrache un gémissement.

— Christopher... balbutia-t-elle, prise au dépourvu, je ne peux pas...

— Laisse-le venir, chuchota-t-il contre sa peau frémissante.

Il imprima à sa caresse un rythme sensuel qui exaltait son plaisir de manière irrépressible. Échappant à tout contrôle, son corps se précipita vers la jouissance ultime. Refermant les mains autour de la tête de Christopher, Beatrix amena sa bouche vers la sienne. Il obéit de bonne grâce, et recueillit sur ses lèvres ses gémissements éperdus, tout en apaisant de ses mains habiles la violence des spasmes qui la secouaient.

Le plaisir reflua en vagues paresseuses, la laissant amollie et tremblante. Elle ouvrit les yeux pour découvrir qu'elle gisait sur le sol, à demi dévêtue, blottie entre les bras de l'homme qu'elle aimait. Ce fut un moment de vulnérabilité étrange et délicieux.

La transpiration donnait à la peau de Christopher le luisant d'un métal poli. Il arborait une expression absorbée, comme si son corps le fascinait, comme si elle était constituée d'une substance précieuse dont il ignorait tout. Il lui souleva doucement le bras, déposa un baiser au creux de son poignet, là où battait son pouls. C'était tellement nouveau cette intimité avec lui, et cependant aussi indispensable que les battements de son propre cœur.

Elle voulait ne plus jamais quitter le cercle de ses bras. Elle voulait être avec lui pour toujours.

— Quand allons-nous nous marier ? demanda-t-elle d'une voix alanguie.

Christopher lui effleura la joue de ses lèvres et resserra son étreinte.

Mais il garda le silence.

Surprise, Beatrix cilla. Cette hésitation lui fit l'effet d'un seau d'eau froide.

— Nous allons nous marier, n'est-ce pas ?

— C'est une question difficile, répondit-il, les yeux rivés sur son visage.

— Non. C'est une question très simple, à laquelle il suffit de répondre oui ou non !

— Je ne peux pas t'épouser tant que je ne suis pas certain que ce sera bien pour toi, déclara-t-il avec calme.

— Pourquoi en douter ?

— Tu connais la raison.

— Pas du tout !

— Les accès de rage, les cauchemars, les visions, l'abus d'alcool... Tout cela ne fait pas de moi un homme prêt pour le mariage.

— Tu allais épouser Prudence, lui rappela-t-elle, indignée.

— Non. Je n'imposerais cela à aucune femme. Et encore moins à la femme que j'aime plus que ma propre vie.

Beatrix se redressa en position assise et rajusta vaguement ses vêtements.

— Combien de temps veux-tu que nous attendions ? De toute évidence, tu n'es pas parfait, mais...

— « Pas parfait », ce serait avoir une calvitie naissante ou des marques de varicelle. Mes problèmes sont un peu plus sérieux que cela.

Les mots se bousculant dans sa bouche, Beatrix répliqua :

— Je viens d'une famille de gens à défauts qui ont épousé d'autres gens à défauts. Tous ont pris le risque de l'amour.

— Je t'aime trop pour te mettre en danger.

— Aime-moi encore davantage, alors, supplia-t-elle. Assez pour m'épouser indépendamment de tous les obstacles.

Le visage de Christopher s'assombrit.

— Te rends-tu compte qu'il me serait plus facile de suivre mon bon plaisir sans me soucier des conséquences ? Je te veux avec moi à chaque instant du jour et de la nuit. Je désire tant te faire l'amour que j'en perds le souffle. Mais je ne supporterais pas qu'il t'arrive quoi que ce soit, surtout à cause de moi.

— Tu ne me ferais pas de mal. Ton instinct t'en empêcherait.

— Mon instinct est celui d'un fou.

Beatrix noua les bras autour de ses genoux repliés.

— Tu es prêt à accepter mes problèmes, se plaignit-elle, mais tu ne me permets pas d'accepter les tiens. Tu n'as pas confiance en moi, ajouta-t-elle en cachant son visage dans ses bras.

— Tu sais que ce n'est pas vrai. C'est de moi que je me méfie, Beatrix.

Elle était si bouleversée qu'elle avait du mal à retenir ses larmes. La situation était tellement injuste !

Christopher s'agenouilla à côté d'elle et l'attira à lui. Elle se raidit.

— Si nous ne nous marions pas, je te verrai quand ? demanda-t-elle, au désespoir. Lors de visites avec chaperon ? De promenades en voiture ? De moments volés ?

— C'est plus que ce que nous avons eu jusqu'à présent, répondit-il en lui caressant les cheveux.

Elle passa les bras autour de sa taille.

— Ce n'est pas assez. Je n'ai pas peur de toi. Je te veux, tu dis que c'est réciproque, et la seule chose en travers de notre chemin, c'est toi, rien d'autre. Ne me dis pas que tu as survécu à toutes ces batailles, supporté toutes ces souffrances, simplement pour en arriver à…

— Chut, coupa-t-il posant l'index sur sa bouche. Laisse-moi réfléchir.

— À quoi veux-tu…

— Beatrix !

Elle garda le silence, les yeux rivés sur son visage aux traits sévères.

Les sourcils froncés, Christopher parut débattre intérieurement. Mais aucune conclusion satisfaisante ne sembla s'imposer à lui.

Sans mot dire, Beatrix posa la tête sur son épaule. Elle se tortilla pour se presser davantage contre lui, jusqu'à éprouver la dureté satisfaisante de son torse contre sa poitrine. Elle mourait d'envie de se fondre en lui. Furtivement, elle effleura des lèvres la peau légèrement salée de son cou.

Il lui empoigna la hanche.

— Cesse de te trémousser, fit-il d'un ton où perçait l'amusement. C'est impossible pour un homme de réfléchir quand tu fais cela.

— Tu n'as pas encore fini de réfléchir ?

— Non.

Mais elle sentit qu'il souriait quand il l'embrassa sur le front.

— Si nous nous marions, toi et moi, finit-il par dire, je serai dans la position d'essayer de protéger ma femme contre moi-même. Alors que ton bien-être et ton bonheur sont tout ce qui compte pour moi.

Si…

Le cœur de Beatrix fit une embardée. Elle ouvrit la bouche pour répliquer, mais d'un doigt glissé sous le menton, Christopher la lui referma doucement.

— Et, quelles que soient les idées fascinantes que ta famille peut cultiver sur les relations conjugales, j'en ai, pour ma part, une vision traditionnelle. C'est le mari le chef de famille.

— Oh, absolument ! acquiesça Beatrix un peu trop précipitamment. C'est aussi ce que pense ma famille.

Il plissa les yeux d'un air sceptique.

Peut-être avait-elle un peu exagéré. S'efforçant de distraire son attention, Beatrix frotta la joue contre sa main.

— Je pourrai garder mes animaux ?

— Bien sûr. Je ne te priverais jamais de quelque chose d'aussi important pour toi, ajouta-t-il d'une voix plus tendre. Il faut néanmoins que je te demande… Est-ce que le hérisson est négociable ?

— Medusa ? Oh, non, elle serait incapable de survivre seule ! Je m'occupe d'elle depuis qu'elle est bébé. Je pourrais sans doute essayer de lui trouver un nouveau foyer, mais, curieusement, les gens ont du mal à accepter l'idée d'un hérisson apprivoisé.

— Curieux, en effet, commenta Christopher. Très bien. Medusa reste donc.

— Tu me demandes en mariage ? risqua Beatrix, pleine d'espoir.

— Non.

Fermant les yeux, Christopher poussa un soupir bref.

— Mais je l'envisage, malgré toutes mes réserves.

18

Ils se rendirent directement à Ramsay House, accompagnés par un Albert guilleret.

L'heure du dîner approchant, il était probable que Leo et Cam auraient terminé leurs tâches de la journée. Beatrix regretta de n'avoir pas eu le temps de préparer sa famille. Elle était immensément soulagée de l'absence de Merripen, toujours en Irlande, car il avait tendance à se montrer soupçonneux envers les étrangers, ce qui n'aurait pas rendu la situation facile pour Christopher. Leo, lui, présenterait sans doute des objections. La meilleure solution serait de s'entretenir d'abord avec Cam, de loin le mâle le plus raisonnable de la famille.

Toutefois, quand Beatrix tenta de conseiller Christopher, il l'interrompit d'un baiser et assura qu'il se débrouillerait seul.

— Très bien, dit-elle à contrecœur. Je te préviens cependant qu'ils pourraient se montrer hostiles à ce mariage.

— J'y suis moi-même hostile, riposta Christopher. Au moins, nous aurons cela en commun.

Ils trouvèrent Cam et Leo en train de discuter dans le salon. Catherine était également présente, assise au petit secrétaire.

— Bonsoir, Phelan, fit Cam avec un sourire. Vous êtes venu voir la scierie ?

— Non, je suis ici pour une autre raison.

Le regard de Leo passa des vêtements froissés de Christopher à ceux, en désordre, de Beatrix.

— Beatrix, ma chérie, c'est une nouvelle manie de te promener ainsi vêtue ?

— C'était juste cette fois, répondit-elle d'un ton d'excuses. J'étais pressée.

— Une hâte en rapport avec le capitaine Phelan ? s'enquit Leo, dont le regard aigu se posa sur Christopher. De quoi voulez-vous parler ?

— C'est personnel, répondit Christopher d'une voix posée. Et cela concerne votre sœur.

Il regarda Cam et Leo tour à tour. Normalement, c'est à ce dernier – le châtelain – qu'il aurait dû s'adresser. Toutefois, les Hathaway semblaient se partager les rôles de manière assez peu conventionnelle.

— Avec lequel d'entre vous dois-je m'entretenir ?

Leo et Cam désignèrent l'autre de la main et répondirent en chœur :

— Lui.

— C'est toi, le vicomte, fit remarquer Cam à Leo.

— C'est toi qui traites d'ordinaire ce genre d'affaire, protesta Leo.

— Oui. Mais mon opinion sur celle-ci ne va pas te plaire.

— Tu n'envisages tout de même pas de leur donner ton approbation, si ?

— De toutes les sœurs Hathaway, déclara Cam d'un ton égal, Beatrix est la plus apte à choisir seule son mari. J'ai confiance en son jugement.

Beatrix lui adressa un sourire éclatant.

— Merci, Cam.

— Que racontes-tu ? rétorqua Leo. On ne peut pas se fier au jugement de Beatrix.

— Pourquoi ?

— Elle est trop jeune.

— J'ai vingt-trois ans ! s'exclama Beatrix. Si j'étais un chien, je serais morte.

— Et c'est une femme, insista Leo.

— Je te demande pardon ? intervint Catherine. Serais-tu en train d'insinuer que les femmes manquent de jugement ?

— Pour ce genre de chose, oui, soutint Leo, qui ajouta en désignant Christopher : Regarde-le, bon sang, on dirait un dieu grec. Tu crois peut-être qu'elle l'a choisi pour son intelligence ?

— Je suis allé à Cambridge, répliqua Christopher d'un ton acide. J'aurais dû apporter mon diplôme ?

— Dans cette famille, on n'a pas besoin de diplôme universitaire pour faire la preuve de son intelligence, assura Cam. Lord Ramsay est le parfait exemple du fait que l'une n'a rien à voir avec l'autre.

— Phelan, reprit Leo, je ne voudrais pas vous offenser, mais...

— ... mais c'est quelque chose qui lui vient naturellement, coupa sa femme, suave.

Après l'avoir foudroyée du regard, Leo reporta son attention sur Christopher.

— Beatrix et vous ne vous connaissez pas depuis suffisamment de temps pour envisager de vous marier. Quelques semaines, si je ne m'abuse. Et Prudence Mercer ? Vous êtes pratiquement fiancés, non ?

— Ces objections sont valables et je vais y répondre. Mais sachez d'abord que je suis contre cette union.

L'expression de Leo se fit perplexe.

— Vous voulez dire que vous êtes contre une union avec Mlle Mercer ?

— Eh bien… oui. Mais aussi, contre une union avec Beatrix.

Un grand silence s'abattit dans la pièce. Ce fut Leo qui le rompit.

— C'est une blague ?

— Malheureusement, non, répondit Christopher.

Nouveau silence.

— Capitaine Phelan, êtes-vous venu nous demander notre consentement à votre mariage avec Beatrix ? s'enquit Cam, choisissant ses mots avec soin.

Christopher secoua la tête.

— Si je décide d'épouser Beatrix, je le ferai avec ou sans votre consentement.

— Seigneur, grommela Leo en se tournant vers Cam d'un air dégoûté, il est encore pire que Harry !

— Nous devrions peut-être aller nous entretenir avec le capitaine Phelan dans la bibliothèque, suggéra Cam, dont la patience paraissait mise à l'épreuve. Avec du cognac.

— Je veux ma propre bouteille, lança Leo en ouvrant la voie.

À part quelques détails intimes, Christopher leur raconta tout. S'il ne cacha rien de ses propres défauts, il s'évertua à protéger Beatrix de toute critique, même venant de sa propre famille.

— Ce genre de jeu ne lui ressemble pas, fit remarquer Leo avec incrédulité quand Christopher leur parla des lettres. Dieu seul sait ce qui lui est passé par la tête.

— Ce n'était pas un jeu, expliqua Christopher. Ça s'est transformé en quelque chose que ni elle ni moi n'avions prévu.

Cam le dévisagea d'un air dubitatif.

— Avec toutes ces révélations, Phelan, il y a de quoi être déstabilisé. Êtes-vous vraiment sûr et certain de vos sentiments pour Beatrix ? Parce qu'elle est…

— Unique, acheva Leo.

— Ça, je le sais, répliqua Christopher en esquissant un sourire. Elle vole des choses sans le vouloir ; elle porte des pantalons, cite des philosophes grecs et a lu beaucoup trop de manuels vétérinaires ; elle adopte des animaux que la plupart des gens font exterminer à leurs frais. Je sais qu'elle ne pourra jamais vivre à Londres, qu'elle ne s'épanouit que dans la nature ; qu'elle est compatissante, courageuse et intelligente, et que la seule chose dont elle a vraiment peur, c'est d'être abandonnée. Et je ne l'abandonnerai jamais, parce qu'il se trouve que je l'aime à la folie. Mais il y a un problème.

— Lequel ? demanda Leo.

— Moi.

Durant les minutes qui suivirent, Christopher expliqua le reste – son comportement inexplicable depuis son retour de la guerre, les symptômes d'un état qui semblait proche de la folie.

Il n'aurait sans doute pas dû être surpris que les deux hommes accueillent ces révélations sans inquiétude apparente. Ce qui l'amena à s'interroger : quel genre de famille était-ce donc ?

Quand il se tut, il y eut un silence.

Puis Leo se tourna vers Cam.

— Alors ?

— Alors quoi ?

— C'est le moment de nous sortir l'un de tes maudits proverbes de bohémien. Sur les coqs qui pondent des œufs ou sur les cochons qui dansent dans le verger. Tu en as toujours un à dégainer. Vas-y.

Cam lui adressa un regard sarcastique.

— Il n'y en a pas qui me vienne, là, tout de suite.

— Tonnerre ! J'ai dû en écouter des centaines, et Phelan n'a même pas droit à *un seul* ?

Sans lui prêter davantage attention, Cam se tourna vers Christopher.

— Je pense que les problèmes que vous décrivez s'atténueront avec le temps... Mon frère Merripen le confirmerait, s'il était là.

Comme Christopher lui jetait un regard vif, il précisa avec calme :

— Il n'a jamais participé à une guerre, mais la violence et les dommages qu'elle inflige ne se limitent pas au champ de bataille. Il a eu à combattre ses propres démons et il les a vaincus. Je ne vois pas pourquoi ce serait différent pour vous.

— Selon moi, Phelan et Beatrix devraient attendre, intervint Leo. Ils n'ont rien à perdre.

— Je n'en suis pas si sûr, répliqua Cam. Comme on dit chez les roms : « Prends trop de temps, et c'est le temps qui te prendra. »

Leo afficha un air goguenard.

— Je savais qu'il y aurait un proverbe !

— Avec tout le respect que je vous dois, marmonna Christopher, cette conversation ne mène nulle part. L'un de vous pourrait au moins souligner le fait que Beatrix mérite un homme meilleur.

— C'est ce que je disais au sujet de ma femme, fit remarquer Leo. Et c'est pourquoi je l'ai épousée avant qu'elle en trouve un.

L'agacement grandissant de Christopher lui arracha un sourire.

— Jusqu'à présent, continua-t-il, je n'ai pas été si impressionné que cela par vos défauts. Vous buvez plus que vous ne le devriez, vous avez du mal à contrôler vos impulsions et vous avez mauvais caractère. Des traits pratiquement indispensables dans la famille Hathaway. Je suppose que, selon vous, Beatrix devrait épouser un jeune homme tranquille qui collectionnerait les tabatières ou composerait des sonnets. Eh bien, nous avons tenté la chose et cela n'a pas marché. Elle ne veut pas de ce genre d'homme. Apparemment, c'est vous qu'elle veut.

— Elle est trop jeune et trop idéaliste. Elle manque de discernement ! répliqua Christopher.

— Tout à fait d'accord, riposta Leo. Malheureusement, aucune de mes sœurs ne m'a laissé lui choisir son mari.

— Du calme, tous les deux, dit Cam. Phelan, j'ai une question à vous poser. Si vous décidez d'attendre indéfiniment avant de demander Beatrix en mariage, avez-vous l'intention de continuer à la voir entre-temps ?

— Oui. Rien ne pourrait me retenir loin d'elle. Mais nous saurons nous montrer prudents.

— J'en doute, ironisa Leo. La seule chose que Beatrix connaisse de la prudence, c'est comment épeler le mot.

— Les commérages ne tarderaient pas à se répandre, reprit Cam, ce qui nuirait à sa réputation. Avec, pour résultat, que vous seriez obligé de l'épouser. Je ne vois donc pas l'intérêt à différer l'inévitable.

— Êtes-vous en train de me dire que vous voulez que je l'épouse ? s'enquit Christopher, incrédule.

— Non, répondit Cam. Mais je ne peux pas dire que l'autre option me plaise beaucoup. Beatrix serait très malheureuse. De plus, lequel d'entre nous se portera volontaire pour l'informer qu'elle doit attendre ?

Tous les trois gardèrent le silence.

Beatrix savait qu'elle dormirait peu cette nuit-là. Les questions et les inquiétudes étaient trop nombreuses pour lui permettre de trouver le sommeil. Christopher n'était pas resté dîner. Il avait quitté les lieux aussitôt après son entretien avec Cam et Leo.

Amelia ne tenta pas de dissimuler son plaisir en apprenant la nouvelle.

— Je l'aime bien, déclara-t-elle en serrant brièvement Beatrix dans ses bras. Il me fait l'effet d'un homme bon et honorable.

— Et courageux, renchérit Cam.

— Oui, c'est vrai, acquiesça Amelia. Difficile d'oublier ce qu'il a fait pendant la guerre.

— Oh, ce n'est pas de cela que je parlais ! C'était une allusion au fait qu'il est prêt à épouser une sœur Hathaway.

Amelia lui tira la langue, ce qui lui valut un grand sourire en réponse. Beatrix se demanda si Christopher et elle connaîtraient un jour ce genre de relations aisées auxquelles se mêlaient le jeu et le flirt. S'il laisserait suffisamment tomber ses défenses pour lui permettre d'être proche de lui.

— Je n'arrête pas de les interroger sur leur entretien avec Christopher, dit-elle à Amelia d'un ton véhément, mais il semblerait que rien n'ait été décidé ou résolu. Ils n'ont fait que boire du cognac.

— Nous avons assuré Phelan que nous serions plus qu'heureux qu'il se charge de toi et de ta ménagerie, répliqua Leo. Après quoi, il a dit qu'il avait besoin de réfléchir.

— Réfléchir à quoi ? demanda Beatrix. Pourquoi lui faut-il autant de temps pour prendre une décision ?

— C'est un homme, ma chérie, expliqua Amelia avec suavité. Il leur est très difficile de se livrer à une réflexion intense.

— Contrairement aux femmes, rétorqua Leo, qui sont remarquablement douées pour prendre des décisions sans la moindre réflexion.

Quand Christopher revint à Ramsay House, le lendemain matin, il affichait une allure très martiale, même s'il portait une tenue civile informelle. Ce fut avec une politesse distante qu'il demanda l'autorisation d'accompagner Beatrix en promenade. Bien que ravie de le voir, elle était aussi mal à l'aise. Il paraissait sur ses gardes et arborait une expression sévère, celle d'un homme qui se prépare à accomplir un devoir déplaisant.

Cela ne présageait rien de bon.

Toutefois, affectant un air joyeux, Beatrix l'entraîna dans l'une de ses promenades favorites.

— Quand on rencontre une clairière comme celle-ci, expliqua-t-elle alors qu'ils longeaient une petite prairie baignée de soleil, il s'agit le plus souvent d'un ancien enclos datant de l'âge de bronze. Comme ils ne connaissaient pas les engrais, lorsqu'un bout de terre devenait improductif, ils se contentaient d'en éclaircir un autre. Et les lopins de terre abandonnés se couvraient d'ajoncs, de fougères et de bruyères.

Elle lui indiqua ensuite un creux dans un chêne qui se dressait non loin de la clairière.

— Là, j'ai surveillé l'éclosion d'un œuf de faucon hobereau, au début de l'été. Les hobereaux ne bâtissent pas de nids, mais utilisent ceux d'autres oiseaux. Leur vol est si rapide qu'on croirait voir des faucilles fendant l'air.

L'ombre d'un sourire flottait sur les lèvres de Christopher tandis qu'il l'écoutait. Il était si séduisant qu'elle devait se retenir pour ne pas béer d'admiration devant lui.

— Tu connais tous les secrets de cette forêt, n'est-ce pas ? fit-il.

— Il y a tant à apprendre. Je n'ai fait qu'effleurer la surface. J'ai rempli des cahiers entiers de dessins d'animaux et de plantes, et je ne cesse d'en trouver d'autres à étudier.

Elle laissa échapper un soupir de regret.

— Il est question de créer une société d'histoire naturelle à Londres. Si seulement je pouvais en faire partie...

— Qu'est-ce qui t'en empêche ?

— Je suis sûre qu'ils n'admettront pas de femmes en leur sein. Comme tous les autres clubs de ce genre. Ce sera une salle remplie de vieux messieurs à favoris qui échangeront des remarques entomologiques en fumant la pipe. Et c'est fort dommage, parce que, sans me vanter, je pourrais parler des insectes aussi bien que n'importe lequel d'entre eux.

Un lent sourire éclaira le visage de Christopher.

— Pour ma part, je suis heureux que tu n'aies ni pipe ni favoris. Toutefois, quelqu'un qui aime les animaux et les insectes autant que toi devrait être autorisé à en parler. Nous pourrions peut-être les persuader de faire une exception pour toi.

Beatrix lui jeta un regard étonné.

— Vraiment ? Ça ne t'ennuie pas qu'une femme ait des centres d'intérêt aussi peu orthodoxes ?

— Bien sûr que non. Quel avantage y aurait-il à épouser une femme ayant des centres d'intérêt non orthodoxes et à essayer de la rendre ordinaire ?

Elle ouvrit des yeux ronds.

— Tu vas me demander en mariage ?

Christopher la fit pivoter face à lui et, du bout des doigts, leva son visage vers le sien.

— Il y a certaines choses dont je veux te parler avant.

L'air soudain sérieux, il lui prit la main et l'entraîna le long du sentier.

— D'abord, nous ne pourrons pas partager le même lit.

— Nous… Ce sera platonique ? balbutia-t-elle.

— Grands dieux, non ! Ce que je voulais dire, c'est que nous aurons une vie conjugale, mais que nous ne dormirons pas ensemble.

— Mais… je crois que j'aimerais bien dormir avec toi.

Elle sentit la main de Christopher se crisper dans la sienne.

— Mes cauchemars te tiendraient éveillée.

— Je m'en moque.

— Je pourrais t'étrangler accidentellement dans mon sommeil.

— Oh ! Eh bien, ça, je ne m'en moque pas.

Le visage plissé par la concentration, Beatrix reprit :

— Puis-je te présenter une requête à mon tour ?

— Laquelle ?

— Pourrais-tu cesser de boire des alcools forts et te contenter de vin à partir de maintenant ? Je sais que tu utilises l'alcool comme un médicament pour traiter tes autres problèmes, mais, en fait, il est possible que cela les aggrave, et…

— Inutile de te fatiguer à me convaincre, mon ange. Je suis déjà résolu à le faire.

Elle lui sourit, ravie.

— Il y a juste une autre chose que je veux te demander, reprit Christopher. Que tu renonces aux activités dangereuses comme de grimper aux arbres, de dresser des chevaux à demi sauvages ou de libérer des animaux dangereux pris au piège.

Beatrix lui adressa un regard de protestation muette. Elle n'appréciait pas la perspective d'une restriction de sa liberté.

Christopher le comprit parfaitement.

— Je ne serai pas déraisonnable, enchaîna-t-il. Mais je préférerais ne pas avoir à craindre que tu te blesses.

— Les gens se blessent en permanence, fit-elle valoir. Des jupes prennent feu, des voitures renversent des piétons, ou bien on trébuche et on tombe...

— Exactement. La vie est suffisamment dangereuse pour qu'on ne tente pas le sort.

Beatrix se rendit compte que sa famille lui avait imposé beaucoup moins de restrictions qu'un mari ne le ferait. Heureusement, il y avait des compensations dans le mariage, se rappela-t-elle.

— ... il faudra que j'aille à Riverton bientôt, continuait Christopher. J'ai beaucoup à apprendre en matière de gestion d'un domaine, sans parler du marché du bois. Selon le régisseur, la production de bois de Riverton est négligeable. On construit une nouvelle gare dans la région, et nous n'en tirerons bénéfice que s'il y a de bonnes routes pour y conduire. Je dois donc prendre part au projet, ou je n'aurai pas le droit de me plaindre ensuite.

Il s'arrêta et tourna Beatrix face à lui.

— Je sais à quel point tu es proche de ta famille. Tu supporteras de vivre loin d'eux ? Nous garderons Phelan House, mais notre résidence principale sera à Riverton.

Vivre loin des siens ? Ils constituaient son monde tout entier depuis toujours. Surtout Amelia. L'idée de quitter sa famille éveilla en Beatrix une pointe d'anxiété, mais aussi d'excitation. Une nouvelle maison, des gens différents, des endroits inconnus à explorer... et Christopher. Surtout, Christopher.

— Ils me manqueront, bien sûr, reconnut-elle. Mais ici, je suis livrée à moi-même la plupart du temps. Ils sont tous occupés avec leurs familles respectives, avec leur vie, ce qui est normal. Tant que je pourrai venir les voir quand je le souhaite, je serai heureuse, je crois.

Christopher lui caressa tendrement la joue, sa main descendit le long de son cou. Elle lut de la compréhension dans ses yeux, de la compassion, et quelque chose d'autre qui la fit rougir.

— Tout ce que ton bonheur exigera, tu l'auras, promit-il en l'attirant contre lui. Beatrix... j'ai une dernière chose à te demander. Tu n'avais pas besoin d'écrire ce billet qui me demandait de te trouver, mon amour. Je t'ai cherchée toute ma vie. Je ne crois pas qu'il existe un homme digne d'être ton mari... mais je te supplie de me laisser essayer. Veux-tu m'épouser ?

Beatrix attira sa tête vers la sienne et approcha les lèvres de son oreille.

— Oui, oui, oui, chuchota-t-elle.

Saisie d'une brusque envie, elle referma légèrement les dents sur le lobe de son oreille. Surpris, Christopher releva la tête pour la fixer. Le souffle de Beatrix s'accéléra quand elle lut dans ses yeux du plaisir mêlé à une promesse de châtiment. Il pressa ses lèvres sur les siennes avec force.

— Quel genre de mariage aimerais-tu ? s'enquit-il, sans même attendre sa réponse pour lui voler un autre baiser.

— Le genre qui fera de toi mon mari. Et toi ?

— Un mariage rapide !

19

Sans doute Christopher aurait-il dû considérer comme un mauvais signe le fait qu'en moins de quinze jours, il fut totalement à l'aise avec sa future belle-famille. Lui qui les avait un jour évités à cause de leurs particularités, il recherchait à présent leur compagnie au point de passer pratiquement toutes ses soirées à Ramsay House.

Les Hathaway se chamaillaient, riaient, et semblaient s'aimer sincèrement, ce qui les rendait différents des familles que Christopher connaissait. Ils s'intéressaient à tout ce qui était nouveau – idées, inventions et découvertes.

Christopher sentait que cette ambiance heureuse, souvent effervescente, lui faisait du bien, contrairement au tohu-bohu londonien. Les Hathaway, avec leurs angles quelquefois vifs, réussissaient à apaiser son âme déchirée. Il aimait plus particulièrement Cam, le chef de la famille ou, comme il le disait lui-même, de la tribu. Calme, tolérant, il savait remettre les siens dans le droit chemin lorsque c'était nécessaire.

Avec Leo, les choses étaient moins évidentes. Il se montrait certes charmant et irrévérencieux, mais son humour cinglant rappelait trop à Christopher son propre passé, quand il faisait de l'esprit aux dépens des autres. Ainsi cette remarque au sujet de Beatrix et de sa place aux écuries... Il ne se souvenait toujours pas de l'avoir faite, malheureusement, cela ressemblait fort à des propos qu'il aurait pu tenir. À l'époque, il n'avait pas encore pris conscience de l'extraordinaire pouvoir des mots.

Beatrix lui assura toutefois que, en dépit de sa langue acérée, Leo était un frère aimant et loyal.

— Tu en viendras à beaucoup l'apprécier, lui prédit-elle. Mais il n'est pas surprenant que tu te sentes plus à l'aise avec Cam – vous êtes tous deux des renards.

— Des renards ? répéta Christopher, amusé.

— Oui. Je vois toujours quel genre d'animal une personne pourrait être. Les renards sont des chasseurs, mais ils ne comptent pas sur la force brutale. Ils sont subtils, intelligents, et ils aiment se montrer plus malins que les autres. Et même s'il leur arrive de voyager loin, ils sont toujours contents de revenir dans leur foyer sûr et douillet.

— Je suppose que Leo est un lion, observa Christopher, pince-sans-rire.

— Oh, oui ! Théâtral, démonstratif, il déteste qu'on l'ignore. Quelquefois, il peut donner un coup de patte. Mais sous les griffes acérées et les rugissements, il demeure un chat.

— Et toi, tu es quel animal ?

— Un furet. Nous ne pouvons nous empêcher de chaparder, nous sommes très actifs, mais nous aimons aussi rester immobiles pendant de longues périodes. Et les furets sont très affectueux, conclut-elle avec un grand sourire.

Christopher s'était toujours imaginé que sa maison serait dirigée avec ordre et méthode par une épouse convenable qui veillerait à chaque détail. Pourtant, il semblait s'acheminer vers une amazone qui arpenterait les lieux en pantalon, escortée de bêtes à plumes, à poils, à piquants et autres.

La compétence de Beatrix dans des domaines qui ne relevaient normalement pas des femmes le fascinait. Elle savait manier marteau et rabot ; elle montait à cheval mieux que n'importe quelle femme et, peut-être, que n'importe quel homme ; elle avait un esprit original, et une intelligence où se mêlaient savoir et intuition. Toutefois, plus Christopher la connaissait, plus il percevait la veine d'insécurité qui courait au plus profond d'elle. Peut-être remontait-elle à la mort prématurée de ses parents. Peut-être était-elle aussi la conséquence de l'accession brutale des Hathaway à une position sociale à laquelle ils n'avaient pas été préparés. Elle aurait beau faire, Beatrix n'acquerrait jamais la sophistication des jeunes femmes nées dans l'aristocratie.

C'était l'une des choses qu'il aimait le plus en elle.

Le lendemain de sa demande en mariage, Christopher se rendit à contrecœur chez Prudence. Il s'était préparé à lui présenter ses excuses, sachant qu'il ne s'était pas montré honnête dans sa relation avec elle. Cependant, toute trace de remords s'évapora dès qu'il se rendit compte qu'elle-même n'éprouvait aucun remords à l'avoir trompé.

Ce fut loin d'être une scène agréable. Rouge de fureur, Prudence se mit à tempêter :

— Vous ne pouvez pas me laisser tomber pour cette gargouille et son abominable famille ! Vous serez la risée de tous ! Une partie est à moitié bohémienne et l'autre à moitié folle – ils n'ont pratiquement pas de relations et aucun savoir-vivre, ce sont des rustres et vous le regretterez jusqu'à la fin de vos jours ! Beatrix est une fille vulgaire, sauvage, qui donnera probablement le jour à une portée !

Comme elle s'interrompait pour reprendre son souffle, Christopher répliqua d'une voix posée :

— Malheureusement, tout le monde ne peut pas être aussi raffiné que les Mercer.

Le trait passa, bien sûr, complètement au-dessus de la tête de Prudence, qui continua à vociférer comme une poissarde.

Une image apparut alors à Christopher. Non pas une image de guerre, comme d'habitude, mais de paix... Le visage calme et concentré de Beatrix tandis qu'elle soignait un oiseau blessé, la veille. Après avoir immobilisé l'aile cassée du moineau contre son corps, elle avait montré à Rye comment le nourrir. Christopher avait alors été frappé par le mélange de délicatesse et de force de ses mains.

Reportant son attention sur Prudence, il plaignit celui qui deviendrait un jour son mari.

Alarmée par ses glapissements, la mère de Prudence entra dans le salon et entreprit de la calmer. Christopher prit congé peu de temps après, regrettant chacune des minutes perdues en compagnie de Prudence Mercer.

Dix jours plus tard, tout Stony Cross fut stupéfait d'apprendre que Prudence s'était enfuie avec l'un de ses soupirants de longue date, un membre de la petite noblesse locale.

Le matin de cette fuite, on remit une lettre à Beatrix. Une lettre de Prudence. Tachée et griffonnée d'une écriture rageuse, elle alignait accusations, prédictions désastreuses et fautes d'orthographe. Fort ennuyée, Beatrix la montra à Christopher.

Les lèvres de celui-ci s'incurvèrent quand il la lui rendit après l'avoir déchirée.

— Eh bien, fit-il sur le ton de la conversation, elle a fini par écrire une lettre à quelqu'un.

Beatrix s'efforça de prendre un air réprobateur, mais ne put retenir un petit rire.

— Il n'y a pas de quoi plaisanter. Je me sens affreusement coupable.

— Pourquoi ? Prudence ne se sent pas coupable, elle.

— Elle me reproche de t'avoir pris à elle.

— D'abord, je n'ai jamais été à elle. Ensuite, revenons à nos moutons ou nous n'aurons jamais fini. Vas-y, cogne !

Ils étaient dans le fenil, où Beatrix l'avait entraîné pour qu'il l'aide à réparer un nichoir. Tout en tenant la planche en place, Christopher la regarda planter d'une main sûre une rangée de clous. Jamais il ne se serait attendu à trouver aussi charmante la dextérité d'une femme avec des outils. Et il ne pouvait s'empêcher d'apprécier le spectacle de son pantalon qui se tendait sur ses fesses chaque fois qu'elle se penchait.

Au prix d'un gros effort, il tenta de discipliner son corps et de lutter contre la flambée irrésistible du désir, comme il y avait été trop souvent obligé de le faire ces derniers temps. La tentation qu'offrait Beatrix était plus qu'il n'en pouvait supporter. Chaque fois qu'il l'embrassait, elle répondait avec une sensualité innocente qui mettait sa maîtrise de soi à rude épreuve.

Avant de partir en Crimée, Christopher n'avait jamais eu de difficulté à trouver des maîtresses. Le sexe représentait un plaisir facile, quelque chose dont il profitait sans culpabilité ni inhibition. Mais après une abstinence prolongée, il s'inquiétait de la première fois qu'il ferait l'amour avec Beatrix. Il ne voulait pas lui faire mal ou l'effrayer.

Se contrôler, d'une manière générale, lui posait encore des problèmes.

C'était flagrant dans certaines occasions, comme le soir où l'un des jumeaux trébucha sur la chatte de Beatrix, Lucky, qui laissa alors échapper un miaulement strident. Les jumeaux se mirent à hurler et Catherine se précipita pour les calmer.

Christopher faillit sauter au plafond. Le vacarme l'ébranla au plus profond de lui-même, le laissant tendu et tremblant. Transporté en une fraction de seconde sur un champ de bataille, il baissa la tête, et ferma les yeux. Après avoir pris quelques inspirations profondes, il se rendit compte que Beatrix s'était assise à côté de lui. Elle ne lui posa pas de questions, se contentant de lui offrir sa présence silencieuse.

Puis Albert s'approcha et, le menton posé sur ses genoux, le contempla de ses yeux sombres.

— Il comprend, fit remarquer doucement Beatrix.

Christopher caressa la tête hirsute du chien, qui lui lécha le poignet. Oui, Albert comprenait. Lui aussi avait souffert sous la mitraille et fait l'expérience d'une balle lui traversant les chairs.

— Nous formons une sacrée paire, hein, mon vieux ? avait-il murmuré.

Christopher fut ramené au présent par Beatrix qui, sa tâche terminée, se frottait les mains.

— Et voilà ! déclara-t-elle avec satisfaction. Prêt pour un futur occupant.

Elle vint s'asseoir tout contre lui et s'étira comme un chat. Il l'observa, les yeux mi-clos. Il aurait voulu l'enlacer, savourer la douceur de sa peau, éprouver la souplesse ferme de son corps sous le sien. Néanmoins, il résista quand elle tenta de l'attirer plus près.

— Ta famille se douterait que nous avons fait autre chose que de la menuiserie, argua-t-il. Tu serais couverte de foin.

— Je suis toujours couverte de foin.

Il rendit les armes devant son sourire narquois et la vivacité de son regard bleu. Lentement, il s'inclina sur elle et s'empara de ses lèvres. Elle se cramponna à son cou et il explora sa bouche en prenant tout son temps, jouant avec elle jusqu'à sentir la caresse timide de sa langue contre la sienne. Cette sensation se répercuta jusqu'au creux de ses reins, et fit naître une nouvelle vague de chaleur érotique.

D'instinct, Beatrix moula ses hanches contre les siennes et, murmurant son prénom, rejeta la tête en arrière pour offrir sa gorge à ses baisers. De la langue, il en chatouilla les zones sensibles, puis il referma la main sur un sein dont il caressa la pointe érigée à travers sa chemise. Elle laissa échapper de petits gémissements qui ressemblaient à des ronronnements de plaisir.

Elle était si exquise, à se tendre ainsi vers lui, que Christopher sentit son corps avide prendre le contrôle de son esprit. Il serait si facile de la débarrasser de ses vêtements, d'entrer en elle, de se libérer de cette torture…

Avec un grognement, il roula sur le dos. Mais elle s'accrocha à lui.

— Fais-moi l'amour, balbutia-t-elle. Ici. Maintenant. Je t'en prie, Christopher…

— Non, dit-il en la repoussant pour s'asseoir. Pas dans le fenil, alors que quelqu'un peut entrer à tout moment.

— Je m'en moque, répliqua-t-elle.

— Pas moi. Tu mérites beaucoup mieux qu'une culbute dans le foin. Et moi aussi, après plus de deux ans d'abstinence.

Beatrix ouvrit de grands yeux.

— Tu es resté chaste pendant tout ce temps ?

— "Chaste" implique une pureté de pensée qui, je te l'assure, ne s'applique pas là. Mais j'ai vécu dans la continence.

À quatre pattes, Beatrix alla se placer derrière lui pour brosser les brins de paille accrochés à son dos.

— Il n'y avait aucune possibilité de rencontrer une femme ?

— Si.

— Alors pourquoi t'es-tu abstenu ?

Christopher lui lança un coup d'œil par-dessus son épaule.

— Tu veux vraiment des détails ?

— Oui.

— Beatrix, sais-tu ce qui arrive aux filles qui posent des questions aussi vilaines ?

— Elles sont déshonorées dans le fenil ? suggéra-t-elle, pleine d'espoir.

Christopher secoua la tête. Comme Beatrix glissait les bras autour de lui, il sentit la pression légère, troublante, de ses seins contre son dos.

— Raconte-moi, lui chuchota-t-elle à l'oreille.

Son souffle moite fit courir un frisson de plaisir sur sa nuque.

— Il y avait des prostituées dans le campement. Mais elles n'étaient pas très séduisantes, et elles ont contribué à répandre un grand nombre de maladies dans le régiment.

— Les pauvres, murmura Beatrix.

— Les prostituées ou les soldats ?

— Les deux.

Cela lui ressemblait tellement de réagir avec compassion plutôt qu'avec dégoût. Christopher s'empara de sa main, la porta à ses lèvres et en baisa la paume.

— J'ai eu aussi droit à des avances de femmes d'officiers qui voyageaient avec nous. Mais je ne trouvais pas que c'était une très bonne idée de coucher avec la femme d'un autre. D'autant que j'étais susceptible de me retrouver ensuite à combattre au côté de l'autre en question. Et puis, quand j'étais à l'hôpital, quelques infirmières – pas les religieuses, bien sûr – se seraient probablement laissé persuader... Mais après les longs sièges, les heures passées à creuser des tombes, les blessures... je n'étais pas franchement d'humeur amoureuse. Alors j'ai attendu. Et j'attends toujours, conclut-il avec une grimace.

Beatrix lui embrassa la nuque, puis y frotta son visage.

— Je m'occuperai de toi, mon pauvre garçon, murmura-t-elle. Ne t'inquiète pas, je m'y prendrai en douceur.

C'était nouveau, ce mélange de désir et d'amusement. Christopher se retourna et, refermant les bras autour d'elle, il la fit basculer sur ses genoux.

— Oh oui, tu t'occuperas de moi ! lui assura-t-il avant d'écraser sa bouche sur la sienne.

Quelques heures plus tard, Christopher se rendit avec Leo à la scierie du domaine. Même si la superficie boisée de Ramsay House ne pouvait rivaliser en taille avec celle de Riverton, le mode de production était infiniment plus sophistiqué. Leo se fit un plaisir de lui montrer leurs dernières innovations techniques.

Ils regagnèrent ensuite la maison en discutant du commerce du bois et des négociations avec les marchands.

— Tout ce qui touche au marché, ventes aux enchères ou contrats privés, relève du domaine de Cam, expliqua Leo. Je ne connais pas d'homme plus compétent en matière financière.

— C'est intéressant, ce partage des tâches entre vos beaux-frères et vous, chacun selon ses capacités.

— Ça marche très bien. Merripen est un homme de la terre, Cam jongle avec les chiffres… et moi, j'en fais aussi peu que possible.

Christopher ne fut pas dupe.

— Vous en savez beaucoup trop pour que je vous croie. Vous avez beaucoup travaillé et durement pour le domaine.

— Oui. Mais j'espère toujours que si j'affecte d'être ignorant, ils cesseront de me demander quoi que ce soit.

— Je n'aurai pas à feindre l'ignorance, déplora Christopher après avoir souri brièvement. Je ne connais à peu près rien à la gestion d'un domaine. Mon frère s'y était préparé sa vie durant, et il ne m'était jamais venu à l'idée que je devrais le remplacer un jour.

Il se tut, gêné de ce dernier commentaire, qui semblait appeler de la compassion.

Toutefois, Leo répondit d'un ton amical et neutre.

— Je connais ce sentiment. Mais Merripen vous aidera. C'est une mine d'informations, et il n'est jamais aussi heureux que lorsqu'il indique aux gens quoi faire. Quinze jours en sa compagnie, et vous serez expert en sylviculture. Beatrix vous a-t-elle dit que Merripen et Winnifred seront de retour d'Irlande à temps pour le mariage ?

Christopher secoua la tête. Le mariage était prévu dans un mois.

— Je suis content pour Beatrix, dit-il. Elle tient à ce que toute la famille soit là. J'espère simplement qu'il n'y aura pas une parade d'animaux pour remonter la travée à sa suite, ajouta-t-il avec un petit rire.

— Considérez-vous comme chanceux que nous nous soyons débarrassés de l'éléphant, répliqua Leo. Elle aurait pu en faire sa demoiselle d'honneur.

— Un éléphant ? Elle a eu un éléphant ?

— Pas très longtemps. Elle lui a trouvé un nouveau foyer.

— Non ! Connaissant Beatrix, j'aurais presque pu le croire. Mais, non.

— Elle a eu un éléphant, insista Leo. Je vous le jure.

Christopher n'était toujours pas convaincu.

— Je suppose qu'on l'a trouvé un jour sur le seuil et que quelqu'un a commis l'erreur de lui donner à manger ?

— Demandez à Beatrix, et elle vous racontera…

Leo s'interrompit alors qu'ils approchaient de l'enclos attenant aux écuries. Des hennissements furieux déchiraient l'air. Un pur-sang alezan ruait et se cabrait, un cavalier sur le dos.

— Bon sang ! grommela Leo en hâtant le pas, je leur avais bien dit de ne pas acheter cet animal vicieux – il a eu un mauvais maître et Beatrix elle-même ne parvient pas à le dresser.

— C'est Beatrix ? s'écria Christopher, alarmé.

— Soit Beatrix, soit Rohan. Personne d'autre n'est assez téméraire pour le monter.

Christopher se mit à courir. Ce n'était pas Beatrix ! Ça ne pouvait pas être elle. Elle avait promis de ne plus prendre de risques. Mais, quand il s'approcha de l'enclos, il vit son chapeau s'envoler et ses cheveux bruns dégringoler dans son dos tandis que le cheval ruait de plus belle. Beatrix s'accrochait à sa monture avec une facilité déconcertante tout en essayant de l'apaiser de la voix. L'animal sembla se calmer…

Puis, vif comme l'éclair, il se dressa soudain incroyablement haut, son corps massif reposant uniquement sur ses membres postérieurs.

Il pivota et commença à tomber.

Le temps parut ralentir tandis que l'énorme masse basculait sur la fragile silhouette de Beatrix. Comme si souvent durant une bataille, l'instinct de Christopher le jeta dans l'action avant même qu'il réfléchisse. Il n'entendit rien, mais il sentit un hurlement rauque lui déchirer la gorge au moment où il sautait par-dessus la barrière de l'enclos.

Beatrix réagit aussi d'instinct. Dès que le cheval bascula, elle dégagea sa botte de l'étrier et s'écarta d'un coup de pied. Elle heurta le sol et roula sur elle-même deux fois, trois fois, alors que le corps du cheval s'écrasait à côté d'elle, la manquant de quelques centimètres.

Comme elle demeurait à terre, étourdie, le cheval affolé tenta de se redresser en martelant le sol de ses sabots non loin d'elle. Christopher la souleva dans ses bras et l'emporta sur le côté de l'enclos pendant que Leo réussissait à saisir les rênes.

Après avoir allongé Beatrix sur le sol, Christopher lui palpa les membres et la tête, à la recherche de blessures. Elle avait la respiration sifflante, le choc lui ayant coupé le souffle.

— Que s'est-il passé ? murmura-t-elle en clignant des yeux.

— Le cheval s'est cabré et il est tombé, répondit Christopher d'une voix rauque. Dis-moi comment tu t'appelles.

— Pourquoi ?

— Ton nom, insista-t-il.

— Beatrix Héloïse Hathaway, récita-t-elle avant de l'observer, les yeux ronds. À présent que nous savons qui je suis… qui êtes-vous ?

20

En voyant l'expression de Christopher, elle eut un petit rire et fronça malicieusement le nez.

— Je plaisante. Sincèrement, je sais qui tu es. Je n'ai rien du tout.

Par-dessus l'épaule de Christopher. Beatrix aperçut Leo qui secouait la tête en se passant un doigt sur la gorge.

Elle comprit – trop tard – que le moment était sans doute mal choisi pour plaisanter. Ce qui aurait déclenché une bonne crise de rire chez un Hathaway mettait Christopher hors de lui.

Il la dévisagea avec une fureur incrédule. À cet instant seulement, elle remarqua qu'il tremblait de peur rétrospective.

L'heure n'était définitivement pas à l'humour.

— Je suis désolée… commença-t-elle, contrite.

— Je t'ai demandé de ne pas dresser ce cheval, rugit Christopher. Et tu étais d'accord !

Accoutumée à faire ce qu'elle voulait, Beatrix fut aussitôt sur la défensive. Ce n'était pas la première fois qu'elle tombait de cheval, et certainement pas la dernière.

— Tu ne m'as pas demandé cela spécifiquement, argua-t-elle. Tu m'as demandé de ne rien faire de dangereux. Selon moi, ce n'était pas dangereux.

Au lieu de calmer la colère de Christopher, cette réponse parut l'attiser.

— Vu que tu as failli te faire aplatir comme une crêpe, je dirais que tu avais tort !

— Eh bien, peu importe, de toute manière, rétorqua Beatrix, déterminée à avoir le dernier mot, puisque ma promesse est pour *après* le mariage. Et que nous ne sommes pas encore mariés.

Leo se couvrit les yeux de la main, secoua la tête et disparut de son champ de vision.

Christopher la foudroya du regard, ouvrit la bouche pour parler, puis la referma. Sans un mot, il se redressa et se dirigea vers les écuries à grandes enjambées.

Beatrix s'assit et le suivit du regard, perplexe.

— Il s'en va.

— Ça m'en a tout l'air, dit Leo qui s'approcha et lui tendit la main pour l'aider à se relever.

— Pourquoi part-il au beau milieu d'une dispute ? demanda Beatrix avec irritation, tout en tapant sur son pantalon pour en enlever la poussière. On ne part pas comme ça ! On va jusqu'au bout !

— S'il était resté, mon cœur, je pense que j'aurais été obligé de desserrer ses mains crispées autour de ton petit cou.

Ils s'interrompirent en voyant Christopher s'éloigner au trot, droit comme un I sur sa monture.

Beatrix soupira.

— J'essayais de marquer des points plutôt que de me mettre à sa place, reconnut-elle. Il a probablement eu peur pour moi en voyant le cheval basculer.

— *Probablement* ? répéta Leo. On aurait cru qu'il venait de voir la mort en face. Je pense que ça a dû déclencher une de ses crises.

— Il faut que j'aille le retrouver.

— Pas habillée ainsi.

— Pour l'amour du ciel, Leo, juste cette fois...

— Il n'y a pas d'exception. Je connais mes sœurs. Tu leur donnes la main, il leur faut le bras. Et puis... n'y va pas sans chaperon.

— Je ne veux pas de chaperon. Ce n'est pas drôle.

— Beatrix, c'est le rôle du chaperon.

— Je te ferais remarquer que, dans notre famille, tous ceux qui m'ont chaperonnée auraient eu plus besoin d'un chaperon que moi.

Leo ouvrit la bouche pour rétorquer, puis la referma.

Rares étaient les occasions de clouer le bec à son frère.

Réprimant un sourire, Beatrix prit la direction de la maison.

Christopher avait pardonné à Beatrix avant même d'avoir atteint Phelan House. Il était bien conscient qu'habituée à jouir d'une liberté presque absolue, elle ne souhaitait pas davantage être bridée que ce maudit cheval. Il faudrait du temps pour qu'elle accepte certaines contraintes. Il l'avait bien compris.

Mais il avait été trop ébranlé pour réfléchir de manière cohérente. Beatrix représentait trop à ses yeux – elle était sa vie même. La pensée qu'elle puisse être blessée était plus qu'il n'en pouvait supporter. Le choc de la voir frôler la mort, le mélange irrépressible de terreur et de rage qui l'avait submergé avaient laissé le chaos dans leur sillage. Non, pas le chaos. Bien pire : les ténèbres. Un épais brouillard gris l'avait enveloppé, étouffant sons et sentiments. Il avait l'impression que son âme ne tenait plus qu'à peine à son corps.

Ce détachement, cet engourdissement, il l'avait déjà éprouvé durant la guerre, ainsi qu'à l'hôpital. Il n'y avait d'autre remède que d'attendre qu'il se dissipe.

Après avoir recommandé à la gouvernante de ne pas le déranger, Christopher se réfugia dans le sanctuaire sombre et silencieux de la bibliothèque. Il dénicha une bouteille d'armagnac et s'en versa un verre.

Fort et poivré, l'alcool lui brûla la gorge. Exactement ce qu'il voulait. Espérant qu'elle chasserait le froid de son âme, il vida son verre d'une traite et s'en versa un deuxième.

On gratta à la porte. Quand il l'ouvrit, Albert franchit le seuil, la langue pendante, la queue frétillante.

— Espèce de corniaud inutile, murmura Christopher en se penchant pour le caresser. Tu ne sens pas très bon, mon vieux.

Comme le chien poussait sa truffe contre sa paume, Christopher s'accroupit.

— Que dirais-tu si tu pouvais parler ? Mais c'est mieux comme ça, je suppose... C'est l'intérêt d'avoir un chien. Pas de conversation. Juste des regards admiratifs et des halètements joyeux.

Derrière lui, une voix le fit sursauter.

— J'espère que ce n'est pas ce que tu attends...

Réagissant avec un instinct brutal, Christopher se releva d'un bond, fit volte-face, et referma la main sur une gorge souple.

— ... d'une épouse, acheva Beatrix d'une voix incertaine.

Christopher se pétrifia. Dans l'espoir de recouvrer son sang-froid, il prit une inspiration tremblante et cligna des yeux avec force.

Que fabriquait-il, bon sang ?

Il avait repoussé Beatrix contre le chambranle, la clouant contre celui-ci de sa main refermée sur sa gorge, et il levait son autre poing pour lui infliger un coup meurtrier. Il avait été à deux doigts de lui fracasser le visage.

L'effort qu'il dut faire pour desserrer le poing et laisser retomber son bras le terrifia. Sous les doigts de l'autre main, il sentit la palpitation fragile du pouls de Beatrix, et perçut le délicat mouvement de sa gorge quand elle déglutit.

Lorsqu'il plongea son regard dans le sien, la violence reflua pour se transformer en un torrent de désespoir.

Laissant échapper un juron étouffé, il pivota et alla chercher son verre.

— Mme Clocker m'a dit que tu ne voulais pas être dérangé, dit-elle. Et, bien sûr, la première chose que je fais, c'est de te déranger.

— Ne surgis pas derrière moi, lança-t-il rudement. Jamais.

— Je suis pourtant bien placée pour le savoir. Je ne le ferai plus.

— Que veux-tu dire par « bien placée pour le savoir » ?

— J'ai l'habitude des créatures sauvages qui n'aiment pas qu'on les approche par-derrière.

Il lui adressa un regard mauvais.

— C'est une chance que ton expérience avec les animaux t'ait si bien préparée à un mariage avec moi !

— Je ne voulais pas dire... J'aurais dû veiller davantage à ménager tes nerfs, voilà tout.

— Je n'ai pas de nerfs !

— Je suis désolée. Nous appellerons cela autrement.

Sa voix était si douce, si conciliante, qu'elle aurait pu convaincre des cobras, des tigres et des ratons laveurs de se pelotonner les uns contre les autres pour une petite sieste ensemble.

Les dents serrées, Christopher garda un silence obstiné.

Après avoir tiré un biscuit de sa poche, Beatrix le montra à Albert, qui s'en saisit prestement. Après quoi, elle lui fit signe de sortir.

— Va dans la cuisine, lui suggéra-t-elle d'un ton encourageant. Mme Clocker te donnera à manger.

Le chien fila comme une flèche.

Beatrix referma la porte, tourna la clé, puis s'approcha de Christopher. Elle paraissait fraîche et féminine dans sa robe couleur lavande, avec ses cheveux soigneusement retenus par des peignes.

Difficile de faire coïncider cette image avec la scandaleuse fille en pantalon.

— J'aurais pu te tuer ! dit-il avec véhémence.

— Tu ne l'as pas fait.

— J'aurais pu te blesser.

— Tu ne m'as pas non plus blessée.

— Bon sang, Beatrix !

Il alla vers la cheminée et se laissa lourdement tomber dans un fauteuil, son verre à la main.

— En vérité, je ne suis pas Beatrix, déclara-t-elle en le rejoignant dans un bruissement de soie. Je suis sa jumelle bien plus gentille. Elle a dit que tu pouvais m'avoir à partir de maintenant.

Son regard tomba sur le verre d'armagnac, et elle ajouta :

— Tu avais promis de ne plus boire d'alcools forts.

— Nous ne sommes pas encore mariés.

Christopher savait qu'il aurait dû avoir honte de cet écho sarcastique aux paroles de Beatrix, mais il n'avait pu résister à la tentation.

Elle ne broncha pas.

— Je suis désolée de cet accident. Ce n'est pas drôle de veiller sur moi. Je suis imprudente et je surestime mes capacités.

Elle s'agenouilla aux pieds de Christopher, posa les bras sur ses genoux, et leva vers lui un regard contrit.

— Je n'aurais pas dû te parler comme je l'ai fait. Dans ma famille, se disputer est un sport – nous oublions que certaines personnes peuvent le prendre personnellement. Mais je possède certaines qualités qui rachètent mes défauts, ajouta-t-elle en dessinant de l'index des petits cercles sur sa cuisse.

Par exemple, je me moque complètement des poils de chien. Et je peux ramasser des petits objets avec mes orteils, ce qui est un talent étonnamment utile.

L'engourdissement de Christopher commença à fondre doucement. Et cela n'avait rien à voir avec l'armagnac, et tout avec Beatrix.

Dieu qu'il l'adorait !

Mais à mesure qu'il se détendait, il sentait le désir monter en lui. Un désir irrépressible.

Il posa son verre à demi plein sur le sol et attira Beatrix entre ses genoux. Après s'être penché pour presser les lèvres sur son front, il se redressa et l'étudia. Candide, angélique, on lui aurait donné le bon Dieu sans confession. « Espèce de petite crapule ! » songea-t-il avec une tendresse amusée.

— Ainsi, ton deuxième prénom est Héloïse, dit-il après avoir respiré profondément.

— Oui, comme la religieuse française du Moyen Âge. Mon père adorait ses œuvres. D'ailleurs, maintenant que j'y pense… Héloïse était renommée pour les lettres d'amour qu'elle a échangées avec Abélard. J'ai plutôt fait honneur à mon homonyme, tu ne trouves pas ?

— Abélard ayant fini châtré par la famille d'Héloïse, la comparaison ne me plaît pas spécialement.

Beatrix eut un grand sourire.

— Tu n'as rien à craindre, assura-t-elle. Je suis pardonnée ? risqua-t-elle, recouvrant son sérieux

— De t'être exposée au danger ?… Jamais. Je tiens trop à toi.

Christopher lui prit la main et la porta à ses lèvres.

— Beatrix, tu es très belle dans cette robe et j'aime ta compagnie plus que tout au monde. Mais il faut que je te raccompagne.

Elle ne bougea pas.

— Pas tant que ce problème n'est pas résolu.

— Il l'est.

— Non, il y a encore un mur entre nous. Je le sens.

Christopher secoua la tête.

— Je suis simplement… distrait.

Comme il la prenait par les coudes pour l'aider à se relever, elle résista.

— Quelque chose ne va pas. Tu es trop lointain.

— Je suis ici, je t'assure.

Aucun mot ne pouvait décrire cette impression infernale de détachement. Il ignorait pourquoi elle naissait et comment s'en débarrasser. Il savait seulement que s'il attendait suffisamment longtemps, elle disparaissait d'elle-même. En tout cas, jusqu'à présent. Peut-être qu'un jour, elle ne le quitterait plus. Et alors…

Les yeux rivés aux siens, Beatrix appuya légèrement les mains sur ses cuisses. Mais au lieu de se relever, elle haussa son corps contre le sien jusqu'à amener sa bouche sur la sienne.

Il éprouva un pincement soudain au cœur, comme si celui-ci se rappelait qu'il devait battre. De ses lèvres douces et chaudes, Beatrix le taquina comme il lui avait appris à le faire. Le désir l'embrasa avec une fulgurance dangereuse. Un instant, il s'y abandonna, l'embrassant comme il aurait voulu la prendre, durement, profondément. Pressée contre lui, Beatrix se fit délibérément docile et soumise, d'une manière qui le rendait fou.

Il voulait tout d'elle, il voulait lui infliger ses appétits et ses désirs jusqu'au dernier, et elle était trop innocente pour le moindre d'entre eux. S'arrachant à sa bouche, Christopher la maintint à bout de bras.

Elle fixa sur lui un regard interrogateur. À son grand soulagement, elle se redressa.

Et commença à déboutonner son corsage.

— Que fais-tu ? demanda-t-il d'une voix rauque.

— Ne t'inquiète pas, la porte est fermée.

— Ce n'est pas ce que je… *Beatrix* !

Le temps qu'il bondisse sur ses pieds, son corsage était grand ouvert. Une pulsation sourde, primitive, commença à lui résonner aux oreilles.

— Beatrix, je ne suis pas d'humeur à batifoler avec la virginité d'une jeune fille.

Elle lui adressa un regard d'une ingénuité absolue.

— Moi non plus.

— Tu n'es pas en sécurité avec moi.

Il saisit les deux bords de son corsage, entreprit de le refermer mais, déjà, Beatrix relevait sa jupe sur le côté. Un coup sec, un déhanchement, et son jupon glissa à terre.

— Arrête, je ne peux pas ! fit-il, les dents serrées, comme elle repoussait sa robe sur ses hanches. Pas maintenant.

Il transpirait, les muscles tétanisés. Sa voix tremblait de l'effort qu'il s'imposait pour contenir son désir.

Faute de se contrôler, il risquerait de la blesser. Lorsque viendrait leur première fois, il s'assurerait de s'être délesté au préalable de son trop-plein d'énergie sexuelle. Là, tout de suite, en revanche, il se jetterait sur elle comme un animal affamé.

— Je comprends... assura Beatrix tout en retirant les peignes de ses cheveux, qu'elle jeta sur le tas de soie lavande.

Elle secoua ses boucles luxuriantes. Le regard qu'elle lui adressa lui donna la chair de poule.

— ... même si tu penses le contraire. Et j'ai besoin de cela autant que toi.

Lentement, elle dégrafa son corset et le laissa tomber à son tour sur le sol.

Sapristi ! Depuis combien de temps n'avait-il pas vu une femme se déshabiller pour lui ? Incapable de bouger ou de parler, paralysé par l'excitation et le désir, Christopher ne pouvait que la dévorer des yeux.

Voyant comme il la fixait, ses gestes se firent encore plus délibérés. Elle fit passer sa fine chemise par-dessus sa tête. Ses seins hauts à la courbe gracieuse se balancèrent délicatement quand elle se pencha pour enlever sa culotte.

Puis elle se tint face à lui.

Malgré son audace apparente, sa nervosité se trahissait par la rougeur diffuse qui la couvrait de la tête aux pieds. Elle surveillait néanmoins la réaction de Christopher d'un regard attentif.

Le corps souple, élancé, drapé dans sa chevelure brune qui cascadait jusqu'à la taille : c'était la créature la plus belle qu'il eût jamais contemplée. Le petit triangle sombre au creux de ses cuisses, semblable à une douce fourrure, formait un contraste érotique avec sa peau de porcelaine.

En lui, la faiblesse le disputait à la brutalité. Plus rien ne comptait que s'introduire en elle... C'était cela ou mourir. Il ne comprenait pas pourquoi elle le poussait à bout, pourquoi elle ne montrait aucune peur. Sans même en avoir conscience, il franchit l'espace qui les séparait, et l'attira à lui. Ses doigts glissèrent le long de son dos jusqu'à la courbe de ses fesses. Il la plaqua contre lui, chercha sa bouche et s'en empara avec avidité.

Elle s'abandonna complètement entre ses bras, lui offrant son corps, ses lèvres, pour en user à son gré. Sans cesser de l'embrasser, il glissa la main entre ses cuisses, qu'il écarta jusqu'à trouver les tendres replis de son sexe. Il les caressa avec délicatesse avant d'insinuer deux doigts dans l'enfonçure moite. Le petit cri qu'elle poussa fut étouffé par leurs lèvres jointes. Elle se hissa sur la pointe des pieds et il la maintint ainsi, empalée sur ses doigts.

— Laisse-moi te toucher, haleta-t-elle en tirant sur ses vêtements. Je t'en supplie... Oui...

Christopher se débarrassa de son gilet et de sa chemise avec une telle hâte que des boutons roulèrent sur le sol. Le torse nu, il l'enveloppa de ses bras. Un gémissement identique leur échappa et ils demeurèrent immobiles, à savourer la sensation de leur peau pressée l'une contre l'autre, de ses seins frottant contre sa poitrine musclée.

Il l'entraîna vers le canapé, sur lequel elle s'étendit mollement, un pied sur le sol. Il fut sur elle avant qu'elle ait pu refermer les jambes.

Il fit alors glisser ses mains sur ses bas de soie rose. N'en ayant jamais vu que des noirs ou des blancs, il les trouva adorables. Après lui avoir embrassé les genoux à travers la soie, il dénoua ses jarretières et posa les lèvres sur la marque rouge imprimée sur sa peau. Bien que tremblante, Beatrix ne bougea pas. Mais quand ses lèvres s'aventurèrent vers l'intérieur de sa cuisse, elle esquissa un roulement de hanches qui le rendit fou.

Avec un emportement exacerbé par le désir, il la débarrassa de ses bas, lui ouvrit les jambes de ses mains et passa la langue entre les pétales intimes.

— Christopher... supplia-t-elle alors qu'elle refermait les mains sur sa tête.

Devinant ce qu'il s'apprêtait à faire, elle avait rougi violemment.

— C'est toi qui as commencé, gronda-t-il. À présent, je vais finir.

Sans lui laisser l'occasion de protester, il se pencha de nouveau sur elle et fouailla de la langue la fente secrète. Avec un gémissement, elle creusa les reins.

Rien d'autre n'existait plus pour Christopher que la chair palpitante, l'élixir intime plus entêtant que l'opium de cette femme. *Sa* femme. Ses cris inarticulés devenaient les siens, ses élans convulsifs le traversaient comme autant de flèches de désir. Il se concentra sur la petite crête sensible, la taquina, la suça encore et encore jusqu'à ce que le corps de Beatrix se raidisse sous l'assaut brutal du plaisir.

Quand le dernier spasme l'eut secouée, il la fit glisser sous lui et referma la bouche sur son sein. Son corps rassasié était prêt à l'accueillir, et elle écarta spontanément les jambes. Avec une hâte fébrile, il déboutonna son pantalon, et s'en débarrassa.

Il ne lui restait plus aucun contrôle, plus aucune force de résistance, son corps tout entier réclamait douloureusement l'assouvissement d'un désir exacerbé. Baissant les yeux sur Beatrix, il murmura son prénom d'une voix sourde.

Avec une espèce de ronronnement affectueux, elle lui caressa le dos.

— Ne t'arrête pas, chuchota-t-elle. Je te veux, je t'aime...

Elle l'attira à elle, se cambra en sentant la pression brusque et insistante de son sexe durci.

La virginité était une nouveauté pour lui, et il fut surpris de rencontrer une résistance à laquelle il ne s'attendait pas. Les muscles serrés de Beatrix refusaient cette intrusion inconfortable. Il insista, s'enfonçant peu à peu avec toute la douceur dont il était capable. Elle pressa le visage contre son biceps et il la sentit se détendre. Avec un gémissement de soulagement, il pénétra sa chair consentante, et oublia tout ce qui n'était pas le plaisir aveuglant d'être en elle.

Il ne tenta pas de prolonger ce plaisir. La jouissance vint vite. Elle déferla en lui avec une puissance qui lui coupa le souffle et parut ne jamais devoir cesser. Les bras refermés autour de Beatrix, il s'arquait au-dessus d'elle comme pour la protéger, alors même qu'il la fouaillait avec l'ardeur de la passion trop longtemps contenue.

Après coup, il la sentit trembler de la tête aux pieds. Il la tint contre lui, attirant sa tête contre son torse pour essayer de la réconforter. Sa vue se brouilla et il essuya ses yeux brûlants contre le velours d'un coussin.

Il lui fallut un moment pour se rendre compte que le tremblement ne venait pas d'elle, mais de lui.

21

De longues minutes s'écoulèrent dans un silence repu. Beatrix ne tenta pas de se soustraire à l'étreinte de Christopher. Peu à peu, elle fut capable de discerner différentes sensations : la chaleur et le poids de son corps sur le sien, le parfum piquant de leurs sueurs mêlées, la moiteur collante à l'endroit où ils étaient toujours unis. Elle était endolorie, et en même temps, elle appréciait cette impression de chaude plénitude.

Lentement, les muscles comme tétanisés de Christopher se relâchèrent. Il joua avec ses cheveux avant de glisser le bras sous ses reins pour la faire basculer sur lui.

— Tu n'as pas perdu le contrôle, chuchota-t-elle avant de poser les lèvres sur la cicatrice à son épaule.

— Par moments, si, répondit-il, et sa voix était celle d'un homme qui s'éveille après un long sommeil. Tu avais tout planifié ?

— Tu me demandes si j'ai entrepris délibérément de te séduire ? Non, c'était complètement spontané.

Comme il gardait le silence, Beatrix releva la tête et lui sourit.

— Tu dois penser que je suis une gourgandine.

— En fait, répondit-il en caressant du pouce sa lèvre inférieure gonflée, je pensais à la manière de t'emmener dans ma chambre. Mais maintenant que tu en parles… tu es une gourgandine.

Le sourire de Beatrix s'accentua, et elle lui mordilla l'extrémité du pouce.

— Je suis désolée de t'avoir affolé, tout à l'heure. C'est Cam qui travaillera avec ce cheval désormais. Je n'avais jamais eu à rendre de comptes à quiconque, auparavant… il faudra que je m'y habitue.

— Oui. Dès maintenant.

Elle ne se soumettrait certainement pas en toutes choses, mais elle pouvait céder sur quelques points.

— Je promets de me montrer plus prudente à l'avenir.

Christopher ne sourit pas vraiment, mais ses lèvres prirent une courbe ironique. Avec précaution, il la fit rouler sur le sofa, se leva pour aller fouiller dans la poche de son pantalon, dont il sortit un mouchoir.

Étendue sur le côté, Beatrix l'observait en s'interrogeant sur son humeur. Il semblait presque redevenu lui-même, mais elle percevait toujours une distance entre eux, comme s'il retenait quelque chose – des pensées qu'il refusait de partager, des mots qu'il refusait de prononcer. Même à cet instant, alors qu'ils venaient d'accomplir l'acte le plus intime qui soit.

Cette distance n'était pas nouvelle, cependant. Elle existait depuis le début. Mais Beatrix y était plus sensible à présent qu'elle le connaissait mieux.

Christopher lui tendit le mouchoir. Elle ne se serait pas crue capable de rougir après ce qu'elle venait vivre, pourtant, elle se sentit devenir écarlate quand elle tamponna l'endroit endolori et humide entre ses cuisses.

Christopher lui fit enfiler sa chemise. Elle conservait l'odeur de son corps.

— Je devrais me rhabiller et rentrer chez moi, fit-elle remarquer en se levant. Ma famille sait que je suis ici sans chaperon. Même eux ont leurs limites.

— Tu passeras le reste de l'après-midi ici, déclara Christopher d'une voix posée. Tu ne peux pas forcer ma porte, te servir de moi, et te sauver comme si tu avais une course à faire.

— J'ai eu une journée difficile, protesta Beatrix. Je suis tombée de cheval, je t'ai séduit et, maintenant, j'ai mal partout.

— Je vais m'occuper de toi. Tu as l'intention de discuter ?

Beatrix s'efforça de paraître docile.

— Non, monsieur.

Un lent sourire retroussa les lèvres de Christopher.

— C'est la pire affectation d'obéissance que j'aie jamais vue.

— Entraînons-nous, suggéra-t-elle en passant les bras autour de son cou. Donne-moi un ordre et vois si je le suis.

— Embrasse-moi.

Elle pressa sa bouche sur la sienne. Un long silence s'ensuivit. De ses mains glissées sous la chemise, il la tourmenta gentiment jusqu'à ce qu'elle se frotte contre lui. Il la souleva alors avec une facilité déconcertante.

— Montons, chuchota-t-il contre ses lèvres.

Beatrix pâlit quand il s'approcha de la porte.

— Tu ne peux pas m'emporter là-haut comme ça.

— Pourquoi ?

— Je ne porte que ta chemise.

— Peu importe. Tourne la poignée.

— Et si nous croisons des domestiques ?

— C'est *maintenant* que tu te préoccupes des convenances ? Ouvre cette satanée porte, Beatrix.

Elle s'exécuta, puis garda les yeux soigneusement fermés pendant qu'il gravissait l'escalier. Si quelqu'un les vit, il garda le silence.

Après avoir déposé Beatrix dans sa chambre, Christopher fit monter des brocs d'eau chaude, une grande bassine et une bouteille de champagne. Puis il entreprit de la laver malgré ses protestations.

— Je ne vais pas rester assise là-dedans et te laisser faire ce que je suis parfaitement capable de faire moi-même.

Christopher s'approcha de la commode, où se trouvait un plateau d'argent garni d'une bouteille de champagne et de deux coupes en cristal. Il en remplit une, qu'il apporta à Beatrix.

— Ça te tiendra occupée.

Après avoir avalé une gorgée du breuvage pétillant, elle releva la tête pour le regarder.

— Je n'ai jamais bu de champagne l'après-midi. Et certainement pas en prenant un bain. Tu ne me laisseras pas me noyer, au moins ?

— Tu ne peux pas te noyer dans une baignoire sabot, mon ange, répliqua Christopher en s'agenouillant à côté de la bassine. Et non, je ne permettrai pas qu'il t'arrive quoi que ce soit. J'ai des projets pour toi.

Après avoir frotté un savon sur une éponge, il commença à la laver. Ça ne lui était pas arrivé depuis qu'elle était enfant, et elle éprouva une curieuse impression de sécurité. Après avoir promené l'éponge sur ses épaules, sa poitrine, ses jambes, il la remplaça par ses doigts. Toute impression de sécurité s'envola quand il finit par les glisser subrepticement en elle. Avec un cri étouffé, elle tendit la main vers son poignet.

— Ne laisse pas tomber le verre, murmura Christopher.

Beatrix faillit s'étrangler avec la gorgée suivante.

— C'est vicieux, balbutia-t-elle, à demi pâmée, quand son doigt trouva un endroit particulièrement sensible en elle.

— Continue de boire.

— Je ne peux pas avaler quand tu fais ça, se plaignit-elle, un peu haletante.

— Donne-m'en un peu.

Ce fut un effort que de soulever le verre jusqu'aux lèvres de Christopher alors qu'il continuait à la caresser sous l'eau. Quand il l'embrassa, son baiser avait un goût de champagne. Malgré elle, Beatrix ondula des hanches contre sa main, provoquant de légers remous dans l'eau.

— Termine le verre, lui recommanda-il.

Dès qu'elle se fut exécutée, il le lui retira, puis il l'embrassa de nouveau en glissant son bras libre sous sa nuque.

Agrippant son épaule nue, Beatrix ravala un gémissement.

— Christopher, s'il te plaît, j'en veux davantage, j'ai besoin de…

— Patience. Je sais de quoi tu as besoin.

Elle laissa échapper un soupir de frustration quand il cessa de la caresser pour l'aider à sortir de l'eau. Il la sécha d'une main experte. Beatrix était si excitée que ses jambes la portaient à peine ; il dut la soutenir pour la conduire jusqu'au lit.

Il s'allongea près d'elle, et commença à l'embrasser et à la caresser. Elle se tordait comme un chat, s'efforçant d'apprendre ce tout nouveau langage qu'il lui enseignait où les mains, les lèvres, la peau remplaçaient les mots.

Il insinua ses doigts habiles entre ses cuisses, la taquina, la titilla, la pénétra tout en lui chuchotant de se détendre, de s'abandonner. Elle éprouvait un mélange de peur et de soulagement à se donner ainsi entièrement, sans réserve. La tête rejetée en arrière, elle se laissa submerger par les vagues toujours plus violentes du plaisir.

Quand elle finit par émerger d'une brume bienheureuse, elle surprit une pointe d'inquiétude dans le regard de Christopher. Il effleura de la main le gros bleu violacé qui lui marquait le flanc, conséquence de sa chute de cheval.

— Ce n'est rien, assura-t-elle. J'ai presque toujours des bleus et des égratignures à un endroit ou à un autre.

Une information qui ne sembla pas le rassurer. Il secoua la tête.

— Ne bouge pas, je reviens tout de suite.

Avec un soupir de contentement, Beatrix enfonça la joue dans l'oreiller frais. Elle sommeilla vaguement jusqu'au retour de Christopher. Il s'agenouilla près d'elle. Une odeur forte lui chatouilla les narines comme il posait sur sa hanche ses doigts enduits d'onguent.

— Hum, ça sent bon, fit-elle. Qu'est-ce que c'est ?

— Un liniment à l'essence de girofle, répondit-il en commençant à masser doucement la zone contusionnée. Mon frère et moi en avons été tartinés une grande partie de notre enfance.

— Je connais quelques-unes de vos aventures. John nous les a racontées, à Audrey et à moi. La fois où vous avez volé la tarte aux prunes avant le dîner… et celle où il t'a mis au défi de sauter d'un arbre et où tu t'es cassé le bras… Il paraît que tu étais incapable de refuser un défi ; que si l'on voulait que tu fasses quelque chose, il suffisait de prétendre que tu n'en étais pas capable.

— J'étais un jeune idiot.

— Un « trublion » d'après ton frère.

— Je ressemblais à mon père.

— Faux. Du moins selon John. Il trouvait injuste et pas du tout justifié qu'on te compare sans cesse à lui.

Beatrix roula sur le ventre à l'invitation de Christopher, qui entreprit de pétrir les muscles douloureux de son dos.

— John s'efforçait toujours de voir le bien en chacun, murmura-t-il. Quelquefois, il voyait ce qu'il voulait croire et non ce qui était réellement.

— Moi, je vois ce qu'il y a de bon en toi.

— Ne te fais pas d'illusion à mon sujet. En m'épousant, il faudra que tu tires le maximum d'une mauvaise affaire. Tu n'as pas conscience de la situation dans laquelle tu te trouves.

— Tu as raison, acquiesça Beatrix en arrondissant le dos avec volupté. N'importe quelle femme me plaindrait.

— C'est une chose de passer l'après-midi au lit avec moi, fit remarquer Christopher sombrement. C'en est une autre de vivre jour après jour auprès d'un fou.

— Je sais tout de la vie avec les fous. Je suis une Hathaway.

Beatrix soupira de plaisir comme il lui massait doucement le bas du dos. Tout son corps était délicieusement détendu. Cependant, jetant un coup d'œil par-dessus son épaule, elle constata que Christopher affichait une expression grave. Elle fut prise de l'envie irrésistible de le taquiner.

— Tu as oublié un endroit, prétendit-elle.

— Où cela ?

La peau hâlée que révélait l'encolure de son peignoir n'était que trop tentante. Se redressant, Beatrix s'agenouilla devant lui, noua les bras autour de son cou et l'embrassa.

— Dedans, murmura-t-elle. C'est là que j'ai besoin d'être apaisée.

— Ce baume est trop fort pour cela, répondit-il, souriant malgré lui.

— Mais non. Regarde, je vais te montrer… Ne bouge pas, lui recommanda-t-elle après avoir trempé les doigts dans le petit pot.

— Que tu crois ! s'écria-t-il, amusé, avant d'essayer de lui attraper le poignet.

Aussi souple qu'un furet, Beatrix parvint à lui échapper, puis tendit la main vers la ceinture de son peignoir.

— Tu m'en as mis partout, l'accusa-t-elle avec un gloussement. Poltron ! À ton tour, à présent.

— Certainement pas.

Alors qu'ils roulaient sur le lit, Beatrix entendit, ravie, un rire rauque échapper à Christopher.

Elle finit par se retrouver sur lui, mais eut juste le temps de sentir le dur relief de son érection avant de basculer de nouveau sur le matelas. Le peignoir de Christopher s'étant ouvert durant leur lutte, leurs peaux nues frottaient l'une contre l'autre.

Déjà un peu haletante, Beatrix fut saisie d'un vertige en voyant la manière dont il la regardait. Il l'embrassa avant de lui lâcher les poignets et de se laisser tomber sur le côté, offert.

Beatrix lui jeta un regard interrogateur.

— Tu veux que… que je te touche avec ça ? fit-elle en agitant les doigts.

Il garda le silence, mais la défia du regard.

À la fois timide et curieuse, elle saisit son sexe d'une main hésitante. Tous deux tressaillirent en éprouvant le glissant du baume sur la finesse soyeuse de la peau.

— Comme ça ? souffla-t-elle en le caressant doucement.

Fermant à demi les yeux, il prit une brève inspiration, mais n'esquissa pas un geste pour l'arrêter. Fascinée, elle passa d'abord le pouce sur l'extrémité douce et sombre, puis fit glisser lentement les doigts le long de son érection. Christopher la laissa l'explorer à sa guise, le souffle de plus en plus court.

Un son guttural finit par lui échapper. Il se débarrassa de son peignoir, empoigna Beatrix par les hanches et la maintint au-dessus de son sexe dressé. Elle gémit lorsqu'il entra en elle, ouvrit sa chair encore douloureuse pour s'enfouir en elle jusqu'à la garde.

Ses muscles intimes répondirent à cette intrusion en se contractant. Christopher demeura immobile, le regard fixé sur elle. En quelques secondes, le baume fit son effet, déclenchant des sensations inédites tout à fait délicieuses. Comme elle ondulait des hanches avec impatience, Christopher se cambra pour l'accompagner vers la montée de la jouissance, qu'il encouragea de sa main glissée à l'endroit où ils étaient joints.

— Pouce, finit-elle par balbutier d'une voix entrecoupée. Je n'en peux plus.

— Mais si… Tu es si belle, chuchota-t-il, si sensible… Je pourrais te faire l'amour indéfiniment.

— Christopher… S'il te plaît, finis…

— Laisse-moi te donner du plaisir encore une fois.

— Non, je suis épuisée. Finis maintenant, le pria-t-elle avant de se pencher pour lui mordiller doucement la lèvre inférieure.

— Pas encore.

— Je vais t'y obliger.

— Comment ?

Elle soutint un instant son regard brillant de défi. Puis elle s'inclina de nouveau et, tandis qu'il ondulait en rythme sous elle, murmura tout contre son oreille :

— Je t'aime…

Il n'en fallut pas plus. Le souffle coupé, il l'entoura de ses bras et plongea en elle une dernière fois, le corps parcouru de tremblements convulsifs tandis qu'il déversait en elle des années d'attente tourmentée. Et elle continua de lui chuchoter des mots doux, lui promettant l'amour, la sécurité, des rêves nouveaux pour remplacer ceux qui s'étaient brisés.

22

Une fois la saison londonienne achevée, la vie mondaine se poursuivit à la campagne avec dîners, bals et parties de chasse.

La réception la plus courue fut celle donnée à Ramsay House pour annoncer les fiançailles de Beatrix avec Christopher Phelan. Les gens se battirent littéralement pour être invités. La famille Hathaway ne pouvait attribuer sa popularité nouvelle qu'au fait que Christopher, le héros de guerre le plus admiré d'Angleterre, serait présent. Ce dernier, qui ne cachait pas sa détestation de la foule, considérait toute l'affaire avec morosité.

— Admets que c'est plutôt amusant, lui fit remarquer Leo. Celui d'entre nous le moins enclin à se mêler à la bonne société est celui que toute la bonne société veut rencontrer.

— La ferme, Ramsay ! marmonna Christopher, ce qui lui valut un grand sourire de la part de son futur beau-frère.

Mais l'expression « celui d'entre nous », prononcée avec un tel naturel, lui réchauffa le cœur.

Des liens amicaux, ouverts, se tissaient entre eux, rappelant à Christopher sa relation avec son frère. Même si personne ne remplacerait jamais John, il se plaisait beaucoup en compagnie de ses futurs beaux-frères. En compagnie de Leo et de Cam, en tout cas. Peut-être n'en serait-il pas de même avec Merripen.

Merripen, Winnifred et leur jeune fils rentrèrent d'Irlande le 1er septembre. Toujours démonstratifs, les Hathaway les accueillirent avec des explosions de joie. Christopher se tint un peu à l'écart tandis que tous s'embrassaient, riaient, et que Cam et Merripen se tapaient dans le dos en parlant rom à toute allure.

Christopher avait rencontré Merripen à une ou deux reprises avant la guerre. Il avait gardé de lui le souvenir d'un homme imposant, sombre, plutôt taciturne. Jamais il n'aurait imaginé qu'ils feraient un jour partie de la même famille.

Mince, gracieuse, avec de grands yeux bleus et des cheveux d'un blond pâle, Winnifred avait un physique gracile, presque éthéré, qui la différenciait des autres sœurs Hathaway. Quittant le groupe bruyant, elle s'approcha de Christopher et lui tendit la main.

— Capitaine Phelan, le salua-t-elle. Nous nous considérons comme très chanceux de vous avoir pour frère. À quatre contre cinq, les hommes de la famille se sentaient dominés. Grâce à vous, nous serons à égalité.

— Je me sens toujours dominé, prétendit Leo.

Merripen s'approcha à son tour, serra la main de Christopher avec force et l'évalua du regard.

— Selon Rohan, vous n'êtes pas mauvais pour un *gadjo*. Et Beatrix dit qu'elle vous aime. Je serais donc enclin à vous laisser l'épouser. Mais j'y réfléchis encore.

— Si cela peut faire une différence, je suis prêt à prendre tous ses animaux.

Merripen fit mine de peser le pour et le contre.

— Vous pouvez l'avoir, lâcha-t-il.

Autour de la table du dîner, la conversation fut tout d'abord effervescente. Puis elle devint plus sérieuse lorsqu'elle porta sur le domaine dont Merripen hériterait sous peu en Irlande. Domaine laissé à l'abandon depuis des années, et dont la remise en état s'annonçait comme un défi, en plus de coûter une fortune.

Beatrix se tourna vers Christopher.

— Voilà qui remet notre situation en perspective, pas vrai ? murmura-t-elle.

Ce qu'il était précisément en train de se dire.

— Vous allez hériter de Riverton, commenta Merripen en fixant sur Christopher un regard pénétrant.

— Oui. Et contrairement à mon frère, je ne suis absolument pas préparé à cette responsabilité. Je ne sais rien faire d'autre que tirer ou creuser des tranchées.

— Vous savez diriger des hommes, planifier un projet et le mettre en œuvre, évaluer les risques et vous adapter quand c'est nécessaire, souligna Merripen. Quand Cam et moi avons commencé à restaurer le domaine Ramsay, nous nous sommes dit que la meilleure chose qui pouvait nous arriver, c'était de nous tromper. Parce que cela signifiait que nous apprendrions quelque chose.

Ce fut à cet instant que Christopher comprit vraiment combien il avait en commun avec les hommes de cette famille, alors que leurs origines n'auraient pu être plus différentes. Tous devaient faire face à un monde qui changeait rapidement, à des défis qu'ils n'avaient pas été préparés à affronter. C'était à la fois excitant et épuisant. Mais aucun d'eux ne se soustrayait à son devoir.

Christopher observa Beatrix, assise un peu plus loin. Ces yeux... d'un bleu si sombre, où la sagesse le disputait à l'innocence, et d'une perspicacité alarmante. Les qualités qu'elle possédait formaient un curieux mélange. Elle était capable d'un sang-froid extraordinaire tout en se prêtant volontiers à des jeux d'enfants. Elle était intellectuelle, instinctive, drôle. Discuter avec elle, c'était comme ouvrir un coffre au trésor et découvrir des délices insoupçonnées.

Six années seulement les séparaient, pourtant, Christopher avait l'impression d'avoir cent ans de plus qu'elle. Il voulait être proche d'elle, il en avait besoin, et en même temps, il était obligé de taire le pire de ce qu'il avait vu ou fait pour l'épargner.

Il ne lui avait pas refait l'amour depuis cet après-midi-là, deux semaines auparavant, car il était résolu à ne pas abuser d'elle tant qu'ils ne seraient pas mariés. Mais ce souvenir érotique l'obsédait. Beatrix, qui se jetait dans la passion avec une impétuosité dévastatrice, ne ressemblait à aucune des femmes qu'il avait connues.

Elle était trop innocente, trop pure, pour partager son destin. Mais il la désirait trop pour renoncer à elle. Il la prendrait et la protégerait des calamités éventuelles que le sort leur infligerait en retour.

Ou de lui-même, si nécessaire.

Alors que les invités se pressaient à Ramsay House, un cri aigu en provenance de la salle de réception interrompit brutalement les conversations.

— Que diable se passe-t-il ? grommela le grand-père de Christopher, lord Annandale.

Il tenait sa cour dans le salon privé de la famille, trônant sur un sofa devant lequel les invités défilaient pour lui présenter leurs hommages. Épuisé et grognon après le long voyage jusque dans le Hampshire, il avait exigé qu'Audrey reste à côté de lui.

Christopher réprima un sourire en remarquant le regard d'envie que sa belle-sœur lançait vers la porte. Même si elle s'entendait plutôt bien avec Annandale, elle avait passé toute la journée de la veille enfermée dans une voiture avec le vieux bougon.

— Voulez-vous que j'aille voir ? proposa-t-elle avec empressement.

— Non, il vaut mieux que vous restiez ici au cas où j'aurais besoin de quelque chose.

Audrey étouffa un soupir.

Beatrix pénétra alors dans le salon et, s'étant frayé un passage parmi les invités, s'approcha de Christopher.

— Ta mère vient juste de faire la connaissance de Medusa.

— C'est elle qui vient de pousser ce hurlement ? demanda-t-il.

— Qu'y a-t-il ? intervint Annandale. C'est ma fille qui a crié ?

— J'en ai peur, milord, répondit Beatrix, contrite. Elle a rencontré mon hérisson apprivoisé, qui s'était échappé de son enclos.

Elle se tourna ensuite vers Christopher pour ajouter avec animation :

— Jusqu'à présent, Medusa était trop grosse pour escalader les murs de sa caisse. Son nouveau programme d'exercices doit lui convenir !

— Pas de piquant impliqué ? s'enquit Christopher, dissimulant à peine un sourire.

— Oh non, ta mère ne s'est pas fait piquer ! Mais Amelia l'a emmenée dans l'une des chambres à l'étage pour qu'elle s'allonge. Malheureusement, Medusa lui a donné la migraine.

— Pourquoi gardez-vous un hérisson comme animal de compagnie ? lui demanda Annadale.

— Elle ne pourrait pas survivre seule, milord. Mon frère l'a trouvée dans un trou alors qu'elle était bébé. C'est moi qui l'ai élevée. Les hérissons font de délicieux animaux de compagnie dès lors qu'on sait les manipuler.

Elle s'interrompit pour observer Annandale avec un intérêt non déguisé.

— Vous êtes un aigle, n'est-ce pas ?

— Un quoi ? interrogea le vieux monsieur en plissant les yeux.

— Un aigle. Vous avez des traits vraiment saisissants, et on sent la puissance qui émane de vous alors même que vous êtes immobile. Et vous aimez étudier les gens. Vous êtes capable de les juger sur-le-champ, n'est-ce pas ? Et vous avez sans doute toujours raison.

Christopher tenta d'intervenir, persuadé que son grand-père allait la foudroyer sur place. Mais à son grand étonnement, ce dernier se rengorgea, ou presque, sous le regard admiratif de Beatrix.

— Il est vrai que mon jugement est rarement pris en défaut, concéda-t-il, à quoi Audrey leva les yeux au ciel.

— Vous semblez avoir froid, milord, fit remarquer Beatrix. Vous devez être assis dans un courant d'air. Un instant...

Elle s'éclipsa le temps d'aller chercher un plaid, qu'elle drapa autour de ses épaules.

Il ne faisait absolument pas froid dans la pièce. Mais Christopher se souvint de la maison surchauffée de son grand-père. Comment Beatrix avait-elle deviné qu'il pouvait avoir froid ?

— Audrey, permets-moi de m'asseoir à côté de lord Annandale, implora Beatrix, comme s'il s'agissait d'un privilège.

— Si tu insistes, fit Audrey en se levant vivement.

Avant de s'asseoir, Beatrix se pencha pour fourrager sous le sofa. Elle en tira un chat gris endormi qu'elle posa sur les genoux du vieux lord.

— Et voilà. Rien ne vous réchauffe plus vite qu'un chat. Elle s'appelle Lucky. Elle ronronnera si vous la caressez.

Le vieux monsieur regarda l'animal, le visage inexpressif. Puis, à la stupéfaction de Christopher, il se mit à le caresser.

— Il lui manque une patte, fit-il remarquer à Beatrix.

— Oui. Je l'aurais bien appelée Nelson, comme l'amiral manchot, mais c'est une femelle. Elle appartenait au crémier jusqu'à ce qu'elle se prenne la patte dans un piège.

— Pourquoi l'avez-vous appelée Lucky ?

— J'espérais que cela lui porterait chance.

— Et cela a marché ?

— Eh bien, elle est assise sur les genoux d'un comte, non ? répliqua Beatrix, arrachant un éclat de rire au comte en question.

— Elle a eu de la chance d'être capable de s'adapter, commenta-t-il.

— Si vous l'aviez vue après son amputation. La pauvre essayait toujours de marcher sur sa patte absente. Et puis un jour, elle a semblé accepter le fait que sa patte était partie pour de bon. Et elle est devenue presque aussi agile qu'avant. Le truc, ajouta-t-elle, c'était d'oublier ce qu'elle avait perdu… et d'apprendre à continuer avec ce qui lui restait.

Annandale la dévisagea, fasciné.

— Quelle jeune femme intelligente vous êtes.

Quand Beatrix et Annandale se lancèrent dans une discussion passionnée, Christopher et Audrey échangèrent un regard perplexe.

— Les hommes ont toujours adoré Beatrix, fit Audrey à mi-voix, les yeux pétillants. Tu croyais que ton grand-père lui résisterait ?

— Oui. Il n'aime personne.

— Apparemment, il fait une exception pour les jeunes femmes qui flattent sa vanité et paraissent boire ses paroles.

— Je ne comprendrai jamais pourquoi elle ne s'est pas mariée plus tôt.

— Les membres de l'aristocratie n'ont en général pas une haute opinion des Hathaway. Et bien que la plupart des gentlemen trouvent Beatrix délicieuse, ils ne veulent pas épouser une fille non conventionnelle. Comme tu le sais mieux que personne.

— Dès que je l'ai mieux connue, j'ai admis que je m'étais trompé, se défendit Christopher.

— C'est tout à ton honneur. Je ne pensais pas que tu serais un jour capable de la voir telle qu'elle est. Par le passé, un certain nombre de gentlemen se sont épris de Beatrix. M. Chickering, par exemple, à qui son père a menacé de couper les vivres s'il courtisait Beatrix. Il se contente donc de l'adorer de loin et de flirter avec elle à la moindre occasion.

— Ça, c'est terminé ! Si jamais il l'approche de nouveau…

— Attention, l'avertit Audrey avec un sourire, la jalousie n'est pas très à la mode. Il est de bon ton de s'amuser des hommages rendus à son épouse.

— Ce qui m'amusera beaucoup, ce sera de le jeter par la fenêtre, rétorqua Christopher avant de changer délibérément de sujet. Je suis content de te voir de nouveau en société. Y a-t-il des messieurs qui te plaisent plus particulièrement ?

Audrey fit la grimace.

— Parmi ceux que mes frères n'ont pas réussi à effrayer ? Non… Et puis, si ma fortune personnelle pourrait m'attirer de nombreux prétendants, le fait que je sois stérile est un mauvais point pour moi.

— Stérile ? Comment le sais-tu ?

— Trois ans de mariage avec John, et pas d'enfant. Pas même une fausse couche. Et l'on dit toujours, dans ce cas, que c'est la faute de la femme.

— Je ne partage pas ce point de vue. L'infertilité n'est pas réservée aux femmes – ç'a été prouvé. Et John a été malade pendant la plus grande partie de votre union. Il n'y a aucune raison de croire que tu n'aurais pas d'enfant avec un autre homme.

— Nous verrons ce que le sort me réserve. Mais je n'aspire pas à me marier de nouveau. Je suis lasse, très lasse… J'ai l'impression d'avoir quatre-vingt-quinze ans, et non vingt-cinq.

— Tu as besoin d'un peu de temps, murmura Christopher. Tu te sentiras différente, un jour.

— Peut-être, concéda-t-elle avant de reporter son attention sur Beatrix et Annandale, dont la conversation devenait de plus en plus animée.

— … je grimpe aux arbres aussi bien que n'importe quel forestier de Ramsay House, racontait Beatrix.

— Je ne vous crois pas ! s'exclama le comte, prodigieusement amusé.

— Oh, mais si ! Au diable jupes et corset, j'enfile un pantalon et…

— Beatrix, intervint Audrey pour mettre un terme à cette conversation qui menaçait de devenir scandaleuse, je viens d'apercevoir Poppy à côté. Cela fait une éternité que je ne l'ai pas vue, et je n'ai jamais été présentée à son mari.

— Ah ! fit Beatrix en se détournant à contrecœur d'Annandale. Veux-tu que nous allions les retrouver ?

— Oui, volontiers !

Christopher faillit sourire quand il vit son grand-père suivre d'un œil noir les deux femmes qui s'éloignaient.

— Que pensez-vous d'elle ? s'enquit-il.

— Je l'épouserais moi-même si j'avais cinq ans de moins.

— Cinq ans ?

— Bon, dix, et va au diable ! grommela le vieux monsieur, qui esquissa néanmoins un sourire. Je te félicite de ton choix. C'est une fille pleine de vie, et qui possède tant de charme qu'elle n'a pas besoin de vraie beauté. Il te faudra tenir les rênes d'une main ferme, mais cela en vaudra la peine.

Il soupira d'un air mélancolique avant d'ajouter :

— Une fois que tu as connu une femme pareille, tu ne peux plus te contenter du tout-venant.

Christopher s'apprêtait à défendre la beauté réelle de Beatrix. Mais la réflexion de son grand-père retint son attention.

— Vous faites allusion à grand-mère ?

— Non. Ta grand-mère incarnait le genre de femme que je jugeais convenable d'épouser. J'étais amoureux d'une autre – une fille beaucoup moins conventionnelle. Et je l'ai laissée partir, à mon éternel regret. Toute une vie sans elle…

Fasciné, Christopher aurait aimé en apprendre davantage. Malheureusement, ce n'était ni le moment ni l'endroit pour avoir une telle conversation. Il regarda toutefois son grand-père d'un œil différent. Était-ce ce qu'il advenait d'un homme contraint d'épouser une Prudence alors qu'il aurait pu avoir une Beatrix ? Il y avait là de quoi éprouver une certaine amertume.

Un peu plus tard, on servit le champagne, et les invités se rassemblèrent pour entendre l'annonce des fiançailles.

Hélas, celui qui était censé la faire – Leo – demeurait introuvable !

On finit par le retrouver, et le presser de regagner le salon, où il se lança dans un discours amusant qui provoqua de nombreux rires. Christopher surprit néanmoins des chuchotements désapprobateurs derrière lui.

— ... découvert Ramsay en train de flirter dans un coin, disait une femme à sa voisine.

— Oh ! Et avec qui ?

— Sa *propre épouse*.

— Juste ciel !

— Comme vous dites. Quelle façon de se conduire de la part d'un couple marié !

— Je suppose que les Hathaway ne se rendent pas compte.

Christopher résista à la tentation d'informer ces deux vieilles biques que les Hathaway se rendaient fort bien compte. Mais qu'ils n'y accordaient aucune importance.

Quand Leo conclut son toast par des vœux de bonheur et de prospérité, les invités renchérirent en levant leur verre, et Christopher porta la main de Beatrix à ses lèvres. Si seulement il avait pu l'emporter loin de cette pièce surpeuplée et l'avoir pour lui tout seul !

— Bientôt, chuchota-t-elle comme si elle lisait dans ses pensées. Et ne me regarde pas ainsi... j'en ai les jambes qui flageolent.

— Je m'abstiendrai donc de te dire ce que j'aimerais faire avec toi, là, tout de suite. Parce que tu tomberais à la renverse.

Cet échange agréable ne dura que trop peu de temps. Lord Annandale, qui se tenait près de Leo, prit la parole à son tour.

— Mes amis, j'espère contribuer au bonheur de cet instant en vous rapportant une nouvelle de Londres.

La foule se tut avec respect. Christopher sentit un frisson lui courir dans le dos.

— Avant mon départ pour le Hampshire, continua Annandale, Sa Grâce, le duc de Cambridge, m'a annoncé que mon petit-fils allait recevoir la Victoria Cross. Cette médaille, créée en janvier dernier, est la plus haute décoration militaire existante. La reine en personne la remettra au capitaine Phelan lors d'une cérémonie qui se tiendra à Londres en juin.

D'innombrables acclamations retentirent. Christopher sentit toute chaleur quitter son corps. Bon sang ! Un autre morceau de métal épinglé sur sa poitrine, une autre cérémonie en l'honneur d'événements qu'il n'aspirait qu'à oublier ! Quel sale tour lui jouait son grand-père, en ce jour qui aurait dû être l'un des plus doux de son existence !

— Pour quel exploit la Victoria Cross lui sera-t-elle décernée, milord ? demanda quelqu'un.

— Mon petit-fils le devine peut-être, répondit Annandale en adressant un sourire à Christopher.

Mais celui-ci secoua la tête, le visage inexpressif.

Ce manque d'enthousiasme manifeste parut irriter le comte.

— Cet honneur échoit au capitaine Phelan pour avoir transporté un officier blessé sous un tir nourri, puis défendu seul une position contre les Russes jusqu'à l'arrivée des renforts. La position a été prise et l'officier, le colonel Fenwick, a été sauvé.

De nouvelles acclamations retentirent. Incapable de parler, Christopher s'obligea à terminer son verre de champagne en affichant un calme apparent, alors même qu'il se sentait glisser vers un dangereux précipice. Au prix d'un effort surhumain, il réussit à ne pas y tomber, se raccrochant à cette impression de détachement qu'il craignait, mais qui le sauvait.

« Je vous en prie, mon Dieu, supplia-t-il. Pas pour avoir sauvé Fenwick ! »

23

Consciente de la violence explosive que dissimulait l'immobilité de Christopher, Beatrix attendit qu'il ait achevé son champagne. Puis, d'une voix suffisamment forte pour être entendue par les personnes les plus proches, elle déclara :

— Je crains que toute cette excitation ne me donne des vapeurs. Capitaine Phelan, auriez-vous l'obligeance de m'accompagner jusqu'au salon ?

S'efforçant de paraître faible et fragile, elle s'accrocha au bras de Christopher, et quitta la pièce sous les murmures compatissants. Ils ne se rendirent cependant pas au salon, mais s'installèrent à l'extérieur, sur un banc.

Ils gardèrent le silence un long moment. Christopher avait glissé le bras autour des épaules de Beatrix, et elle écoutait les bruits nocturnes de la forêt. Finalement, elle sentit la poitrine de Christopher se gonfler, et il soupira profondément.

— Je suis désolée, dit-elle doucement, sachant qu'il pensait à Mark Bennett, l'ami qu'il n'avait pu sauver. Je sais pourquoi cette médaille t'est tellement odieuse.

Christopher ne répondit pas. De tous ses souvenirs, celui-ci était le pire, elle le comprenait.

— Est-il possible de refuser la médaille ? reprit-elle. D'y renoncer ?

— Pas volontairement. Il faudrait que je fasse quelque chose d'illégal ou d'horrible.

— Nous pourrions te trouver un crime à commettre. Je suis certaine que ma famille aurait d'excellentes suggestions.

Christopher tourna alors la tête vers elle. L'espace d'un instant, Beatrix craignit de l'avoir irrité en s'essayant à la légèreté. Mais il émit un rire étranglé et l'entoura de ses bras.

— Beatrix, souffla-t-il, je ne cesserai jamais d'avoir besoin de toi.

Ils s'attardèrent dans le jardin plus qu'ils ne l'auraient dû, s'embrassant et se caressant jusqu'à être tous deux haletants de désir. Avec un grognement étouffé, il l'aida à se relever et la raccompagna dans la maison.

À peine Beatrix se fut-elle de nouveau mêlée aux invités qu'Audrey se matérialisa près d'elle.

— Viens avec moi, fit-elle en lui prenant le bras. J'ai quelque chose à te donner.

Beatrix l'emmena vers un petit escalier qui s'élevait à l'arrière de la maison. Elles s'assirent sans façon sur les marches.

— Tu as déjà fait tellement de bien à Christopher, déclara Audrey. Quand il est revenu de la guerre, je croyais qu'il avait perdu toute aptitude au bonheur. Mais il a l'air bien mieux, à présent… Il n'est plus aussi sombre, aussi tendu. Même sa mère a remarqué la différence, et elle t'en est reconnaissante.

— Elle se montre gentille avec moi, bien qu'il soit évident que je ne suis pas la belle-fille qu'elle espérait.

— C'est vrai, concéda Audrey avec un sourire. Toutefois, elle est décidée à en prendre son parti. Tu es notre seule chance de conserver Riverton. Si Christopher et toi n'avez pas d'enfant, Riverton reviendra à ses cousins, ce qu'elle ne peut supporter. Je pense qu'elle m'aurait davantage aimée si j'avais réussi à procréer.

— Je suis désolée, murmura Beatrix en lui prenant la main.

Le sourire d'Audrey se fit doux-amer.

— Le destin en avait décidé ainsi. C'est la leçon que j'ai dû apprendre. Certaines choses ne sont pas destinées à avoir lieu, on peut soit se révolter soit l'accepter. Vers la fin, John m'a dit que nous devions être reconnaissants du temps que nous avions eu ensemble, et qu'il voyait les choses très clairement alors que sa vie touchait à son terme. Ce qui m'amène à ce que je voulais te donner.

Avec précaution, Audrey tira une lettre soigneusement pliée de sa manche. Le sceau en était rompu.

— Avant que tu la lises, reprit-elle, je dois m'expliquer. John l'a écrite la semaine précédant sa mort, et il m'a demandé de la donner à Christopher quand il reviendrait – s'il revenait. Mais, après l'avoir lue, je n'étais pas sûre de la conduite à tenir. Quand Christopher est rentré de Crimée, il était si versatile, si préoccupé, qu'il m'a semblé préférable d'attendre. Parce que, quoi que

John ait pu me demander, je ne voulais surtout pas faire davantage de mal à Christopher après tout ce qu'il avait enduré.

Beatrix ouvrit de grands yeux.

— Tu crois que cette lettre pourrait lui faire du mal ?

— Je ne sais pas vraiment. Je ne connais pas suffisamment Christopher pour en juger. Tu comprendras ce que je veux dire quand tu la liras. Je ne veux pas la donner à Christopher sans être sûre que cela lui fera du bien. C'est donc à toi que je la remets, Beatrix, car j'ai confiance en ta sagesse.

24

Le mariage eut lieu un mois plus tard, dans l'église de Stony Cross, par une belle journée ensoleillée d'octobre. Tous les villageois furent enchantés que la cérémonie se déroule suivant les vieilles traditions.

Descendus de voiture à quelques rues de l'église, le cortège parcourut le reste du trajet à pied en suivant un chemin jonché de fleurs.

En tête venait Hector, le mulet, dont la tête s'ornait d'un chapeau de paille d'où sortaient ses longues oreilles. Il était chargé de deux énormes paniers remplis de pétales de fleurs, que les femmes marchant à ses côtés jetaient à pleines poignées.

— Sapristi, comparé à Hector, tu n'as pas à te plaindre, fit remarquer Christopher à Albert, qui trottait à côté de lui.

Fraîchement lavé et brossé, le chien portait un collier orné de roses blanches, et regardait d'un œil aussi méfiant que Christopher la foule qui se pressait autour d'eux.

Les femmes occupant la moitié de la rue et les hommes l'autre moitié, Christopher n'apercevait Beatrix que de loin en loin. Elle était entourée des filles du village, qui étaient vêtues de blanc pour tromper les esprits malfaisants susceptibles de nuire à la mariée.

Christopher, de son côté, était escorté d'une garde d'honneur formée d'amis de la Rifle Brigade.

Au son d'un violon jouant des airs entraînants, le cortège finit par atteindre l'église, déjà pleine.

Tandis que Christopher remontait la nef pour attendre Beatrix devant l'autel, celle-ci demeura en arrière avec Leo.

— Qu'as-tu fait à ce pauvre Hector ? lui demanda son frère.

— C'est mon mulet d'honneur, à défaut de demoiselles.

— J'espère que tu ne seras pas catastrophée d'apprendre qu'il est en train de manger son chapeau.

Beatrix réprima un gloussement.

Inclinant alors la tête vers elle, Leo murmura :

— Quand je te conduirai à l'autel, Beatrix, je veux que tu te souviennes d'une chose : je ne te donne pas vraiment à lui – je lui offre simplement une chance de t'aimer autant que nous t'aimons.

Les yeux humides, Beatrix s'appuya davantage sur son bras.

— Il m'aime, chuchota-t-elle.

— Je le pense aussi. Sinon je ne te laisserais pas l'épouser.

Le reste de la journée se déroula dans une brume de bonheur. Après avoir échangé leurs consentements, les mariés quittèrent l'église sous une arche d'épées formée par la garde d'honneur. Toujours suivant la tradition, Christopher tira d'une bourse en velours des poignées de pièces d'or qu'il lança à la foule ravie.

Tout le monde se rendit ensuite sur la place du village, où de longues tables accueillaient des piles de gâteaux confectionnés par chaque famille de Stony Cross. Beatrix et Christopher se donnèrent mutuellement la becquée pendant que les villageois leur jetaient des miettes pour assurer la fertilité de leur couple.

Puis la famille et les invités retournèrent à Ramsay House, où un repas copieux fut servi.

À la fin de ces longues et joyeuses festivités, Beatrix put enfin remonter dans sa chambre pour se débarrasser de sa robe volumineuse, aidée d'Amelia et d'une femme de chambre. Toutes trois éclatèrent de rire quand une pluie de miettes de gâteaux tomba sur le sol.

— C'est la coutume que j'apprécie le moins, déclara Beatrix en s'époussetant les bras. D'un autre côté, les oiseaux ont dû être contents de l'aubaine.

— En parlant d'oiseaux, ma chérie… enchaîna Amelia, profitant de ce que la femme de chambre allait préparer un bain. Cela me rappelle le poème de Samuel Coleridge sur le printemps, dans lequel il évoque justement les oiseaux, les abeilles…

Beatrix lui jeta un regard perplexe.

— Nous sommes en automne, pas au printemps.

— Oui, mais il parle des oiseaux qui… s'accouplent. Je pensais que tu aurais peut-être quelques questions à me poser.

— Sur les oiseaux ? Je te remercie, mais j'en sais davantage que toi.

— Au diable les subtilités ! Oublions ces maudits volatiles. C'est ta nuit de noces... As-tu des choses à me demander ?

— Oh ! C'est gentil, mais Christopher m'a déjà... euh... fourni les informations utiles.

— Vraiment ?

— Oui. Sauf qu'il ne s'est pas servi des abeilles ou des oiseaux.

— De quoi, alors ?

— Des écureuils, répondit Beatrix, avant de se détourner pour dissimuler son sourire devant la tête de sa sœur.

Beatrix et Christopher devaient partir le lendemain pour un voyage d'une quinzaine de jours dans la région des Cotswolds. Supposant qu'ils passeraient leur nuit de noces à Phelan House, Beatrix y avait fait envoyer une malle contenant des vêtements, des articles de toilette et une chemise de nuit. Aussi fut-elle surprise quand Christopher l'informa qu'il avait prévu autre chose.

Après avoir pris congé de sa famille, elle descendit le perron avec lui. Au lieu de la voiture à laquelle elle s'attendait, il n'y avait là qu'un cheval, celui de Christopher.

— Et moi, je n'ai pas de monture ? lui demanda-t-elle, étonnée. Je suis censée trotter derrière toi ?

— Nous monterons ensemble, si tu es d'accord, répondit-il avec un sourire. J'ai une surprise pour toi.

— Voilà qui n'est guère conventionnel !

— Oui, je pensais que cela te plairait, fit-il en l'aidant à grimper en selle, avant de monter derrière elle.

Peu importait la surprise, songea Beatrix en se blottissant entre ses bras. Entourée de sa force, de sa chaleur, de son odeur, elle éprouvait un bonheur parfait.

— Où allons-nous ? ne put-elle s'empêcher de demander quand ils entrèrent dans la forêt.

— Tu ne vas pas tarder à le savoir.

Lorsqu'ils s'arrêtèrent devant la maison secrète, sur le domaine de lord Westcliff, elle eut un sourire perplexe.

— Pourquoi sommes-nous ici ?

Christopher descendit de cheval.

— Monte dans la tour et tu verras, répondit-il.

Et tandis qu'il allait attacher le cheval, Beatrix empoigna ses jupes et gravit l'escalier circulaire qu'éclairaient des lampes judicieusement placées là où, autrefois, on accrochait des torches.

Quand elle franchit le seuil de la salle ronde, elle n'en crut pas ses yeux.

Un feu pétillait dans la cheminée nettoyée. Les planches du sol avaient été grattées et recouvertes d'épais tapis colorés, et des tapisseries ornées de motifs floraux réchauffaient les murs de pierre. Sur le grand lit à colonnes recouvert d'une luxueuse courtepointe s'empilaient de multiples oreillers. Sur une table drapée de damas mauve s'alignaient des plats couverts de leur cloche d'argent, des paniers débordant de friandises et un seau embué d'où dépassait une bouteille de champagne.

Sa malle était là, à demi dissimulée par un paravent en soie peinte.

Beatrix pivota sur ses talons quand Christopher la rejoignit. Il scruta son visage d'un air un peu incertain.

— Si cela te plaît, nous pouvons passer notre première nuit ensemble ici, lui proposa-t-il. Mais si tu n'en as pas envie, nous irons à Phelan House.

Beatrix eut du mal à recouvrer l'usage de la parole.

— Tu as fait cela pour moi ?

— J'ai demandé la permission à lord Westcliff. Et il n'était pas opposé à quelques aménagements. Est-ce que tu…

Elle ne le laissa pas finir. Se jetant contre lui, elle noua les bras autour de son cou.

Christopher l'enlaça et fit glisser ses lèvres sur sa joue, son menton, sa bouche, dont il s'empara avec douceur. Fébrile, Beatrix s'accrocha à lui et tenta d'approfondir leur baiser. Mais il résista en riant.

— Attends. Du calme, mon amour… il y a une autre surprise.

— Où cela ? s'enquit Beatrix d'une voix enrouée en tâtonnant du côté de son pantalon.

Riant de nouveau, Christopher la prit par les épaules pour l'écarter de lui.

— Écoute, souffla-t-il.

Quand les battements de son cœur se furent calmés, Beatrix entendit de la musique. Non pas des instruments, mais des voix humaines. Déconcertée, elle alla à la fenêtre et se pencha dehors.

Un petit groupe d'officiers du régiment de Christopher se tenait au pied de la tour et chantait une ballade lente et émouvante. *Over the Hills and Far Away*.

— Notre chanson, murmura Beatrix.

S'agenouillant, elle posa ses bras repliés sur l'appui de fenêtre, à l'endroit même où elle avait allumé tant de bougies pour un soldat qui se battait dans un pays lointain.

Christopher la rejoignit et, s'agenouillant, passa le bras autour de ses épaules.

Quand les dernières notes se furent évanouies dans l'air nocturne, Beatrix envoya un baiser aux officiers.

— Merci, messieurs, leur cria-t-elle. Je chérirai ce souvenir à jamais.

L'un d'eux lui lança :

— Vous n'êtes peut-être pas au courant, madame Phelan, mais la tradition, dans la Rifle Brigade, veut que chaque homme de la garde d'honneur du marié embrasse la mariée le soir de ses noces.

— Quelle blague ! répliqua Christopher. La seule tradition que je connaisse chez les Rifles, c'est celle de rester célibataire.

— Eh bien, on peut dire que tu t'es assis dessus, mon vieux !

Tout le groupe s'esclaffa.

— On ne peut pas le lui reprocher, reprit l'un des soldats. Vous ressemblez à une apparition, madame Phelan.

— Vous êtes aussi belle que le clair de lune, renchérit un autre.

— Merci, intervint Christopher. À présent, cessez de courtiser ma femme et prenez congé.

— Nous avons commencé le travail. À toi de le terminer, Phelan.

Les soldats s'éloignèrent, leur adressant leurs vœux de bonheur ponctués de sifflements joyeux.

— Ils emmènent mon cheval, dit Christopher. Tu es bel et bien prisonnière, à présent. Que se passe-t-il ? ajouta-t-il en lui relevant doucement le menton.

— Rien, assura Beatrix, les yeux brillants de larmes. Absolument rien. C'est juste que… j'ai passé tellement d'heures à cet endroit, à rêver d'être un jour avec toi. Mais je n'ai jamais osé croire que cela pourrait arriver.

— Il a fallu que tu y croies, juste un petit peu, chuchota Christopher. Sinon, ce ne serait pas devenu vrai.

Il l'attira contre lui et la tint serrée un long moment.

— Beatrix, finit-il par murmurer contre ses cheveux. L'une des raisons pour lesquelles je n'ai pas refait l'amour avec toi, c'est que je ne voulais pas abuser de nouveau de toi.

— Tu n'as pas abusé de moi, protesta-t-elle. Je me suis donnée librement.

— Oui, je sais. Tu étais généreuse, belle, et si passionnée que je ne pourrai plus jamais désirer une autre femme. Mais ce n'est pas ce que je voulais pour ta première fois. Ce soir, j'essaierai de me racheter.

La promesse sensuelle contenue dans sa voix la fit frissonner.

— C'est inutile, assura-t-elle. Cela dit, si tu insistes…

— Oui, j'insiste.

Quand il commença à explorer la ligne de son cou d'une bouche chaude et exigeante, Beatrix déglutit avec peine.

Il releva alors la tête et lui sourit.

— Veux-tu souper d'abord ? s'enquit-il en l'aidant à se relever.

— Après toutes ces agapes, je n'aurai plus jamais faim. Néanmoins... ajouta-t-elle avec un sourire étincelant, je ne refuserais pas un verre de champagne.

Christopher referma les mains autour de son visage et lui donna un rapide baiser.

— Pour ce sourire, tu peux avoir la bouteille tout entière.

— Avant cela, tu ne voudrais pas dégrafer ma robe ?

Il la fit pivoter, et s'attaqua aux crochets cachés qui maintenaient sa robe fermée.

Cet acte conjugal lui apparut à la fois réconfortant et plaisant. Après s'être acquitté de sa tâche, Christopher posa les lèvres sur sa nuque, puis sur le haut de sa colonne vertébrale.

— Le corset aussi ? lui chuchota-t-il à l'oreille.

Beatrix s'étonna de constater que ses jambes la soutenaient toujours.

— Non, merci, je peux me débrouiller seule.

Elle se réfugia derrière le paravent et tira la malle à elle. Parmi les effets qu'elle avait préparés, elle découvrit un mince paquet enveloppé de papier bleu ciel et noué d'un ruban assorti. Un petit billet était glissé sous ce dernier.

Un cadeau pour ta nuit de noces, Beatrix chérie. Cette chemise de nuit a été faite par la couturière la plus renommée de Londres. Elle est assez différente de celles que tu portes d'ordinaire, mais elle devrait beaucoup plaire au nouveau marié. Crois-en mon expérience.

Poppy

Déballant la chemise de nuit en question, Beatrix découvrit qu'elle était faite d'un tissu noir arachnéen, et fermée par de minuscules boutons de jais. Comme elle n'avait jamais porté que de chastes chemises de nuit en coton blanc, elle la trouva plutôt choquante. Toutefois, si les maris aimaient cela…

Après s'être débarrassée de son corset et de ses sous-vêtements, Beatrix enfila la chemise de nuit. Elle épousait étroitement les épaules et le buste, se boutonnait à la taille, puis s'évasait jusqu'au sol en panneaux vaporeux. Une fente de côté, ouverte jusqu'à la hanche, dévoilait la jambe à chaque pas. Quant au dos… le décolleté prodigieux en dénudait la plus grande partie.

Après avoir ôté les épingles qui retenaient sa chevelure, Beatrix quitta timidement l'abri du paravent.

Christopher venait de remplir deux coupes de champagne. Quand il se tourna vers elle, il resta figé sur place, à l'exception de son regard qui la parcourut de la tête aux pieds.

— Sapristi ! murmura-t-il avant de vider sa coupe d'une traite.

Il la reposa, et s'empara spontanément de l'autre coupe.

— Ma chemise de nuit te plaît ? risqua Beatrix.

Il hocha la tête sans la quitter des yeux.

— Où est le reste ?

— C'est tout ce que j'ai trouvé.

Prise d'une envie irrésistible de le taquiner, elle se tordit le cou pour regarder par-dessus son épaule.

— Je me demande si je ne l'ai pas mise devant derrière...

— Laisse-moi vérifier.

Quand elle pivota, Christopher lâcha un juron étouffé. Loin de s'en offusquer, Beatrix en déduisit que Poppy avait vu juste. Et quand il vida la seconde coupe de champagne – oubliant que c'était celle de Beatrix –, elle s'obligea à ne pas sourire. Elle gagna le lit, grimpa sur le matelas et s'allongea sur le flanc sans chercher aucunement à couvrir sa jambe dénudée.

Christopher la rejoignit, se débarrassant de sa chemise en chemin. En dépit de ses cicatrices, son torse bronzé, musclé sans excès était vraiment à couper le souffle, songea-t-elle. Il s'inclina sur elle, les yeux mi-clos, la bouche durcie par le désir.

— Christopher...

Il lui effleura les lèvres du doigt avant de les entrouvrir légèrement. Puis la gratifia d'une série de baisers ardents qui firent courir dans ses veines une vague si brûlante qu'elle rendait toute pensée impossible. Ses mains se promenaient sur son corps avec une légèreté sensuelle qui promettait plus qu'elle ne satisfaisait. Christopher était en train de la séduire avec une adresse irrésistible.

Il la fit basculer sur le dos tout en insinuant sa jambe entre les siennes. Du bout des doigts, il effleura l'un de ses seins. Son pouce s'attarda sur l'extrémité érigée qui pointait à travers la soie, la taquina avec une douceur qui la fit se tordre. Elle gémit contre ses lèvres et rejeta la tête en arrière.

Christopher inclina la tête, et elle perçut la tiédeur de son haleine à travers l'étoffe diaphane. Il caressa de la langue la pointe tendue, la suçota à travers le tissu. Partagée entre la frustration et le plaisir, Beatrix leva une main tremblante pour écarter sa chemise de nuit.

— Doucement, chuchota-t-il en continuant ses caresses, sans toutefois atteindre l'endroit qui le réclamait le plus.

De ses doigts refermés sur les joues de Christopher, elle essaya de guider sa bouche. Mais il résista avec un petit rire.

— Doucement, répéta-t-il avant de faire pleuvoir une cascade de baisers entre ses seins.

— Pourquoi ? demanda-t-elle d'une voix hachée.

— C'est mieux pour tous les deux. Et plus encore pour toi. Le plaisir n'en sera que plus profond, et plus doux… Laisse-moi te montrer, mon ange.

— Christopher… murmura-t-elle. J'aurais aimé…

— Oui ?

C'était terriblement égoïste et, pourtant, elle ne put s'empêcher d'avouer :

— J'aurais aimé qu'il n'y ait pas eu d'autres femmes avant moi.

Il la regarda d'une telle manière qu'elle eut l'impression de se dissoudre dans du miel.

— Mon cœur n'appartient qu'à toi, Beatrix. Avant toi, ce n'était pas faire l'amour. Pour moi aussi, c'est la première fois.

— Alors, c'est différent quand on est amoureux ?

— Beatrix, mon cher amour, c'est au-delà de tout ce que j'ai connu. Au-delà de tout ce que j'ai pu rêver…

Il fit glisser sa main sur sa hanche et écarta doucement le tissu pour atteindre sa peau. L'estomac de Beatrix se contracta d'une attente impatiente.

— Tu es ma raison de vivre, continua-t-il. Si tu n'avais pas été là, je ne serais jamais revenu.

— Ne dis pas cela !

— "Rien ne compte que l'espoir d'être avec vous…" Tu te souviens quand je t'ai écrit cela ?

Beatrix hocha la tête, et se mordit la lèvre comme sa main s'insinuait sous la soie transparente.

— J'en pensais chaque mot. J'en aurais écrit davantage, mais je craignais de t'effrayer.

— Moi aussi, je voulais en écrire plus. J'avais envie de partager chaque pensée avec toi, chaque…

Elle s'interrompit avec un bref halètement quand il dénicha l'endroit vulnérable entre ses cuisses.

— Tu es si chaude ici, murmura-t-il en la caressant intimement, si douce… Oh, Beatrix, je suis tombé amoureux de toi à travers tes mots… mais je dois admettre que je préfère ce moyen de communication.

— C'est toujours une lettre d'amour, articula-t-elle, l'esprit embrumé, en s'accrochant d'une main à son épaule. Écrite au lit.

— Dans ce cas, répliqua-t-il avec un sourire, j'essaierai de faire attention à la ponctuation.

— Et prends garde aux participes, ajouta-t-elle, ce qui le fit rire.

Mais son propre amusement s'évapora comme un flot de sensations déferlaient en elle. Christopher s'efforça de juguler la montée trop rapide du plaisir en immobilisant d'une main douce ses jambes tremblantes, mais elle le supplia :

— Je t'en prie... J'ai besoin de toi maintenant.

— Non, mon amour. Patiente encore un peu.

Il fit remonter ses doigts le long de ses cuisses, caressa les replis humides de son sexe.

Elle découvrit qu'il lui était absolument impossible de retenir la jouissance. Plus il lui recommandait de la différer, plus elle devenait pressante. Et il le savait, le monstre, qui lui murmurait avec une étincelle taquine dans le regard :

— Pas maintenant. C'est trop tôt...

Mais quand il referma la bouche sur son sein et commença à l'aspirer doucement, elle perdit pied. Avec un cri, elle arqua le dos et laissa le plaisir la submerger, le corps secoué de spasmes voluptueux, des larmes de dépit dans les yeux.

— Ne sois pas triste, murmura-t-il.

— Je n'ai pas pu le retenir, fit-elle d'une voix plaintive.

— Tu n'étais pas censée le faire, répliqua-t-il avec tendresse. Je jouais avec toi, je te taquinais.

— Mais je voulais que ça dure plus longtemps. C'est notre nuit de noces et elle est déjà finie. En tout cas, ajouta-t-elle d'un air sombre, en ce qui me concerne.

Christopher détourna le visage, mais elle remarqua néanmoins qu'il luttait pour ne pas rire. Quand il se fut dominé, il la regarda, une ombre de sourire aux lèvres.

— Je peux te remettre en condition, fit-il.

— Je ne crois pas. J'ai l'impression d'avoir été essorée comme une lavette.

— Je te promets de te remettre en condition, répliqua-t-il d'un ton amusé.

— Cela prendra longtemps.

— Je l'espère bien, répliqua Christopher en l'attirant dans ses bras pour lui donner un baiser.

Après qu'ils se furent déshabillés tous les deux, Christopher entreprit d'explorer de la bouche et des mains le corps repu de Beatrix. Elle s'étira, puis se cambra, le souffle de plus en plus précipité, palpant ce grand corps masculin de manière convulsive, jusqu'à se familiariser avec les cicatrices laissées sur sa peau.

Après l'avoir fait pivoter sur le côté, il entra en elle par-derrière, l'ouvrit d'une pression toujours plus insistante. C'était trop, et pourtant, elle en voulait davantage. La tête posée sur le bras de Christopher, elle réprima un sanglot lorsqu'il se pencha pour déposer des baisers dans son cou. Il l'enveloppait, il l'emplissait… Elle sentit sa chair se gonfler de chaleur et de sensations tandis que son corps s'ajustait instinctivement au sien.

Tout en lui murmurant des mots tendres, il l'incita à basculer doucement sur le ventre. Elle laissa échapper un grognement quand il referma la main sur son intimité, la caressant en contrepoint du mouvement profond, rythmique, qu'il imprimait à ses hanches. Plus vite… plus délibéré… implacable.

Alors que, sur le point d'être engloutie de nouveau par la vague du plaisir, elle agrippait la courtepointe avec un cri, Christopher s'immobilisa et la fit pivoter.

— Je t'aime, souffla-t-il, avant de la pénétrer de nouveau, lui arrachant un sursaut.

Cramponnée à lui, les jambes nouées autour de ses hanches, Beatrix l'embrassa, puis mordit son épaule musclée. Avec un grondement sourd, presque un râle, il glissa les mains sous elle pour la plaquer plus étroitement contre lui. Les coups de boutoir se succédèrent jusqu'à atteindre une cadence infernale avant l'explosion finale qui les propulsa ensemble au sommet de l'extase.

Ils n'émergèrent du lit qu'un long moment plus tard, pour se délecter du souper froid qu'on leur avait préparé. Ils l'accompagnèrent de champagne, et emportèrent les deux dernières coupes au lit, où Christopher porta un certain nombre de toasts érotiques, tandis que Beatrix envisageait d'appliquer sa bouche rafraîchie par le champagne sur différentes parties de son corps. Ils jouèrent, rirent, puis demeurèrent dans les bras l'un de l'autre, à regarder se consumer les bougies.

— Je ne veux pas m'endormir, murmura Beatrix. Je veux que la nuit dure éternellement.

— Ce n'est pas indispensable. Personnellement, je suis assez optimiste quant à la nuit prochaine.

— Dans ce cas, je vais dormir. Je n'arrive plus à garder les yeux ouverts.

— Bonne nuit, madame Phelan, fit-il en l'embrassant doucement.

— Bonne nuit.

Un sourire las aux lèvres, elle le suivit du regard comme il quittait le lit pour aller éteindre les dernières bougies. Avant cela il attrapa un oreiller et une couverture, et les laissa tomber sur le tapis.

— Que fais-tu ? l'interrogea-t-elle.

— Rappelle-toi, je t'ai dit que nous ne pouvions pas dormir ensemble.

— Pas même pour notre nuit de noces ?

— Je suis à portée de main, mon cœur.

— Mais dormir sur le sol sera affreusement inconfortable.

— Beatrix, répliqua-t-il en allant souffler les bougies, comparé à certains des endroits où j'ai dormi par le passé, cet endroit est un palace. Crois-moi, je serai très bien.

Maussade, Beatrix s'allongea sur le côté. L'obscurité envahit la pièce, et elle entendit Christopher s'installer. Très vite, elle s'abandonna au sommeil… le laissant affronter ses démons nocturnes.

25

Dans le cœur de Beatrix, les Cotswolds faillirent ravir au Hampshire le titre de plus belle région d'Angleterre. Elle adora les petits villages pittoresques blottis entre des collines verdoyantes peuplées de moutons. La laine étant l'industrie principale des Cotswolds, il n'était pas rare de voir apposée sur une église une plaque proclamant : *Entièrement rénovée grâce aux moutons.*

Elle fut ravie de découvrir que les chiens de berger bénéficiaient, comme les moutons, d'une très haute estime. L'attitude des villageois envers les chiens lui rappelait un proverbe bohémien que Cam avait coutume de citer : « Pour qu'un visiteur se sente le bienvenu, il faut aussi que son chien se sente le bienvenu. » Ici, les chiens accompagnaient leur maître jusque dans l'église, et les bancs portaient des traces d'usure là où on attachait leur laisse.

Christopher emmena Beatrix dans un cottage situé sur le domaine de lord Brackley. Le vicomte, un vieil ami de lord Annandale, avait offert de le leur prêter pour une durée indéterminée.

Avec son toit de chaume, sa petite porte cintrée et sa façade couverte de clématites, c'était un lieu enchanteur.

Tout excitée, Beatrix en parcourut chaque pièce, Albert sur ses talons.

— Il te plaît ? s'enquit Christopher en souriant.

— Comment pourrait-il ne pas me plaire ? s'écria-t-elle en se jetant à son cou.

— C'est un endroit plutôt modeste pour une lune de miel. J'aurais pu t'emmener à Paris ou à Florence...

— Comme je te l'ai dit, je préfère un endroit tranquille et intime, répondit-elle avant de lui couvrir le visage de baisers impétueux. Des livres, du vin, de longues promenades... et *toi*. Il n'y a pas d'endroit plus merveilleux au monde. Je me désole déjà à l'idée de devoir le quitter.

— Nous avons deux semaines devant nous.

Il réussit à lui capturer les lèvres et la gratifia d'un baiser passionné. Beatrix s'amollit contre lui avec un soupir.

— Comment la vie ordinaire pourra-t-elle rivaliser avec cela ?

— La vie ordinaire sera tout aussi fantastique, chuchota-t-il. Dès lors que tu es là.

Christopher insista pour qu'ils occupent deux chambres contiguës à l'étage. Beatrix aurait voulu qu'ils partagent la même, il le savait, mais son sommeil était trop agité, ses cauchemars trop imprévisibles pour qu'il s'y risque.

Même ici, dans cet endroit idyllique, il connaissait des nuits difficiles. Il s'éveillait brusquement d'un rêve de sang, de visages tordus par l'agonie, et il se surprenait à chercher un fusil, une épée, une arme quelconque pour se défendre. Quand les cauchemars se faisaient trop violents, Albert venait se coucher au pied du lit, veillant sur le sommeil de Christopher comme il l'avait fait durant la guerre.

Si les nuits étaient troublées, les journées étaient, en revanche, extraordinaires. Sereines, pleines de plaisirs – longues promenades, excursions jusqu'aux villages alentour, visites de ruines et de monuments divers –, elles distillaient en Christopher un sentiment de bien-être qu'il n'avait pas éprouvé depuis des années.

Ils acceptèrent une invitation de lord et de lady Brackley à dîner au château, mais la plupart du temps, ils demeuraient seuls, leur intimité n'étant troublée que lorsque des domestiques venaient leur apporter des provisions ou du linge. Ils passèrent de nombreux après-midi à faire l'amour, souvent devant la cheminée. La soif que Christopher avait de Beatrix semblait impossible à étancher.

Mais il était déterminé à la protéger du côté sombre de sa personnalité. Un obstacle se dressait parfois dans la conversation, parce que Beatrix avait posé une question touchant de trop près une zone dangereuse. Mais elle se montrait patiente, même quand une ombre pesait sur l'humeur de Christopher. Il avait honte de l'obliger à composer avec ses tourments.

Qu'ils fassent chambre à part était source de tensions. Beatrix ne semblait pas comprendre que ses cauchemars n'étaient pas seuls en cause. Il était littéralement incapable de s'endormir si quelqu'un se trouvait près de lui. Le moindre contact, le moindre bruit le réveillait en sursaut. Chaque nuit était un combat.

— Fais au moins la sieste avec moi, suggéra Beatrix un après-midi. Une toute petite sieste. Ce sera délicieux, tu verras. Je suis sûre que tu…

— Beatrix, ne me harcèle pas, répondit-il avec une exaspération à peine contenue. Tu n'arriveras à rien d'autre qu'à me rendre fou.

— Je suis désolée… Je veux simplement être proche de toi.

Christopher le comprenait. Mais l'intimité absolue qu'elle désirait demeurait inenvisageable pour lui.

Quand ils regagnèrent Phelan House, un grand désordre y régnait. Les domestiques n'étaient certes pas encore habitués aux nouveaux résidents – chatte, hérissonne, chèvre, mulet et autres –, mais surtout, la plupart des pièces de la maison devaient être fermées et leur contenu empaqueté pour être envoyé à Riverton.

Ni la mère de Christopher ni Audrey n'avaient l'intention d'occuper Phelan House. Audrey préférait vivre en ville avec sa famille, qui l'entourait d'affection ; Mme Phelan avait décidé de s'installer auprès de son frère, dans le Hertfordshire.

Mme Clocker fit à Christopher un rapport détaillé sur les événements survenus pendant son absence.

— Un officier est venu vous rendre visite, conclut-elle. Il a laissé sa carte et a dit qu'il reviendrait bientôt.

Christopher garda un visage impassible.

— Son nom ?

— Colonel Fenwick.

— Je vous remercie, madame Clocker, dit-il, la mine sombre.

Sans adresser un mot à Beatrix, il se dirigea à grandes enjambées vers la bibliothèque. Elle lui emboîta aussitôt le pas.

— Christopher…

— Pas maintenant.

— Que peut vouloir le colonel Fenwick ?

— Comment le saurais-je ? répliqua-t-il sèchement.

— Tu crois que cela a un rapport avec la Victoria Cross ?

Christopher s'arrêta et pivota si vivement que Beatrix recula. Son regard affichait la froideur et la dureté de l'acier. Elle se rendit compte qu'il était en proie à l'une de ces rages qui s'emparaient de lui lorsque ses nerfs étaient tendus à se rompre. La simple mention du colonel Fenwick l'avait complètement bouleversé.

À sa décharge, il prit plusieurs inspirations profondes et parvint à reprendre le contrôle de lui-même.

— Je ne peux pas parler maintenant, Beatrix. J'ai besoin d'un moment de répit.

Sur ce, il tourna les talons et s'éloigna. Beatrix le suivit des yeux, le visage crispé.

La froideur entre eux persista toute la journée. Au dîner, Christopher ne s'exprima que par monosyllabes, ce qui rendit Beatrix malheureuse et amère. Dans la famille Hathaway, en cas de conflit, il y avait toujours quelqu'un dans la maison avec qui parler.

Devait-elle lui présenter ses excuses ? Non. Quelque chose en elle s'y refusait. Elle n'avait rien fait de mal.

Juste avant la nuit, elle se souvint d'une recommandation d'Amelia : ne jamais se coucher en étant fâchée avec son mari.

Enfilant un peignoir sur sa chemise de nuit, elle alla retrouver Christopher dans la bibliothèque.

— Ce n'est pas juste, déclara-t-elle depuis le seuil.

Il était assis devant la cheminée, Albert étendu à ses pieds.

— Qu'ai-je fait ? continua-t-elle. Pourquoi refuses-tu de me parler ?

— Je t'ai parlé, répondit-il, le visage dénué d'expression.

— Oui, comme un étranger. Sans la moindre affection.

— Beatrix, je suis désolé, fit-il d'un air las. Va te coucher. Cela ira mieux demain, quand j'aurai vu Fenwick.

— Mais qu'ai-je fait…

— Tu n'es pas en cause. Laisse-moi régler cela seul.

— Pourquoi m'exclure ? Pourquoi ne me fais-tu pas confiance ?

L'expression de Christopher s'adoucit d'une pointe de compassion. Quand il se leva pour venir vers elle à pas lents, elle s'adossa au chambranle, le cœur battant.

— Je me suis montré égoïste en t'épousant, dit-il. Je savais que tu aurais du mal à te contenter de ce que je pouvais te donner. Mais je t'avais prévenue.

Il la dévisagea longuement. Puis, s'appuyant d'une main au chambranle, il joua de l'autre avec le ruban de dentelle de sa chemise de nuit qui apparaissait dans le V de son peignoir.

— Veux-tu que je te fasse l'amour ? murmura-t-il en s'inclinant sur elle. Cela suffirait-il ?

Il lui proposait un plaisir sexuel en lieu et place d'un véritable échange. S'il s'agissait de proposer un substitut, celui-ci n'était pas pire qu'un autre, au contraire. Mais même si le corps de Beatrix s'embrasait au contact de Christopher, son esprit se révoltait. Elle ne voulait pas qu'il lui fasse l'amour uniquement pour la distraire. Elle voulait être une *épouse*, non pas un objet avec lequel on jouait.

— Tu partageras mon lit ensuite ? demanda-t-elle. Et tu resteras avec moi jusqu'au matin ?

Les doigts de Christopher s'immobilisèrent.

— Non.

— Dans ce cas, j'irai me coucher seule, lâcha-t-elle en s'écartant. Comme chaque nuit.

26

— Je suis fâchée contre Christopher, confia Beatrix à Amelia alors qu'elles marchaient bras dessus bras dessous dans le jardin de Ramsay House. Et avant de t'en dire plus, je tiens à préciser qu'il n'y a qu'une attitude raisonnable face au problème. La mienne.

— Il arrive que les maris soient exaspérants, concéda sa sœur, compatissante. Donne-moi ton point de vue, et j'y souscrirai totalement.

Beatrix lui parla alors de la carte de visite laissée par le colonel Fenwick et de la réaction de Christopher.

Amelia lui adressa un sourire ironique.

— Je crois que ce sont là des problèmes dont Christopher avait pris la peine de te prévenir.

— C'est vrai, reconnut Beatrix. Mais ça ne rend pas la chose plus facile. Alors que je vois à quel point il se débat contre certaines pensées ou certains réflexes, il refuse d'aborder le sujet avec moi. J'ai gagné son cœur, mais c'est comme posséder une maison dans laquelle la plupart des portes sont fermées en permanence. Il prétend vouloir me protéger de tout désagrément. En attendant, notre mariage ne sera un vrai mariage – comme le tien avec Cam –, que lorsqu'il sera prêt à partager ce qu'il y a de pire en lui comme ce qu'il y a de meilleur.

— Les hommes n'aiment pas prendre ce genre de risque. Il faut montrer de la patience. Mais je peux t'assurer, ma chérie, continua Amelia d'un ton légèrement sarcastique, que personne n'est capable de partager uniquement ce qu'il a de meilleur.

Beatrix lui jeta un regard maussade.

— Je vais finir par le pousser à commettre un acte désespéré un jour ou l'autre. Je le tarabuste, il résiste, et j'ai bien peur que notre mariage ne continue dans cette voie-là.

— Il n'y a pas de voie toute tracée, assura sa sœur avec un sourire affectueux. Ce qu'il y a de pire et de mieux dans le mariage, c'est qu'il évolue inévitablement. Ton moment viendra, je te le promets.

Après le départ de Beatrix, Christopher envisagea à contrecœur de rendre visite au colonel William Fenwick. Il ne l'avait pas revu depuis qu'on l'avait renvoyé en Angleterre pour se remettre des blessures reçues à Inkerman.

Le moins qu'on puisse dire, c'est qu'ils ne s'étaient pas quittés en bons termes.

Fenwick n'avait pas caché son ressentiment envers Christopher, à qui il reprochait d'avoir reçu toute l'attention et les hommages qui, à ses yeux, lui revenaient. Bien qu'unanimement détesté, il était considéré par tous comme destiné à une glorieuse carrière militaire. C'était un cavalier hors pair, d'une bravoure et d'une férocité incontestables au combat. Son ambition avait été d'inscrire son nom au panthéon des héros de guerre britanniques.

Que ce soit Christopher qui lui ait sauvé la vie était particulièrement humiliant. Fenwick aurait sans doute préféré périr sur le champ de bataille plutôt que de voir Christopher récompensé pour cet exploit.

Ce dernier se demandait ce qu'il pouvait bien lui vouloir.

Pour le savoir, il n'avait d'autre solution que de se rendre à l'auberge locale où, d'après ce qui était griffonné sur la carte, Fenwick s'était installé.

L'après-midi était gris, froid et humide. Christopher emprunta la route qui longeait la forêt. Les branches des arbres agitées par le vent évoquaient des esprits fantomatiques. Il avait l'impression d'être suivi, et alla jusqu'à jeter un coup d'œil par-dessus son épaule, s'attendant plus ou moins à apercevoir la Mort ou le diable. C'était le genre d'illusion morbide qui le hantait impitoyablement depuis son retour de la guerre.

Mais beaucoup moins ces derniers temps. Grâce à Beatrix.

Son cœur se gonfla soudain de l'envie d'aller la retrouver et de la serrer contre lui. La veille, il avait été incapable de lui parler. Il espérait que cela lui serait plus facile aujourd'hui. Il souhaitait ardemment être le mari dont elle avait besoin. Cela ne se ferait pas du jour au lendemain, mais elle était patiente, indulgente, et Dieu sait qu'il lui en était reconnaissant.

Penser à Beatrix contribua à apaiser un peu son malaise. Il était néanmoins tendu lorsqu'il frappa à la porte de la chambre indiquée par l'aubergiste.

La vue du colonel en civil était plus que déconcertante pour Christopher qui ne l'avait connu que sanglé dans son uniforme de cavalier rouge et or. Son visage était le même, mais d'une pâleur qui semblait étrange chez un homme accoutumé autrefois à passer sa vie à cheval.

D'instinct, Christopher répugna à s'approcher de lui. Il s'obligea néanmoins à lui tendre la main. Celle de Fenwick, moite et froide, lui donna la chair de poule.

— Bonjour, Phelan. Voulez-vous entrer ?

Christopher hésita.

— Il y a deux salons en bas, ainsi qu'un bar…

— Malheureusement, de vieilles blessures me rendent l'escalier difficile, répliqua Fenwick avec un sourire bref. Je requiers avec votre indulgence la permission de rester ici.

Il paraissait presque s'excuser. Christopher pénétra dans la chambre, un peu plus détendu. Il remarqua qu'une jambe très raide rendait les déplacements de Fenwick malaisés.

— Je vous en prie, asseyez-vous. Merci d'être venu jusqu'ici. Je suis heureux que vous m'ayez épargné l'effort de retourner chez vous. Elle me fait de plus en plus souffrir, continua-t-il en indiquant sa jambe. Il paraît que c'est un miracle de l'avoir conservée, mais je me demande s'il n'aurait pas mieux valu m'amputer.

Christopher attendait que Fenwick s'explique sur la raison de sa présence dans le Hampshire. Devant le peu de hâte manifeste du colonel, il lâcha abruptement :

— Vous êtes ici parce que vous voulez quelque chose.

— Qu'est devenue la patience légendaire du tireur d'élite que vous étiez ? demanda le colonel, l'air amusé.

— La guerre est finie. J'ai des choses plus intéressantes à faire, à présent.

— Avec votre nouvelle épouse, à n'en pas douter. Apparemment, des félicitations sont à l'ordre du jour. Dites-moi, quel genre de femme est-ce, pour avoir réussi à décrocher le soldat le plus décoré d'Angleterre ?

— Le genre qui se moque complètement des médailles ou des lauriers.

— Comment voulez-vous que je vous croie ? répliqua Fenwick avec incrédulité. Elle ne peut que s'y intéresser. Elle est à présent l'épouse d'un immortel.

— Pardon ? dit Christopher, interdit.

— On se rappellera de vous pendant des décennies, peut-être des siècles. Ne me dites pas que cela ne signifie rien pour vous.

Comme Christopher secouait légèrement la tête, le colonel enchaîna :

— Dans ma famille, il existe une très ancienne tradition militaire. Je savais que je serais le plus glorieux de tous ; celui dont on se rappellerait. Personne ne pense jamais aux ancêtres anonymes qui ont mené de médiocres vies de mari, de père et d'ami loyal. Les guerriers, en revanche, on les vénère, et on ne les oublie jamais.

Son visage se creusa sous l'effet de l'amertume.

— Une médaille comme la Victoria Cross... c'est tout ce que j'ai jamais voulu.

— Quelques grammes de bronze gravé ? fit Christopher, sceptique.

— Ne me parlez pas sur ce ton dédaigneux, espèce d'imbécile arrogant.

Curieusement, malgré le venin instillé dans ces mots, Fenwick demeurait calme et posé.

— Dès le début, j'ai su que vous n'étiez rien d'autre qu'un dandy à la tête creuse. Un beau fantoche en uniforme. Mais il se trouve que vous aviez un don utile : vous saviez tirer. Vous êtes alors entré dans la Rifle Brigade, où vous êtes devenu plus ou moins soldat. Quand j'ai lu les dépêches, j'ai cru d'abord qu'il existait un autre Phelan. Parce qu'on parlait d'un guerrier, et que je savais pertinemment que vous n'en aviez pas l'étoffe.

— J'ai prouvé à Inkerman que vous vous trompiez.

— Oui, acquiesça Fenwick avec une grimace ironique. Vous m'avez sauvé, et vous allez recevoir pour cela l'insigne le plus élevé de la nation.

— Je n'en veux pas.

— Ce qui est pire encore. On m'a renvoyé à la maison pendant que vous deveniez le héros et rafliez tout ce qui aurait dû me revenir. On se souviendra de votre nom et vous vous en moquez. Si j'étais mort sur le champ de bataille, au moins ! Mais même cela, vous me l'avez pris. En trahissant votre meilleur ami par la même occasion. Un ami qui vous faisait confiance. Vous avez laissé le lieutenant Bennett mourir seul.

Il scrutait le visage de Christopher, y cherchant un signe d'émotion.

— Si c'était à refaire, je ferais le même choix, assura Christopher d'un ton neutre.

Comme Fenwick affichait une expression incrédule, il poursuivit :

— Vous croyez que je vous ai traîné hors du champ de bataille dans notre intérêt à tous deux ? Vous croyez que je me souciais de vous ou de gagner une misérable médaille ?

— Pourquoi avez-vous fait cela, dans ce cas ?

— Parce que Mark Bennett était en train de mourir, répliqua Christopher, féroce. Et qu'il restait suffisamment de vie en vous. Au milieu de cette tuerie, il fallait que quelque chose survive. Si c'était vous, tant pis.

Un long silence s'écoula. Puis Fenwick décocha à Christopher un regard qui lui arracha un frisson.

— La blessure de Bennett n'était pas aussi grave qu'il y paraissait. Elle n'était pas mortelle.

Christopher le fixa sans comprendre. Il dut se secouer pour écouter de nouveau Fenwick, qui continuait de parler.

— ... deux hussards russes l'ont trouvé. Il a été soigné, puis envoyé dans un camp de prisonniers où les conditions de vie étaient épouvantables. Après quelques tentatives d'évasion manquées, il a finalement réussi à gagner un territoire ami. Le lieutenant Bennett a été ramené à Londres il y a une quinzaine de jours.

Christopher n'osait y croire. Était-ce vrai ? « Du calme, du calme », s'exhorta-t-il. Les muscles rigides, il luttait contre les tremblements qui menaçaient.

— Pourquoi Bennett n'a-t-il pas été relâché lors des échanges de prisonniers, à la fin de la guerre ? s'entendit-il demander.

— Il semblerait que ses geôliers aient tenté d'obtenir de l'argent ainsi que des provisions et des armes. Je soupçonne Bennett d'avoir admis sous la torture qu'il était l'héritier d'une famille d'armateurs. Quoi qu'il en soit, les négociations se sont révélées problématiques, et seules quelques personnes haut placées au ministère de la Guerre étaient au courant.

— Les salauds ! s'écria Christopher avec fureur. Je l'aurais sauvé si j'avais su…

— Sans aucun doute, coupa Fenwick avec flegme. Néanmoins, bien que cela soit difficile à croire, vos efforts héroïques n'ont pas été nécessaires pour résoudre ce problème.

— Où est-il à présent ? Comment va-t-il ?

— C'est précisément la raison de ma venue. Je voulais vous avertir. Ainsi, je ne vous devrai plus rien, vous comprenez ?

Christopher se leva, les poings serrés.

— M'avertir de quoi ?

— Le lieutenant a l'esprit dérangé. Le médecin qui l'a raccompagné en Angleterre conseillait un séjour dans un asile d'aliénés. Ce qui explique que le retour de Bennett n'ait pas été annoncé dans les journaux. Sa famille souhaite observer une discrétion absolue. Elle l'a recueilli, mais il a disparu brusquement. On ignore où il se trouve. Ce dont je dois vous avertir, c'est que, d'après ses proches, Bennett vous considère comme responsable de son calvaire. Ils craignent qu'il ne veuille vous tuer.

Un sourire froid fendit son visage quand il ajouta :

— Quelle ironie, n'est-ce pas ? On vous donne une médaille pour avoir sauvé un homme qui vous méprise, et vous serez probablement assassiné par celui que vous auriez dû sauver. Phelan, vous avez sans doute intérêt à trouver Bennett avant qu'il ne vous trouve.

Christopher sortit de la chambre en titubant et dévala l'escalier.

Était-ce la vérité ? S'agissait-il d'une ignoble manipulation de Fenwick, ou Mark Bennett était-il vraiment fou ? Le cas échéant, quelles épreuves avaient-ils endurées ?

Il essaya de faire coïncider les images du jeune homme fringant et joyeux de ses souvenirs avec ce que Fenwick venait de lui révéler. C'était impossible.

Bon sang ! Si Bennett était bel et bien à sa recherche, il n'aurait aucun mal à trouver Phelan House. À cette pensée, une peur différente le submergea, plus aiguë que tout ce qu'il avait jamais ressenti. Il lui fallait s'assurer de la sécurité de Beatrix. Rien d'autre ne comptait que de la protéger.

Dehors, le froid s'était encore accentué. Le ciel de cette fin d'après-midi avait la couleur du cauchemar.

Il regagna Phelan House à bride abattue, les oreilles bourdonnant du cri des hommes sur le champ de bataille – cris de détresse, de souffrance et de supplication. Bennett, vivant... Comment était-ce possible ? Christopher avait vu la blessure à sa poitrine, il savait, pour en avoir vu d'autres identiques, que la mort était inévitable. Mais si, par un miracle quelconque...

Alors qu'il approchait de la maison, Albert jaillit de la forêt, suivi par Beatrix. Elle revenait de Ramsay House. Une bourrasque soudaine s'engouffra dans son ample cape bordeaux et lui arracha son chapeau. Elle se mit à rire quand le chien s'élança à la poursuite de celui-ci. Apercevant soudain Christopher, elle agita la main.

Son soulagement fut indescriptible. Une prière lui monta aux lèvres. Beatrix était saine et sauve ! Elle lui appartenait, elle était belle, radieuse, et il passerait sa vie à prendre soin d'elle. Tout ce qu'elle désirerait, toutes les réponses, tous les souvenirs, il les lui donnerait. Cela semblait presque facile maintenant – la force de son amour rendrait tout facile.

— Beatrix, fit-il après avoir mis son cheval au pas.

Elle l'attendait en riant, les cheveux ébouriffés par le vent.

Il fut surpris par l'éclair de douleur qui lui traversa la tête. Une fraction de seconde plus tard, il entendit la détonation. Un son familier... à jamais gravé dans sa mémoire. Déséquilibré, il bascula lentement. Le ciel et la terre se confondirent... Tombait-il vers le haut ou vers le bas ?

Il s'écrasa contre une surface dure, le souffle coupé, et un filet de sang chaud coula le long de son visage jusque dans son oreille.

Un autre cauchemar dont il lui fallait se réveiller. Mais, curieusement, Beatrix était dans ce cauchemar, elle courait vers lui en criant. Et Albert aussi, qui aboyait avec fureur.

— Christopher…

Beatrix se laissa tomber à genoux à côté de lui.

— Laisse-moi… Ô mon Dieu…

Albert se mit à gronder comme quelqu'un approchait. Puis des gémissements aigus se mêlèrent à ses aboiements féroces.

À grand-peine, Christopher parvint à se hisser en position assise. Comme il essuyait de sa manche le sang qui coulait sur sa tempe, il aperçut la silhouette décharnée d'un homme qui s'était arrêté à quelques pas d'eux. Il avait une arme à la main.

Christopher l'identifia aussitôt : c'était un revolver de l'armée britannique.

Avant même de lever les yeux sur le visage de l'homme, Christopher sut de qui il s'agissait.

— Bennett !

27

Le premier réflexe de Beatrix fut de s'interposer entre son mari et l'inconnu. Mais Christopher la repoussa derrière lui. Le souffle court sous l'effet de la peur et du choc, elle regarda par-dessus son épaule.

L'homme portait des vêtements civils qui pendaient sur ses membres presque squelettiques. Il était grand et bien charpenté, mais paraissait n'avoir ni dormi ni mangé correctement depuis des mois. Ses cheveux en bataille auraient eu besoin d'une bonne coupe. Malgré tout, il n'était pas difficile de voir que cette quasi-épave avait été un jour un homme séduisant. Il fixait à présent sur eux un regard hanté.

— De retour de chez les morts, dit-il d'une voix rauque. Tu ne pensais pas que je m'en sortirais, pas vrai ?

— Bennett... Mark... Je n'ai jamais su ce qui t'était arrivé.

Le revolver trembla dans la main de Bennett.

— Non, tu étais trop occupé à sauver Fenwick.

— Bennett, baisse cette satanée arme. Je...
— tais-toi, Albert ! – J'étais désespéré de te laisser là.
— Il n'empêche que tu l'as fait. Et que j'ai pourri en enfer pendant que tu devenais le grand héros de l'Angleterre. Traître ! Salaud !

Il braqua son revolver sur la poitrine de Christopher. Avec un cri étouffé, Beatrix se blottit contre son dos.

— Il fallait que je sauve d'abord Fenwick, répliqua Christopher, avec une froideur que démentait le tremblement qui le secouait. Je n'avais pas le choix.

— Tu parles ! Tu voulais la gloire pour avoir sauvé un officier supérieur.

— Je croyais que tu étais fichu. Et si Fenwick avait été capturé, ils lui auraient soutiré des renseignements capitaux.

— Dans ce cas, tu aurais dû l'abattre et me tirer de là.

— Tu divagues complètement ! rétorqua Christopher.

Ce n'était probablement pas la chose à dire à un homme dans l'état de Bennett, mais Beatrix ne pouvait guère le lui reprocher.

— Tuer de sang-froid un soldat sans défense ? continua-t-il. Jamais ! Pas même Fenwick. Si tu veux me descendre à cause de ça, vas-y, et que le diable t'emporte. Mais si tu touches à un seul cheveu de ma femme, je t'emporte en enfer avec moi. Et la même chose en ce qui concerne Albert – il a été blessé alors qu'il te défendait.

— Albert n'était pas là.

— Je l'ai laissé avec toi. Quand je suis revenu, il avait reçu un coup de baïonnette, et l'une de ses oreilles était pratiquement arrachée. Et toi, tu n'étais plus là.

Bennett cligna des yeux avant de reporter un regard incertain sur Albert. À la grande surprise de Beatrix, il s'accroupit et tendit la main vers lui.

— Viens ici, mon beau.

Albert ne bougea pas.

— Il sait ce qu'est un revolver, lui rappela Christopher sèchement. Il ne viendra pas vers toi tant que tu l'auras en main.

Bennett hésita. Lentement, il déposa l'arme sur le sol.

— Viens, commanda-t-il au chien, qui gémit de désarroi.

— Vas-y, Albert, l'encouragea Christopher à voix basse.

Albert s'approcha de Bennett avec circonspection, tout en remuant légèrement la queue. Quand Bennett lui gratta la tête et le cou, il lui lécha la main en haletant.

Beatrix sentit la tension dans le dos de Christopher se relâcher imperceptiblement.

— Albert était là, reconnut Bennett d'une voix différente. Je me souviens qu'il m'a léché le visage.

— Crois-tu que je l'aurais laissé avec toi si je n'avais pas eu l'intention de revenir ?

— Peu importe. Si la situation avait été inversée, j'aurais tué Fenwick, et je t'aurais sauvé.

— Non, tu n'aurais pas fait cela.

— Je l'aurais fait, insista Bennett d'une voix tremblante. Je ne suis pas un imbécile comme toi. Je me contrefous de l'honneur et de ces idioties.

S'asseyant sur le sol, il enfouit le visage dans les poils hirsutes d'Albert.

— Tu aurais pu au moins m'achever avant de me laisser entre leurs mains, ajouta-t-il d'une voix étouffée.

— Mais je ne l'ai pas fait. Et tu as survécu.

— À quel prix ! Tu ne sais pas ce que j'ai enduré. Impossible de vivre avec ça…

Bennett releva la tête et posa un regard torturé sur le revolver.

— Va chercher, Albert ! dit Beatrix avant que Bennett puisse s'en saisir.

Aussitôt, le chien ramassa l'arme et la lui apporta.

Après l'avoir retirée avec précaution de sa gueule, elle lui tapota l'échine.

— Tu es un bon chien.

Bennett releva ses genoux et enfouit le visage entre ses bras repliés. Christopher alla alors s'agenouiller près de lui et lui entoura les épaules du bras.

— Écoute-moi. Tu n'es pas seul. Nous sommes tes amis. Bon sang, Bennett… viens à la maison avec nous ! Tu me raconteras ce que tu as subi et je t'écouterai. Et ensuite, nous trouverons un moyen pour que tu vives avec ça. Je n'ai pas pu t'aider à l'époque. Mais laisse-moi essayer de t'aider maintenant.

Ils ramenèrent Bennett à Phelan House, où il s'effondra d'épuisement, de faim et de détresse nerveuse. Mme Clocker prit aussitôt la mesure de la situation et, habituée à s'occuper d'un malade, ordonna aussitôt aux domestiques de faire couler un bain, de préparer une chambre et d'y monter un plateau de nourriture simple mais reconstituante.

Elle administra ensuite à Benett une dose de laudanum.

Lorsqu'il se rendit à son chevet, Christopher fut de nouveau frappé par la souffrance qui creusait les traits de son ami. Ce dernier avait tellement changé, dehors comme dedans, qu'il le reconnaissait à peine. Mais il se remettrait, il y veillerait.

Porté par cet espoir, il prit conscience d'un sentiment nouveau, encore fragile, d'absolution. S'il lui restait beaucoup de péchés sur la conscience, il n'avait du moins plus celui de la mort de Bennett.

— Tu vas rester chez nous jusqu'à ce que tu ailles mieux, déclara Christopher lorsque Bennett posa sur lui un regard éteint. Tu n'essaieras pas de t'en aller, n'est-ce pas ?

— Nulle part où aller… marmonna-t-il avant de sombrer dans le sommeil.

Après avoir refermé la porte avec soin, Christopher se dirigea à pas lents vers l'autre aile de la maison.

Medusa, qui déambulait dans le couloir, s'arrêta à son approche. Esquissant un sourire, il se pencha pour la ramasser, en glissant les doigts sous son ventre comme Beatrix le lui avait montré. Ses piquants s'aplatirent naturellement quand il la tourna face à lui. Elle le fixa de ses petits yeux vifs.

— Je ne te conseille pas de quitter ton enclos la nuit, Medusa, murmura-t-il. L'une des servantes pourrait te trouver, et tu sais ce qui t'arriverait ? Tu risquerais de finir dans l'arrière-cuisine comme brosse à récurer les casseroles.

Après l'avoir déposée dans son enclos, il continua jusqu'à la chambre de Beatrix. Comme il s'y était attendu, elle n'avait pas hésité une seconde à accueillir Bennett à Phelan House. À ses yeux, il s'agissait d'une créature blessée de plus.

Assise devant sa coiffeuse, elle limait avec précaution les griffes de l'unique patte avant de Lucky. La chatte la regardait d'un air morose tout en agitant mollement la queue.

— … tu as intérêt à ne pas toucher aux coussins du canapé, la sermonnait Beatrix, ou Mme Clocker risque de nous couper la tête à toutes les deux.

Christopher laissa son regard s'attarder sur son élégante silhouette que révélait par transparence sa chemise de nuit de mousseline.

Quand elle s'aperçut de sa présence, Beatrix se leva et vint vers lui avec cette grâce si naturelle qui la caractérisait.

— Ta tête te fait mal ? s'enquit-elle en effleurant le petit pansement sur sa tempe.

Il se pencha et frôla ses lèvres des siennes.

— Non. Sur une tête aussi dure que la mienne, les balles ne font que rebondir.

— Que s'est-il passé avec le colonel Fenwick ? Il a tiré sur toi, lui aussi ?

— Non, c'est réservé à mes amis.

Beatrix sourit, puis recouvra vite son sérieux.

— Le lieutenant Bennett n'est pas fou, tu sais. Il guérira avec le temps, et beaucoup de repos.

— Je l'espère.

Elle le scruta de son regard bleu sombre.

— Tu te fais des reproches, n'est-ce pas ?

— J'ai pris la meilleure décision possible à ce moment-là. Mais ce n'est parce que je le sais que les conséquences sont plus faciles à supporter.

Beatrix garda un silence songeur. Puis elle retourna vers sa coiffeuse.

— J'ai quelque chose pour toi, annonça-t-elle en sortant un morceau de papier plié d'un petit tiroir. Une lettre.

— De toi ?

— Non, de John. Il l'a écrite avant de mourir. Audrey hésitait à te la donner. Mais je pense qu'il est temps que tu la lises.

Elle s'approcha et la lui tendit. Sans esquisser un geste pour s'en saisir, Christopher attira Beatrix contre lui et, s'emparant d'une épaisse mèche de cheveux, il s'en frotta doucement la joue.

— Lis-la-moi.

Ils s'assirent sur le lit. Christopher garda le regard rivé sur le profil de Beatrix tandis qu'elle dépliait la lettre, puis commençait à lire.

Cher Christopher,

Il semblerait qu'il me reste moins de temps que je ne l'espérais. J'avoue me retrouver surpris par la brièveté de cette vie. Alors que je prends du recul pour la regarder, je m'aperçois que j'ai passé beaucoup trop de temps sur des choses qui n'en valaient pas la peine, et pas assez sur celles qui importaient. Mais je me rends aussi compte que j'ai été bien plus gâté que la plupart des hommes. Je n'ai pas besoin de te demander de veiller sur Audrey et sur notre mère. Je sais que tu le feras dans la mesure où elles te le permettront.

Si tu lis ces mots, cela signifie que tu es revenu de la guerre et que tu dois faire face à des responsabilités auxquelles tu n'as pas été préparé. Permets-moi de t'offrir quelques conseils. Je t'ai observé durant toute ton existence... ta nature impatiente, ton insatisfaction perpétuelle... Tu mets les gens que tu aimes sur un piédestal, aussi es-tu inévitablement déçu. Et tu fais la même chose pour toi. Mon cher frère, tu es ton pire ennemi. Si tu parviens à cesser d'attendre une impossible perfection des autres comme de toi-même, tu pourras peut-être trouver enfin le bonheur.

Pardonne-moi de n'avoir pas été capable de survivre... et pardonne-toi d'avoir survécu.

C'est la vie que tu étais destiné à mener.

Il serait dommage d'en gaspiller un seul jour.

John

Christopher resta silencieux un long moment, le cœur serré. Ce ton aimant, légèrement moralisateur, c'était tellement son frère !

— Dieu qu'il me manque, murmura-t-il. Il me connaissait bien.

— Il connaissait celui que tu étais, dit Beatrix. Mais je pense que tu as changé. Tu n'attends plus la perfection, à présent. Sinon, comment expliquer ton attirance pour moi ?

— Tu es mon idée de la perfection, Beatrix Héloïse, répliqua-t-il en prenant doucement son visage entre ses mains.

Elle se pencha jusqu'à toucher son nez avec le sien.

— T'es-tu pardonné ? D'avoir survécu ?

— J'essaye.

Comment résister à la proximité de son corps tiède, à peine vêtu ? Il glissa la main sur sa nuque, lui embrassa sa gorge, et perçut le petit frisson qui courut sur sa peau tendre. Il la déshabilla en s'imposant des gestes lents alors qu'il mourait d'envie de la posséder.

Les mains enfouies dans la soie noire de ses cheveux, il explora sa bouche de la langue en même temps qu'il entrait en elle. Et quand elle gémit en enfonçant les ongles dans son dos, les reins cambrés, il chuchota :

— Regarde-moi…

Elle obéit, dévoilant le tréfonds de son âme. Il plongea alors en elle, plus profondément que jamais, et son corps tout entier la retint. Puis il laissa le rythme de leur union s'accélérer follement jusqu'à ce que le raz-de-marée de la jouissance les balaye.

Pendant un moment, ils furent trop hébétés pour bouger. Quand ils finirent par quitter le lit, Christopher insista pour la baigner, la sécher et même lui brosser les cheveux. Ensuite, après être allée chercher son peignoir, elle resta assise à côté de la baignoire pendant qu'il se lavait, se penchant de temps à autre pour lui voler un baiser.

Puis Beatrix éteignit toutes les lampes sauf celle de la table de nuit.

— Il est l'heure de se coucher, murmura-t-elle.

Christopher s'arrêta sur le seuil, et regarda sa femme se glisser entre les draps. Elle lui adressa ce regard, à présent familier, d'encouragement patient… Un regard à la Beatrix.

Une vie entière avec une telle femme serait loin d'être suffisante.

Après avoir inspiré profondément, Christopher prit une décision.

— Je veux le côté gauche, annonça-t-il en soufflant la dernière lampe.

Il s'allongea près de sa femme, l'attira dans ses bras, et, ensemble, ils dormirent jusqu'au matin.

ÉPILOGUE

26 juin 1857, Hyde Park, Londres

Christopher attendait avec la Rifle Brigade parmi neuf mille hommes de toutes armes – marins, dragons, hussards et autres. Tous transpiraient sous un soleil de plomb, de même que les centaines de milliers de spectateurs qui se pressaient à la première cérémonie de remise de la Victoria Cross.

Parmi les soldats en grand uniforme, certains se plaignaient déjà de la chaleur, d'autres de leur tenue.

— Franchement, nous avons les uniformes les plus laids de tout l'empire, maugréa l'un des Rifles en jetant un regard d'envie en direction des hussards rutilants.

— Tu parles d'une cible, tout en rouge et or ! rétorqua son voisin, non sans mépris. Tu te ferais tirer comme un lapin.

— Je m'en fous. Les dolmans rouges, ça plaît aux femmes, crois-moi.

Christopher esquissa un sourire. Il tourna les yeux vers les tribunes où se tenait Beatrix en compagnie des Hathaway au complet, de son grand-père, d'Audrey et de nombreux cousins. Une fois la cérémonie terminée, toute la famille se retrouverait à l'hôtel Rutledge pour un dîner qui s'annonçait mémorable.

Un autre invité était attendu à cette occasion : Mark Bennett, qui avait quitté l'armée et se préparait à prendre les rênes de l'entreprise familiale de transports maritimes. Il lui avait fallu des mois pour surmonter le traumatisme de la guerre, et il était encore loin d'être guéri. Toutefois, son long séjour à Phelan House lui avait permis de se retrouver peu à peu.

Grâce à de longues chevauchées dans la campagne, il avait recouvré force et vitalité. Il commençait à ressembler de nouveau au jeune homme charmeur d'autrefois.

S'il était retourné vivre dans la propriété familiale, Bennett continuait de se rendre fréquemment à Riverton, où Christopher et Beatrix s'étaient installés. C'est là qu'il y avait fait la connaissance d'Audrey, venue passer chez eux une quinzaine de jours.

La réaction d'Audrey face à lui avait été surprenante. Christopher ne comprenait pas pourquoi sa belle-sœur devenait si timide et empruntée chaque fois que Bennett était dans les parages.

— C'est parce que Mark est un tigre et Audrey un cygne, lui expliqua Beatrix. Et que les tigres rendent toujours les cygnes nerveux. Elle le trouve séduisant, mais elle ne le considère pas comme le genre d'homme qu'elle pourrait fréquenter.

Bennett, quant à lui, semblait très intéressé par Audrey, mais chaque fois qu'il tentait un rapprochement prudent, elle battait en retraite.

Puis, avec une rapidité étonnante, tous les deux devinrent les meilleurs amis du monde. Ils montaient à cheval et se promenaient ensemble, et échangeaient de nombreuses lettres lorsqu'ils étaient séparés. Quand ils se trouvaient tous deux à Londres, on les voyait toujours en compagnie l'un de l'autre.

Intrigué par ce brusque revirement dans leurs relations, Christopher interrogea Bennett.

— Je lui ai dit que j'étais impuissant suite à mes blessures, répondit son ami. Cela l'a considérablement tranquillisée.

— Et… c'est vrai ? se risqua à demander Christopher, abasourdi.

— Bien sûr que non ! répliqua Bennett, indigné. Je lui ai raconté cela simplement parce qu'elle était nerveuse en ma présence. Et ça a marché.

Christopher lui jeta un regard sarcastique.

— Tu comptes lui dire un jour la vérité ?

— Il se peut que je la laisse me guérir bientôt, avoua Bennett, un sourire malicieux sur les lèvres.

Mais, devant l'expression de Christopher, il ajouta en hâte que ses intentions étaient tout à fait honorables.

Si elle se concrétisait, cette union serait heureuse. Et selon Christopher, son frère l'aurait approuvée.

Le *Royal Salute*, suivi d'une salve, le ramena au présent. Alors que retentissait l'hymne national, l'inspection des troupes commença. Puis la reine, son escorte et un détachement des Horse Guards s'avancèrent vers l'estrade dressée pour l'occasion.

Un léger flottement se produisit lorsqu'il apparut que la reine entendait non pas se tenir sur l'estrade, mais rester à cheval pour remettre les décorations.

Comme beaucoup de ceux qui allaient recevoir la Victoria Cross – soixante-deux hommes au total –, Christopher était en civil puisqu'il avait quitté l'armée à la fin de la guerre. Mais à la différence des autres, il tenait un chien en laisse à la main. Pour une raison qu'il ne s'expliquait pas, on lui avait demandé d'amener Albert à la cérémonie.

Quand ce dernier s'avança docilement au côté de Christopher, les Rifles l'encouragèrent à voix basse.

— En voilà un bon chien !

— Prends l'air intelligent, mon vieux.

— Pas d'accident devant la reine !

— Et c'est valable pour toi aussi, Albert, lança quelqu'un, ce qui les fit tous ricaner.

Christopher foudroya ses amis du regard, ce qui redoubla leur hilarité, avant d'aller se présenter devant la reine.

Sa Majesté était encore plus petite et trapue qu'il ne s'y attendait. Elle portait une veste d'équitation écarlate avec, drapée sur l'épaule, une écharpe de général. Assise sur son cheval à côté de l'estrade, elle était au niveau de ceux qu'elle allait décorer.

Dès qu'il eut posé le pied sur l'estrade, Christopher entendit, déconcerté, s'élever une clameur, qui enfla jusqu'à devenir assourdissante. Il ne trouvait pas juste qu'on l'acclame davantage que les autres soldats. Mais son émotion fut à son comble quand il s'aperçut que les troupes elles-mêmes l'acclamaient. Albert leva un regard inquiet vers lui en se collant à son mollet.

— Du calme, mon beau, murmura-t-il.

La reine les observa tous deux avec curiosité comme ils s'arrêtaient devant elle.

— Capitaine Phelan, dit-elle, l'enthousiasme de nos sujets vous fait honneur.

— L'honneur revient à tous les soldats qui ont combattu au service de Votre Majesté, répliqua Christopher avec circonspection, ainsi qu'aux familles qui ont attendu leur retour.

— Bien dit, et avec modestie. Approchez, capitaine.

La reine se pencha alors pour épingler la croix de bronze sur sa poitrine. Comme il faisait mine de se retirer, elle l'arrêta d'un geste.

— Restez, lui dit-elle avant de reporter son attention sur Albert qui, assis sur l'estrade, suivait ses gestes des yeux. Comment s'appelle votre compagnon ?

— Il s'appelle Albert, Votre Majesté.

Elle pinça les lèvres comme pour réprimer un sourire et coula un regard à sa gauche, où se tenait le prince consort.

— Nous avons été informée qu'il a fait avec vous les campagnes d'Inkerman et de Sébastopol.

— En effet, Votre Majesté. Il a bravé de nombreux dangers pour venir au secours de nos hommes. Cette croix lui revient en partie, car il m'a aidé à aller chercher, sous le feu ennemi, un officier blessé.

Le général chargé de tendre les médailles à la reine s'approcha et lui remit un objet curieux qui ressemblait à... un collier de chien ?

— Approche, Albert, ordonna-t-elle.

Celui-ci s'exécuta promptement et s'assit au bord de l'estrade. La reine lui attacha le collier autour du cou avec une dextérité qui trahissait une certaine expérience en la matière. Christopher se souvint alors qu'elle possédait plusieurs chiens et aimait particulièrement les colleys.

Elle s'adressa à Albert comme s'il pouvait la comprendre.

— Ce collier a été gravé des insignes du régiment. Nous y avons ajouté une médaille en argent pour louer la bravoure et la dévotion que tu as montrées à notre service.

Après avoir attendu patiemment pendant qu'elle attachait le collier, Albert lui lécha le poignet.

— Impertinent, chuchota-t-elle en lui tapotant la tête.

Puis elle adressa un sourire discret à Christopher tandis qu'ils s'écartaient pour laisser la place au suivant.

— Albert, l'ami des têtes couronnées, commenta Beatrix un peu plus tard alors que, assise par terre dans leur chambre du Rutledge, elle examinait le nouveau collier. J'espère que tu ne vas pas prendre de grands airs.

— Avec ta famille, il n'osera pas, répondit Christopher en se débarrassant de sa veste, de son gilet et de sa cravate.

Il s'allongea sur le canapé, heureux de profiter de la fraîcheur de la pièce. Albert se dirigea vers son bol d'eau et la lapa bruyamment.

Beatrix se releva et vint s'étendre sur Christopher, les mains en appui sur sa poitrine.

— J'étais tellement fière de toi aujourd'hui, fit-elle en souriant. Et peut-être un tout petit peu triomphante, parce qu'entre toutes ces femmes qui soupiraient après toi, c'est avec moi que tu es rentré.

Arquant un sourcil, Christopher demanda :

— Juste un tout petit peu triomphante ?

— Bon, d'accord. *Immensément* triomphante... Maintenant que toute cette histoire de médaille est terminée, poursuivit-elle en jouant avec les cheveux de Christopher, je dois discuter de quelque chose avec toi.

Christopher ferma les yeux pour mieux savourer la caresse de ses doigts sur son crâne.

— De quoi s'agit-il ?

— Que dirais-tu d'ajouter un nouveau membre à la famille ?

La question n'était pas inhabituelle. Depuis leur installation à Riverton, la taille de leur ménagerie s'était encore accrue. Beatrix s'occupait de différentes œuvres de charité en rapport avec les animaux. Elle avait aussi rédigé un rapport pour la société d'histoire naturelle nouvellement établie à Londres. Contrairement à ce qu'elle pensait, il n'avait pas été difficile de convaincre le groupe de vieux entomologistes, ornithologues et autres naturalistes d'accueillir une jeune et jolie femme en son sein. Surtout lorsqu'il devint évident que Beatrix était à même de parler pendant des heures des phénomènes migratoires, des cycles des plantes, et de tout ce qui concernait l'habitat et le comportement des animaux.

— Poils, plumes ou écailles ? demanda-t-il nonchalamment en réponse à sa question.

— Rien de tout cela.

— Seigneur, une créature exotique ! Très bien. Où nous faudra-t-il aller la chercher ? En Australie ? Au Brésil ?

— Elle est déjà là, en fait, répondit Beatrix avec un petit rire. Mais tu ne pourras pas la voir avant, disons… huit mois.

Christopher rouvrit brusquement les yeux. Beatrix lui souriait, l'air à la fois timide et plutôt contente d'elle-même.

— *Beatrix*.

Il la fit pivoter doucement de manière à ce qu'elle se retrouve sous lui, puis lui caressa la joue.

— Tu es sûre ?

Elle hocha la tête. Bouleversé, Christopher s'empara de ses lèvres avec fougue.

— Mon amour, souffla-t-il. Ma précieuse épouse…

— C'est ce que tu voulais, alors ? s'enquit-elle entre deux baisers, tout en connaissant déjà la réponse.

— Plus que ce que j'aurais osé rêver. Et certainement plus que je ne le mérite.

Beatrix glissa les bras autour de son cou.

— Je vais te montrer ce que tu mérites, l'informa-t-elle avant d'attirer sa tête à elle.

Découvrez les prochaines nouveautés de nos différentes collections J'ai lu pour elle

AVENTURES & PASSIONS

Le 2 novembre

Inédit **_La famille Blakewell - 3 - La femme farouche_**

Pamela Clare

Lorsqu'un homme frappe à sa porte, Elspeth Stewart est terrifiée. Veuve depuis peu et enceinte de son premier enfant, elle doit à tout prix se protéger des dangers qui l'entourent. Et ce Nicholas Kenleigh, dont le corps est couvert de cicatrices, en est un. Elspeth a longtemps enduré la cruauté des hommes, elle a donc toutes les raisons de se méfier mais, peu à peu, la frayeur laisse place à la curiosité. Qui est-il vraiment ? Plus elle se rapproche de lui, plus leurs destins se lient…

Inédit **_L'héritage_** **TJ Bennett**

Allemagne, 1525. Sabina von Ziegler s'enfuit du couvent dans lequel elle est enfermée depuis ses seize ans. Elle découvre qu'elle contrarie les projets de son père adoptif, qui la contraint à un mariage forcé, auquel elle se soumet dans l'unique but de remettre la main sur l'héritage de sa mère. Wolfgang Behaim, simple roturier, n'a rien de la noblesse qu'elle possède ! Ce veuf inconsolable, père d'une petite fille, est loin d'être l'époux dont Sabrina avait rêvé…

L'imposteur **Lisa Kleypas**

Quand Cameron disparaît dans un naufrage, Lara n'est guère chagrinée de perdre cet époux détestable. Exilée dans un petit cottage, la jeune femme mène une vie paisible, jusqu'au jour où l'on murmure que Cameron est de retour ! Résignée à reprendre sa triste vie d'autrefois, Lara se jure pourtant de ne plus jamais le laisser approcher de son lit… Or, après un si long voyage, son mari semble changé et, elle-même se sent très troublée en sa présence. S'agirait-il du même homme ?

Le 16 novembre

Inédit *Les débauchés - La fille du Lion* ☙

Loretta Chase

Esme Brentmor a grandi en Albanie, une terre dure et sauvage qui a forgé son caractère. La célèbre fille du Lion rouge est la digne héritière de son père : fière, courageuse, combative. À la mort de ce dernier, elle jure de se venger et nul ne se mettra en travers de son chemin ! Pas même Varian St. George, cet aristocrate anglais déchu, charmeur et corrompu. Sous ses airs d'insolent, Varian ne serait-il pas un homme de courage et d'honneur, prêt à se battre et à la défendre coûte que coûte ?

Soif d'amour ☙ **Linda Lael Miller**

Même réfugiée au fin fond du Connecticut, ils ont retrouvé sa trace ! Depuis qu'elle a dénoncé son patron au FBI, Neely Wallace est traquée sans relâche par les tueurs de la Mafia. Qui pourrait la protéger de ces assassins ? Peut-être Adrian Tremayne, cet étranger rencontré à Halloween. Mais Neely éprouve d'étranges sensations en sa présence, il semble venu d'un autre temps... Adrian, lui, est ravi : Neely le sauvera peut-être, car nul mortel ne peut imaginer la solitude d'un vampire...

Les sœurs Lockwood - 1 - La belle et l'espion

☙ **Julie Anne Long**

Susannah Makepeace a tout pour être heureuse, sauf l'amour d'un père distant. Mise au ban de la société à la mort de ce dernier qui ne lui a pas laissé un sou, elle quitte Londres pour le village de Barnstable. Elle y fait la rencontre de Christopher, un drôle de personnage, un naturaliste. Si elle accepte de mettre à profit ses talents de dessinatrice pour qu'il réalise un herbier, c'est parce qu'il est séduisant. Mais d'étranges incidents surviennent. Elle doit se rendre à l'évidence : on cherche à la tuer.

Le 2 novembre

Sous le charme
d'un amour envoûtant

CRÉPUSCULE

Inédit *Les Highlanders - 1 -*
La malédiction de l'Elfe noir **Karen Marie Moning**

Écosse, 1513. Célèbre dans tout le royaume pour ses exploits guerriers et pour sa beauté ravageuse, à laquelle aucune femme ne résiste, le comte de Dalkeith, surnommé l'Elfe noir, est le grand favori de la reine. Ce qui lui vaut la jalousie du roi et de son fou, Adam Black, qui fomentent une terrible conspiration à son encontre : l'Elfe noir sera contraint d'épouser Adrienne de Simone, une jeune captive venue d'un autre temps.

Inédit *Les ombres de la nuit - 6 -*
Le baiser du roi Démon **Kresley Cole**

Élevée dans un monde violent et sans lois, Sabine, la Reine de l'Illusion, vit sous le joug de son terrible beau-frère, Omort. Ce puissant sorcier, fou et sanguinaire, a autrefois volé le royaume de Rothkalina, dont il a dépossédé Rydstrom Woede, le roi Démon. Une prophétie prédit à Sabine que l'enfant qu'elle aura de Rydstrom pourra seul venir à bout d'Omort. N'hésitant pas une seconde, elle enlève Rydstrom. Car si elle veut échapper à Omort, qui la désire et la terrorise, Sabine doit accepter sa destinée… séduire le roi Démon.

Le 2 novembre

PROMESSES

Inédit ***Un petit secret entre nous*** ∞ **Starr Ambrose**

Entre un métier monotone et un fiancé ennuyeux, Lauren Sutherland s'efforce d'être un exemple pour son impulsive sœur jumelle, Meg. Quand celle-ci épouse en douce son patron, un sénateur, Lauren prend le premier avion pour Washington, dans l'espoir de faire annuler le mariage. Et c'est Drew, le séduisant fils du sénateur qui l'accueille… Malgré eux, ils sont embarqués dans une affaire des plus déconcertantes : au cœur de la haute société new-yorkaise, ils découvrent un complot à base de photos compromettantes et de chantage. Chaque minute compte et, tandis que les étincelles entre Lauren et Drew s'embrasent, les pistes s'enchevêtrent.

Inédit ***À toi pour la vie*** ∞ **Rachel Gibson**

Retourner à Truly est loin d'être une partie de plaisir pour Delaney Shaw. Cela fait dix ans qu'elle n'a pas mis les pieds dans sa ville d'enfance. Depuis le jour où son beau-père, Henry Shaw, a brisé sa relation avec Nick Allegrezza. Certes, Nick était un coureur, mais Delaney en était folle. Quelle surprise de le revoir lors de la lecture du testament de Henry ! Quitter la ville au plus vite, impossible ! D'autant que le défunt a posé certaines conditions : si elle veut toucher sa part de l'héritage, il lui faudra rester à Truly une année entière… sans avoir de relation sexuelle avec Nick ! Nick, aujourd'hui plus sexy que jamais.

Et toujours la reine du roman sentimental :

Barbara Cartland

« Les romans de Barbara Cartland nous transportent dans un monde passé, mais si proche de nous en ce qui concerne les sentiments. L'amour y est un protagoniste à part entière : un amour parfois contrarié, qui souvent arrive de façon imprévue.
Grâce à son style, Barbara Cartland nous apprend que les rêves peuvent toujours se réaliser et qu'il ne faut jamais désespérer. »

Angela Fracchiolla, lectrice, Italie

Le 2 novembre
Pas d'ombre sur notre amour

Le 16 novembre
Rencontre dans la nuit

9704

Composition
FACOMPO

Achevé d'imprimer en Italie
par GRAFICA VENETA
le 15 septembre 2011.
Dépôt légal : septembre 2011.
EAN 9782290033906

ÉDITIONS J'AI LU
87, quai Panhard-et-Levassor, 75013 Paris

Diffusion France et étranger : Flammarion